"O que Highsmith escreve é um entorpecente verbal: fácil de consumir, euforizante, totalmente viciante... Highsmith é da estirpe sombria de Dostoiévski."

Time Out

"Ninguém jamais criou suspense psicológico mais denso ou delicioso."

Vogue

"Os livros de Patricia Highsmith são incomumente perturbadores... pesadelos que nos assaltam pelo resto da noite."

The New Yorker

"Uma zona fronteiriça do macabro, do perturbador... Highsmith consegue o efeito do sobrenatural sem precisar recorrer a fantasias."

New York Times Book Review

"Hipnótico... mas desaconselhável para os fracos e impressionáveis."

Washington Post Book World

"Patricia Highsmith é freqüentemente chamada de escritora de histórias de crime ou mistério, o que é o mesmo que dizer que Picasso fazia belos esboços."

Cleveland Plain Dealer

"Chamar Patricia Highsmith de uma escritora de *thriller* pode ser verdade, mas não é toda a verdade: seus livros têm qualidade estilística, profundidade psicológica, um ritmo hipnotizante."

Sunday Times

Patricia Highsmith

O LIVRO DAS FERAS
(para amantes de animais)

Tradução de PEDRO GONZAGA

www.lpm.com.br

Coleção **L&PM** POCKET, vol. 461

Título do original: *The animal-lovers's book of beastly murder*

Primeira edição na Coleção **L&PM** POCKET: setembro de 2005
Esta reimpressão: junho de 2011

Tradução: Pedro Gonzaga
Revisão: Renato Deitos, Larissa Roso e Jó Saldanha
Capa: Marco Cena

ISBN 978-85-254-1449-6

H638L Highsmith, Patricia, 1921-
   O livro das feras (para amantes de animais)/ Patricia
  Highsmith; tradução de Pedro Gonzaga. – Porto Alegre: L&PM,
  2011.
   256 p. ; 18 cm. – (Coleção L&PM POCKET)

  1.Literatura norte-americana-Contos. I.Título. II.Série.

CDU 821.111(73)-34

Catalogação elaborada por Izabel A. Merlo, CRB 10/329.

© First published in 1975
Copyright 1993 by Diogenes Verlag AG Zürich
All rights reserved.

Todos os direitos desta edição reservados a L&PM Editores
Rua Comendador Coruja, 314, loja 9 – Floresta – 90220-180
Porto Alegre – RS – Brasil / Fone: 51.3225.5777 – Fax: 51.3221.5380

Pedidos & Depto. comercial: vendas@lpm.com.br
Fale conosco: info@lpm.com.br
www.lpm.com.br

Impresso no Brasil
Outono de 2011

Patricia Highsmith
(1921-1995)

PATRICIA HIGHSMITH nasceu em Forth Worth, no estado americano do Texas, em 1921. Teve uma infância triste: seus pais separaram-se dias antes do seu nascimento, e Patricia teve relacionamentos complicados com a mãe e o padrasto. Desde pequena cultivou o hábito de escrever diários, nos quais fantasiava sobre pessoas (como seus vizinhos) que teriam problemas psicológicos e instintos homicidas por trás de uma aparência de normalidade – tema que seria amplamente explorado em sua obra. Recebeu uma educação refinada, tendo estudado latim, grego e francês, e passou grande parte da vida adulta na Suíça e na França. Seu primeiro romance, *Strangers on a train*, publicado originalmente em 1950, tornou-se um êxito comercial e foi adaptado ao cinema por Alfred Hitchcock no ano seguinte (o filme foi lançado no Brasil como *Pacto sinistro*). A autora foi desde cedo aclamada pelo público europeu, mas o sucesso em sua terra natal tardaria a chegar.

Seu próximo trabalho, o romance *The price of salt*, foi recusado pelo editor norte-americano por colocar em cena o relacionamento homossexual entre duas mulheres. O livro foi publicado em 1953, sob o pseudônimo de Claire Morgan, e obteve enorme sucesso. A mais célebre criação ficcional de Patricia Highsmith, Tom Ripley – o ambíguo sociopata –, debutou em 1955, em *The talented Mr. Ripley*, e protagonizaria outros quatro romances. A adaptação cinematográfica feita postumamente, em 1999, sob o título de *O talentoso Ripley*, colaborou para que a autora fosse redescoberta nos Estados Unidos.

Os livros de Highsmith fogem a classificações e a esquemas tradicionais do romance policial clássico: o que acaba por fascinar seus leitores é menos o mistério a ser resolvido quanto o tanto de profundidade (e perturbação) psicológica com a qual a escritora dota seus personagens. Diferentemente do romance policial clássico, a noção de justiça praticamente inexiste em sua obra.

Autora de mais de vinte livros, Highsmith recebeu várias distinções, entre elas o prêmio O. Henry Memorial, o Edgar Allan Poe, Le Grand Prix de Littérature Policière e o prêmio da Crime Writer's Association da Grã-Bretanha. Ela morreu na Suíça, em 4 de fevereiro de 1995.

O livro das feras (para amantes de animais) foi publicado pela primeira vez em 1975.

*Ao meu primo
Dan Coates,
de Box Canyon Ranch,
Weatherford, Texas*

Sumário

O último espetáculo da Vedete / 11
A vingança de Djemal / 26
Lá estava eu, condenado a viver com Bubsy / 46
A maior presa de Ming / 64
No final da estação das trufas / 78
O rato mais corajoso de Veneza / 95
Cavalo-motor / 117
O dia do acerto de contas / 138
Notas de uma respeitável barata / 160
As macaquices criminosas de Eddie / 168
Hamsters versus Websters / 190
Harry: o furão / 216
O passeio de bode / 236

O último espetáculo da Vedete

Eles me chamam de Vedete – gritos de "Vedete" explodem quando fico em pé e balanço minha pata esquerda, e então a direita, e assim por diante. Antes dessa época, no entanto, talvez há uns dez, vinte anos, eu era a "Pequena Jumbo", chamada, quase sempre, apenas de "Jumbo". Agora enchem a boca para dizer "Vedete". Meu nome deve estar escrito na placa de madeira na parte frontal da minha gaiola, junto com "África". As pessoas olham para a placa, algumas vezes dizem "África", e então começam a me chamar:

– Vedete! Ei, Vedete!

Se balanço minhas patas, recebo pequenos aplausos e encorajamentos.

Vivo sozinha. Em nenhum momento, vi outra criatura parecida comigo neste lugar.

Lembro, contudo, de que quando eu era pequena e seguia minha mãe por todos os lugares havia muitas criaturas como eu, umas tantas maiores em tamanho e umas poucas inclusive menores. Lembro de seguir minha mãe por uma plataforma de madeira até um barco que jogava um pouco. Minha mãe foi conduzida por meio de aguilhoadas de volta pela mesma plataforma, enquanto eu fiquei no barco. Minha mãe, desejando que me juntasse a ela, ergueu sua tromba e bramiu. Vi quando as cordas a enlaçaram, dez ou vinte homens lutando para contê-la. Um deles lhe deu um tiro. Era um tiro mortal ou um dardo tranquilizante? Nunca saberei. O cheiro é diferente, mas naquele dia o vento não estava soprando em minha direção. Só sei que minha mãe desfaleceu logo em seguida. Eu estava no convés, gritando de maneira estridente, como um bebê. Então recebi um disparo da arma com tranqüilizante. O barco finalmente entrou em movimento, e depois de um longo tempo, durante o qual eu basicamente dormi e fui alimentada na semi-escuridão de uma caixa, chegamos a uma terra onde não havia nem floresta, nem campos. Fui transferida para uma outra caixa (novamente mais uma série de movimentações) e levada para um lugar com chão de cimento, pedras espalhadas por todo lugar, grades de ferro e pessoas cheirando mal. O pior de tudo: eu estava sozinha, sem pequenas criaturas da minha idade, sem mãe, sem meu carinhoso avô, sem pai. Nada de brincadeiras nem banho em um rio caudaloso. Sozinha e cercada por grades e cimento.

A comida, porém, era boa; e as porções, abundantes. Além disso, um homem bondoso tomava conta de mim, um homem chamado Steve. Ele trazia um cachimbo na boca, mas quase nunca o acendia, apenas o mantinha entre os dentes. Apesar do objeto na boca, ele conseguia falar, e logo pude entender o que dizia, ou ao menos quais eram suas instruções.

– De joelhos, Jumbo! – e uma batida em meus joelhos significava que eu deveria me ajoelhar no chão. Se eu mantivesse minha tromba erguida, Steve daria um aplauso em sinal de aprovação, jogando uns amendoins ou uma pequena maçã em minha boca.

Eu gostava quando ele montava em minhas costas. Então eu me erguia e nós dois desfilávamos pela jaula. Ao ver isso, a platéia aplaudia, especialmente as criancinhas.

Steve mantinha as moscas afastadas de meus olhos por meio de uma touca cheia de franjas que prendia ao redor da minha cabeça. Ele regava com uma mangueira a parte do chão de cimento que ficava na sombra, permitindo que eu me mantivesse refrescada. Dava-me banhos com a mangueira. Depois que cresci, Steve se sentava na minha tromba e eu o erguia bem alto, cuidando para não derrubá-lo, pois ele não tinha nada para se apoiar além da ponta de minha tromba. Steve dispensava-me atenções especiais também no inverno, certificando-se de que eu tivesse bastante palha e até mesmo cobertores, se estivesse muito frio. Num inverno extremamente rigoroso, Steve me trouxe uma pequena caixa com uma série de filamentos que sopravam um ar quente em minha direção. Steve cuidou de mim durante todo o período em que estive doente por causa do frio.

As pessoas aqui usam uns chapelões. Alguns dos homens levam armas de calibre curto na cintura. De vez em quando, um deles puxa a arma e dá um tiro para cima, a fim de assustar as gazelas que habitam a minha vizinhança, as quais posso ver por entre as barras. As gazelas reagem de modo violento, saltam pelo ar e então se amontoam em um dos cantos de sua jaula. Uma visão de dar dó. A essa hora, quando Steve ou algum outro tratador chega, o homem que deu o tiro já guardou sua arma de novo no coldre e se assemelha a todos os outros homens – que estão rindo, sem revelar quem foi o autor do disparo.

Isso me lembra de um dos meus momentos de maior alegria. Há uns cinco anos, houve um sujeito gordo e com a face corada, que em dois ou três domingos disparou com grande estardalhaço sua arma em direção ao céu. Aquilo me incomodava muito, embora eu sequer sonhasse em externar meu desagrado. Mas no terceiro ou quarto domingo, quando aquele sujeito disparou sua arma, eu discretamente puxei uma quantidade de água com minha tromba e expeli o líquido com força por entre as grades. Acertei-o bem no meio do peito, e ele foi lançado para trás com suas botas tremelicando no ar. Grande parte da platéia riu. Umas poucas pessoas ficaram surpresas ou furiosas. Algumas jogaram pedras em mim – que não me machucaram, não me acertaram ou atingiram as barras de ferro, desviando para outras direções. Então Steve veio a galope, e pude perceber que ele (tendo ouvido o tiro) sabia exatamente o que havia ocorrido. Steve soltou uma gargalhada, mas deu uma palmadinha no ombro do homem molhado, tentando acalmá-lo. O homem provavelmente estava negando que tivesse feito o disparo. Mas eu vi Steve me fazer um aceno, que entendi como aprovação. As gazelas avançaram timidamente, olhando através das grades para o público e também para mim. Imaginei que elas estivessem satisfeitas com minha atitude e senti bastante orgulho de mim mesma naquele dia. Cheguei inclusive a fantasiar que eu partia o homem molhado – ou um homem como ele – ao meio, espremendo seu corpo mole até que ele morresse, e que depois o pisoteava com as minhas patas.

Durante o tempo em que Steve ficou comigo, que deve ter sido cerca de trinta anos, ocasionalmente fazíamos um passeio pelo parque, e as crianças, às vezes até três ao mesmo tempo, montavam nas minhas costas. Isto era ao menos divertido, algo para quebrar a rotina. Mas o parque está longe de se assemelhar a uma floresta. Tem apenas umas poucas árvores que lutam com dificuldade para vencer a aridez do solo. Não há quase nenhuma umidade. A grama é cortada rente, e não tenho permissão para me alimentar dela, não que eu tivesse muita vontade de fazer isso. Steve cuidava de tudo, cuidava de mim, usava um relho de couro entrelaçado com o qual me estimulava a seguir determinado caminho, me ajoelhar, ficar de pé e, no final do passeio, a me erguer sobre as duas patas traseiras (mais aplausos). Steve não precisava do relho, mas isso fazia parte do número, assim como as voltas estúpidas que eu dava antes de me pôr sobre duas patas no encerramento. Eu inclusive me apoiava sobre as patas da frente, se Steve me pedisse para fazê-lo. Lembro que meu temperamento era melhor naqueles dias, e eu teria evitado, mesmo que Steve não me avisasse, os galhos mais baixos de algumas árvores para que as crianças em minhas costas não fossem atingidas e derrubadas. Se me dessem a mesma oportunidade, não tenho certeza de que ainda seria assim tão cuidadosa. O que as pessoas, com exceção de Steve, me deram até hoje? Nem mesmo a grama em que piso. Muito menos a companhia de uma outra criatura igual a mim.

Agora que estou velha, com as patas pesadas, mal-humorada, não há mais passeios com as crianças, ainda que a banda continue tocando nas tardes de domingo – "Take me out to the ball game*" e depois "Hello, Dolly!". Algumas vezes sinto o desejo de poder passear novamente, de novo com Steve, de poder ser jovem outra vez. E ainda assim, para quê? Para passar mais anos neste lugar? Ultimamente passo mais tempo deitada do que de pé. Deito-me ao sol, que já não parece me esquentar como em outros tempos. A roupa das pessoas mudou um pouco, não há tantas armas e botas, mas ainda uma boa quantidade de chapéus de abas largas nas cabeças dos homens e de algumas mulheres. Ainda os mesmos amendoins lançados, nem sempre com casca, amendoins que eu costumava apanhar com minha tromba por entre as grades tão vorazmente quando era jovem e tinha um apetite bem mais saudável. Ainda as mesmas pipocas e os mesmos biscoitos doces. Nem sempre me dou o trabalho de levantar nos sábados e nos domingos. Isto irrita profundamente Cliff, o novo e jovem tratador. Ele quer que eu mostre meus truques, como nos velhos tempos. Não é que eu esteja tão velha e cansada assim. Simplesmente não gosto do Cliff.

Cliff é alto e jovem, tem os cabelos ruivos. Gosta de se exibir, estalando seu longo chicote para mim. Ele pensa que pode fazer com que eu obedeça por meio de certos golpes e comandos. Há uma ponta afiada de metal em seu relho que é desagradável, embora fique longe de conseguir atravessar meu couro. Steve se aproximou de mim como se aproximam as criaturas que querem se conhecer, sem

---

* Me leve para jogar bola. (N.E.)

jamais supor que eu seria aquilo que ele esperava que eu fosse. Foi por isso que nos entendemos. Cliff não se importa comigo de verdade, além de, por exemplo, não fazer nada para me ajudar contra as moscas no verão.

É claro que quando Steve se aposentou continuei a dar os passeios nos sábados e domingos com as crianças, vez ou outra até mesmo com um adulto em minhas costas. Um homem (outro que tentava se exibir) cravou suas esporas em mim num domingo, depois do que ganhei um pouco mais de velocidade por conta própria e não me esquivei de uns galhos baixos, muito antes pelo contrário, avancei deliberadamente em direção a eles. Eram muito baixos para o homem desviar e ele foi arrancado de minhas costas, caindo de joelhos e se contorcendo de dor. Isto acabou por causar uma grande confusão. O homem gemeu por uns momentos, e o que foi pior: Cliff ficou do lado do homem, ou tentou apaziguá-lo, gritando comigo e me aguilhoando com o relho com ponta de metal. Bufei de raiva – e fiquei muito satisfeita ao ver o público se afastar de mim cheio de terror. Eu não estava de modo nenhum prestes a me lançar sobre eles, o que gostaria de ter feito, mas, respondendo aos golpes de Cliff, retornei para minha jaula. Ele ficou murmurando coisas para mim. Enchi minha tromba de água, e ele viu. Cliff se retirou. Mais tarde, porém, ao cair da noite, quando os portões do parque já estavam fechados, ele retornou e me passou uma descompostura e umas chibatadas. As chibatadas não tiveram qualquer efeito sobre mim, mas devem ter esgotado Cliff, que no final estava cambaleando.

No dia seguinte, Steve apareceu em uma cadeira de rodas. Seu cabelo tinha se tornado branco. Fazia, talvez, uns quatro ou cinco anos que não o via, mas ele era basicamente o mesmo, com o cachimbo na boca, a mesma voz gentil, o mesmo sorriso. Balancei minhas patas com alegria na minha jaula, e Steve riu e me disse algo agradável. Havia trazido umas maçãs, pequenas e vermelhas, para me dar.

Ele se aproximou da jaula em sua cadeira de rodas. Era bem cedo da manhã, então ainda havia muito pouca gente no parque. Steve disse algo a Cliff e apontou em direção ao relho com ponta de metal. Compreendi que Steve estava explicando que o outro deveria se livrar daquilo.

Então Steve me fez um sinal.

– Erga-me! Erga-me, Vedete!

Eu sabia o que isso significava. Ajoelhei-me e enfiei minha tromba por baixo do assento da cadeira de rodas de Steve, de modo oblíquo, permitindo que ele se agarrasse à ponta da minha tromba com a mão direita e apoiasse a outra mão contra a minha cabeça em busca de equilíbrio. Não me pus de pé por medo de deixar a cadeira de Steve cair, mas o ergui a uma boa distância do chão de cimento.

Mas isso foi há muito tempo, a tal visita do Steve. Também não foi a última. Ele ainda veio duas ou três vezes na sua cadeira de rodas, mas nunca nos dois dias da semana em que o público era maior. Agora já faz três anos que não o vejo. Terá morrido? Esta possibilidade me entristece só de cogitá-la. Mas é igualmente triste ficar nessa expectativa, esperando que Steve apareça na manhã de um desses dias tranqüilos, quando apenas umas poucas pessoas vagueiam por aqui e Steve não está entre elas. Algumas vezes, ergo minha tromba e emito um bramido que não esconde nada do dissabor e do descontentamento por ele não ter vindo. As pessoas parecem se divertir com esse som – o mesmo som que minha mãe emitiu na doca quando não pôde me alcançar. Cliff não dá a mínima. Vez ou outra põe as mãos sobre os ouvidos, se acontece de estar perto da jaula.

Isto faz com que eu me aproxime do tempo presente. Ontem mesmo, domingo, lá estava a multidão de sempre, talvez até maior do que a de costume. Havia um homem com um terno vermelho e uma barba branca, badalando um sino com a mão, caminhando de lá para cá e abordando todas as pessoas, especialmente as crianças. De quando em quando, o homem retornava ao meu campo de visão. As pessoas me lançavam amendoins e pipocas por entre as barras da jaula. Como sempre, eu colocava minha tromba entre os ferros e abria bem a boca, para o caso de alguém conseguir mirar o amendoim corretamente. Alguém jogou um objeto redondo na minha boca, e pensei que fosse uma maçã até o momento em que dei a mordida, depois do que minha boca começou a latejar horrivelmente. Imediatamente, peguei um pouco de água com a tromba, bochechei bem e cuspi. Eu não tinha engolido nem um pedaço daquela coisa, mas minha boca ardia como se estivesse em chamas. Peguei mais água, mas não obtive qualquer alívio. A dor fazia com que eu transferisse meu peso de um pé para o outro, e finalmente me vi obrigada a trotar ao redor da minha jaula em agonia. As pessoas riam e apontavam seus dedos em minha direção. Fui sendo tomada por raiva e fúria. Puxei uma trombada profunda de água, no limite da minha capacidade, e caminhei de modo bastante dissimulado até a parte frontal da jaula. Posicionando-me um pouquinho afastada das barras, para que pudesse acertar a todos, expeli a água com força máxima.

Ninguém chegou a cair de fato, mas mais de vinte pessoas ficaram atordoadas com o golpe, entrechocaram-se, sufocadas e cegas por alguns segundos. Fui até minha gamela e me abasteci com mais água, e sem levar muito tempo, porque a multidão também já tinha se armado. Pedras e galhos voaram em minha direção, caixas vazias de biscoitos, tudo o que estava ao alcance de suas mãos. Mirei no maior dos homens e o derrubei com o jato, aproveitando o resto de água para borrifar novamente todos que estavam ali. Uma mulher gritava por socorro. Outros bateram em retirada. Um homem puxou uma arma e disparou em minha direção, mas errou. Outra arma estava sendo sacada, muito embora um homem já tivesse saltado sobre o primeiro homem, o que disparou. Uma bala me atingiu o ombro, pegando de raspão. Uma segunda bala arrancou a ponta da minha presa direita. Com o resto de água dentro da tromba, ataquei um dos atiradores diretamente no peito. A força do jato deve ter sido suficiente para quebrar-lhe os ossos. De qualquer modo, ele foi lançado para trás e se chocou com uma mulher ao cair. Sentindo que eu havia ganhado a disputa, ainda que minha boca seguisse queimando, recuei prudentemente para o meu nicho de dormir (também de cimento), onde nenhuma bala poderia me atingir. Foram feitos mais três disparos que ecoaram no espaço vazio. Não sei o que eles atingiram, mas em mim é que não pegaram.

Pude sentir o cheiro do sangue que escorria de meu ombro. Eu continuava tão irritada que bufava em vez de respirar e, quase que para minha própria surpresa, dei por mim erguendo uma barricada na entrada do nicho com os fardos de feno que estavam agrupados no local. Puxei-os de suas pilhas apoiadas contra as paredes, empurrei-os e os chutei, e com minha tromba consegui empilhá-los uns sobre os outros até cerca de oito ou nove camadas, fechando quase que por completo o vão de entrada, deixando apenas uma folga no topo. De qualquer modo, eu estava protegida das balas. Mas elas não foram mais disparadas. Naquele instante, eu podia ouvir Cliff do lado de fora, gritando para a multidão.

– Trate de se acalmar aí, Vedete – dizia a voz de Cliff.

Eu estava familiarizada com a frase. Porém, nunca tinha ouvido anteriormente tal medo, como um tremor, na voz de Cliff. A multidão o observava, evidentemente. Ele precisava se mostrar poderoso, capaz de me controlar. Esse pensamento, somado ao meu desamor por Cliff, fez com que eu me pusesse em movimento outra vez, acertando com minha cabeça a barricada que eu mesma havia armado. Cliff tentava remover o fardo que estava no topo, mas agora toda a pilha desabou sobre ele.

A multidão gritou, chocada.

Vi as pernas de Cliff, suas botas negras chutando a esmo os fardos de feno.

Um disparo soou, e dessa vez fui atingida no meu lado esquerdo. Cliff tinha uma arma na mão, mas a bala não viera da arma dele. Naquele momento, Cliff não se movia. Eu também não. Eu esperava que outro tiro partisse da multidão, de alguém que estivesse entre a multidão.

A multidão apenas me encarava. Olhei de modo feroz para eles, com minha boca levemente aberta: a parte interna continuava queimando.

Dois homens uniformizados que trabalhavam no lugar chegaram até a minha jaula pela entrada lateral. Carregavam armas pesadas. Continuei parada e sem fazer nada, mal olhei para eles. Loucos e excitados como estavam, poderiam disparar contra mim motivados apenas pelo medo, caso eu demonstrasse qualquer sinal de fúria. Meu autocontrole estava retornando. E pensei que Cliff pudesse estar morto, o que me encheu de prazer.

Mas não, não estava morto. Um homem se inclinou sobre ele, puxou um fardo de feno de cima dele, e pude ver a cabeça de Cliff, coberta por aqueles cabelos ruivos, se mover. O outro homem golpeou-me rudemente com a ponta de sua arma, para que eu me dirigisse ao meu nicho. Ele gritava alguma coisa para mim. Fiz a volta sem me apressar, seguindo em direção ao meu quarto de cimento, que agora se encontrava na maior desordem, coberto pelo feno dos fardos desfeitos. De repente, comecei a passar mal, e minha boca continuava doendo. Um homem ficou plantado na entrada, me apontando sua arma. Considerei-o calmamente. Pude ver Cliff se reerguer. O outro homem lhe falava com a voz zangada. Cliff seguia falando, balançando os braços, como se ainda não tivesse plenamente recobrado os sentidos. Ele parecia incapaz de manter-se firme sobre os pés e continuava sentindo dor na cabeça.

O homem de cabelos grisalhos, não tão cinza como os de Steve, chegou-se ao portão com outro homem que trazia uma bolsa. Eles foram introduzidos na jaula. Ambos chegaram bem próximos de mim e então me olharam.

O sangue escorria do lado esquerdo do meu corpo até o cimento do chão. Então o homem grisalho falou com Cliff ferozmente, e seguiu falando quando Cliff tentou interrompê-lo – suas vozes se entrelaçaram. O homem grisalho apontou para a entrada da jaula, um sinal para que Cliff saísse. Os momentos seguintes são vagos para mim, porque o homem com a bolsa colocou um tecido sobre minha tromba, apertando-o com firmeza. Ele também me espetou com uma agulha. Naquele instante, em meio à conversa em voz alta, eu tombava no chão. O tecido tinha um cheiro refrescante mas ao mesmo tempo horrível, e mergulhei em um sonho assustador no qual eu via animais como imensos felinos saltando por todos os lados, atacando a mim, minha mãe e minha família. Voltei a ver árvores verdes, altos capins. Mas era como se eu estivesse morrendo.

Quando acordei, havia escurecido, e tinha uma espécie de graxa em minha boca. Ela não doía mais, e a ferida em meu flanco esquerdo agora quase não me incomodava. Seria isto a morte? Pude, porém, sentir o cheiro de feno vivo em meu quarto. Ergui-me sobre as patas e me senti enjoada. Vomitei um pouco.

Então ouvi o portão lateral bater quando alguém o fechou. Reconheci os passos de Cliff, embora ele caminhasse sorrateiramente com suas botas. Pensei em sair do pequeno quarto de dormir, mas estava tão dopada que mal conseguiria me mover. Foi com dificuldade que percebi Cliff se ajoelhar com uma bolsa semelhante à que aquele homem carregava. E logo senti o mesmo cheiro adocicado e sutil que estava no tecido com o qual o homem me cobrira o nariz. Cliff afastava-se das emanações, virando a cabeça para o outro lado. Então ele veio pra cima de mim e, com um único e rápido golpe, lançou o tecido sobre meu nariz e amarrou-o de uma só vez com uma corda. Fiz um movimento rápido com minha tromba e derrubei Cliff com um golpe em seus quadris. Aproveitando que ele estava caído, segui batendo com minha tromba, mais preocupada em me livrar do tecido do que em feri-lo. Cliff se retorcia e gemia. A corda se afrouxou e com um golpe consegui desfazer-me do pano. Ele caiu sobre o peito e as pernas de Cliff – aquele pano fedorento, demoníaco e perigoso. Saí da minha jaula em busca de ar puro.

Cliff se ergueu, arfando. Ele também saiu em busca de ar, e então voltou, resmungando, recolheu o tecido e veio novamente em minha direção. Ergui-me um pouco sobre as patas traseiras e me virei em sua direção. Cliff mal pôde perceber o que lhe aconteceu. Dei-lhe um mero encontrão com minha tromba, que o fez decolar. Ele caiu com tudo no chão de cimento. Agora eu estava furiosa. Era uma luta entre nós dois, Cliff com o pano maldito e fedorento em suas mãos. Cliff pôs-se de joelhos.

Apliquei-lhe um chute, muito mais forte do que um safanão, com meu pé esquerdo. Acertei a parte lateral de seu corpo e escutei um estalido semelhante ao que fariam três galhos ao serem quebrados. Depois disso, Cliff deixou de se mover. Agora havia apenas o horroroso cheiro de sangue misturado àquele outro, doce e mortal. Dirigi-me para o canto frontal da minha jaula, o mais longe possível do tecido, e me deitei, tentando me recompor com um pouco de ar fresco. Eu sentia frio, mas isso não importava. Aos poucos, comecei a me sentir mais calma. Eu podia respirar novamente. Sentia um rápido desejo de ir até onde estava Cliff e dar-lhe uma pisoteada, mas não tinha energia suficiente. O que eu sentia era raiva. No entanto, aos pouquinhos, até a raiva foi embora. Mas eu continuava muito perturbada para dormir. Esperei em meu canto de cimento pelo amanhecer.

E eis onde me encontro agora, deitada no canto de uma jaula de cimento e aço, onde passei tantos anos. A luz surge devagar. Primeiramente, há a figura familiar do velho que alimenta os dois bois almiscarados. Ele puxa uma carreta, abre outras jaulas onde estão mais animais com chifres. Por fim, ele passa por minha jaula, olha duas vezes para mim e diz alguma frase em que está a palavra "Vedete", surpreso por me ver deitada onde estou. Então ele vê o vulto de Cliff.

– Cliff? Ei, Cliff! Qual é o problema?

A jaula não está trancada, parece, e o velho entra, inclina-se sobre Cliff, diz alguma coisa, tampa o nariz e arrasta o enorme tecido branco para fora da jaula. Então ele corre, gritando. Ponho-me de pé. A porta da jaula está levemente aberta. Passo próxima ao corpo de Cliff, empurro o portão para que ele se abra e escapo.

Não há ninguém no parque. É agradável caminhar novamente sobre o solo, algo que eu não fazia há muito tempo, desde que eles haviam terminado com os passeios nos fins de semana. Mesmo a terra seca me parece macia. Faço uma pausa para erguer minha tromba, puxo algumas folhas verdes que brotam dos galhos e as devoro. As folhas estão duras e pinicantes, mas pelo menos são frescas. Aqui está a fonte redonda, diante da qual nunca tive permissão de parar, na qual nunca pude beber nas saídas aos sábados e domingos. Agora eu tomo um longo e refrescante gole.

Atrás de mim escutam-se vozes excitadas. As vozes sem dúvida vêm da minha jaula, mas não me dou sequer o trabalho de olhar. Desfruto da minha liberdade. Sobre minha cabeça está a grandeza do firmamento azul, toda a vacuidade do mundo superior. Vou até um matagal em que as árvores crescem tão juntas que me arranham as laterais. Mas há tão poucas árvores que logo passo por elas, chegando à trilha de cimento onde estão macacos enjaulados, olhos arregalados e comentários de surpresa diante do meu passeio. Um punhado deles amontoa-se no fundo de suas jaulas, pequenos camaradas peludos. Macacos cinzentos gritam de modo estridente para mim, então se viram e expõem seus traseiros azuis e fogem precipitadamente para o canto mais afastado de suas jaulas. Ma será que alguns deles, no entanto, não gostariam de dar uma volta na minha garupa? Em minha memória há resquícios de algo parecido. Arranco algumas flores e as como, apenas por diversão. Os macacos negros, com seus longos braços, arreganham os dentes e sorriem, segurando-se nas barras das jaulas, chacoalhando-as, fazendo o maior estardalhaço.

Aproximo-me, e eles ficam apenas um pouco assustados, muito mais curiosos do que assustados, quando enfio minha tromba ao redor de duas das barras e as puxo em minha direção. Depois uma terceira, e já há espaço para que os macacos negros escalem para fora.

Eles gritam e riem de modo abafado, saltando pelo chão, usando as mãos para se impulsionarem. Um, por travessura, agarra-se à minha cauda. Dois deles escalam uma árvore, encantados.

Mas agora se escutam passos vindos de algum lugar, sons de pés correndo, gritos.

– Lá está ela! Com os macacos!

Volto meu rosto na direção deles. Um macaco escala minhas costas, usando minha cauda para subir. Ele bate em meus ombros, esperando pelo passeio. Parece não pesar nada. Dois homens, os mesmos de ontem, com armas de cano longo, vêm correndo em minha direção; então se detêm, derrapando, e erguem suas armas. Antes que eu possa erguer minha tromba num gesto que talvez parecesse amistoso, antes mesmo que eu possa me ajoelhar, três tiros são disparados.

– Não acerte o macaco!

Mas eles me acertaram.

Bum!

Agora o sol está se erguendo e o topo das árvores adquire um tom esverdeado, nem todas elas estão nuas. Meus olhos erguem-se cada vez mais. Sinto meu corpo afundar. Estou ciente de que o macaco saltou ligeiro das minhas costas para o chão, afastando-se, aterrorizado pelos disparos. Subitamente, sinto todo o peso do mundo em minhas costas, como se estivesse mergulhando no sono. Quero me ajoelhar e deitar, mas meu corpo cambaleia para o lado e bato no chão de cimento. Outro tiro atinge minha cabeça. Bem no meio dos olhos que, contudo, continuam abertos.

Os homens precipitam-se sobre mim, como fizeram os macacos, dando-me chutes, gritando um com o outro. Novamente volto a ver os enormes felinos pulando na floresta, pulando agora sobre mim. Então, em meio à imagem turva dos homens, posso ver Steve com muita clareza, mas Steve como era na época de sua juventude – sorridente, falando comigo, com o cachimbo entre os dentes. Steve se move de modo lento e gracioso. É quando percebo que estou morrendo, porque sei que Steve está morto. Ele é mais real do que os outros. Há uma floresta ao redor dele. Steve é meu amigo, como sempre foi. Não há mais felinos. Há apenas o meu amigo Steve.

A vingança de Djemal

Nas profundezas do deserto árabe vivia Djemal com seu mestre Mahmet. Dormiam no deserto, porque assim era mais barato. Durante o dia se deslocavam (Mahmet montado) para a cidade mais próxima, Elu-Bana, onde Djemal transportava turistas, sacolejando mulheres em vestidos de verão e homens nervosos trajando bermudas. Era a única ocasião em que Mahmet caminhava.

Djemal estava ciente de que os outros árabes não davam a mínima para Mahmet. Quando ele e Mahmet se aproximavam, os outros condutores de camelos emitiam um débil murmúrio. Havia muitos regateios de preços, dinares*, entre Mahmet e os outros condutores, que poderiam se precipitar sobre ele de uma só vez. Mãos se ergueriam, assim como as vozes enlouquecidas. Mas nenhum deles trocava dinares, apenas falavam sobre eles. No fim, Mahmet conduziria Djemal até o grupo de turistas que acompanhavam a cena, daria uma pancadinha em Djemal e gritaria um comando para ele se ajoelhar.

Os pêlos nos joelhos de Djemal, nas partes frontais e traseiras das pernas, estavam um tanto gastos, dando à sua pele, nesses locais, o aspecto de uma peça de couro surrada. Quanto ao resto dele, tinha uma pelagem marrom com algumas manchas, além de alguns setores onde o pêlo falhava, dando a impressão de que esses vazios haviam sido provocados por traças. Mas seus grandes olhos castanhos eram límpidos, e seus lábios generosos e inteligentes tinham

---

* Unidade monetária utilizada pelos árabes. (N.T.)

um aspecto agradável, como se ele estivesse sempre sorrindo, embora isso distasse muito da verdade. De qualquer modo, ele tinha apenas dezessete anos, estava na flor da idade e era inesperadamente grande e forte. Ele perdia pêlo agora porque era verão.

– Oooooooh! Eeeeeei! – gritou uma senhora rechonchuda, balançando de um lado para o outro à medida que Djemal se erguia, plenamente mostrando sua impressionante estatura. – O chão parece estar a quilômetros de distância!

– Não caia! Segure-se! Esta areia não é tão macia quanto aparenta ser! – advertiu-a um sujeito britânico.

O pequeno e imundo Mahmet, com sua túnica empoeirada, puxou as rédeas de Djemal, e então eles se puseram em movimento, Djemal batendo seus largos pés contra a areia, olhando para onde tivesse vontade, observando os brancos domos da cidade contra o céu azul, um automóvel ronronando ao longo da pista, uma montanha de limões amarelados junto à estrada, os outros camelos caminhando ou transportando ou descarregando suas cargas humanas. Esta mulher, qualquer ser humano, parecia, de fato, não pesar nada, ainda mais se comparada aos enormes sacos de limões ou laranjas que ele freqüentemente tinha de carregar, ou sacos com argamassa, ou até mesmo as mudas de jovens árvores que tinha que transportar por longas distâncias deserto adentro.

De vez em quando, até os turistas discutiam com Mahmet com suas vozes hesitantes e que soavam de modo tão estranho. Alguns discutiam sobre o preço. Tudo era o preço. Tudo sempre terminava nos dinares. Dinares, papel e moeda podiam fazer os homens sacarem adagas ou erguerem os punhos e acertarem uns aos outros nas faces.

Mahmet com seu turbante, sapatos com as pontas voltadas para cima e com sua velha e ondulada djelaba, parecia mais árabe que os próprios árabes. Ele pretendia transformar a si próprio em uma espécie de atração turística e fotogênica (cobrava uma pequena taxa para ser fotografado), com um brinco de argola dourado em uma das orelhas e um rosto enrugado e queimado de sol que era quase que completamente escondido sob suas sobrancelhas grossas e uma barba descuidada. Quem o visse mal poderia discernir sua boca. Seus olhos eram pequenos e negros. A razão pela qual os outros condutores o odiavam era porque ele não se atinha ao preço para um passeio de camelo que os outros haviam estabelecido. Mahmet até prometia respeitar o acordo. Se, no entanto, acontecesse de um turista se aproximar numa tentativa lamentável de barganhar (como Mahmet sabia que eles eram aconselhados a fazer), Mahmet baixaria um pouquinho o preço, conseguindo assim alguns passeios, além de deixar os turistas de excelente humor por acreditarem que tinham obtido sucesso nas negociações, o que, na maioria das vezes, fazia com que eles dessem ao final do passeio, gorjetas que ultrapassavam a diferença obtida com o desconto inicial. Em contrapartida, se o movimento estava bom, Mahmet subia seu preço, sabendo que o valor seria aceito – e isso muitas vezes ao alcance dos ouvidos dos outros condutores. Não que os outros fossem exemplos de honestidade, mas eles tinham acordos informais e muitos se atinham ao compromisso. Pela desonestidade de Mahmet, Djemal levava algumas vezes uma pedrada no traseiro, uma pedra que cabia a Mahmet.

Após um bom dia com os turistas, que normalmente se estendia até o cair da noite, Mahmet tratava de amarrar Djemal a uma palmeira na cidade e cuidava de arranjar para si um prato de cuscuz em um restaurante rústico que tinha um terraço e um papagaio tagarela. Enquanto isso, Djemal sequer recebia água, porque Mahmet tratava de saciar suas necessidades primeiro, obrigando Djemal a mordiscar as folhas da árvore que conseguisse alcançar. Mahmet comia sozinho à mesa, segregado pelos outros condutores de camelo, que sentavam todos juntos, fazendo enorme estardalhaço. Um deles tocava um instrumento de cordas entre um prato e outro. Mahmet chupava seus ossos de cordeiro em silêncio, limpando os dedos na túnica. Nunca deixava gorjeta.

Talvez ele levasse Djemal à fonte pública, talvez não, mas montava em Djemal para que percorressem no deserto até um capão onde Mahmet acampava toda as noites. Djemal nem sempre podia ver em meio à escuridão, mas seu olfato o guiava até a trouxa de roupas de Mahmet, à tenda de enrolar, aos sacos de couro para água, cada qual impregnado pelo odor agressivo do próprio suor de Mahmet.

No início das manhãs, nos meses quentes de verão, normalmente transportavam-se carregamentos de limões. Graças a Alá, pensou Mahmet, o governo estabelecera horário para os "passeios de camelo" dos turistas: das dez ao meio-dia, pela manhã, das seis às nove, durante o entardecer. Assim os condutores ficavam livres para ganhar algum dinheiro durante o dia, além de se ocuparem do negócio com turistas em um horário fixo.

Agora, à medida que a esfera alaranjada do sol afundava no horizonte de areia, Mahmet e Djemal estavam fora do alcance das conclamações do muezim em Elu-Bana. Além disso, Mahmet seguia com seu radinho ligado, um pequeno dispositivo não muito maior que um punho que ele ajustava no ombro entre as dobras da djelaba. Naquele momento, tocava uma canção chorosa e interminável, cantada em falsete por um homem. Mahmet cantarolava, enquanto estendia seu pano esfarrapado sobre a areia, jogando ainda alguns outros sobre este primeiro. Era a sua cama.

– Djemal! Leve essa sua carcaça para lá! – disse Mahmet, apontando para o lado contrário ao que pretendia dormir e de onde vinha uma corrente de vento. Djemal perdia um lugar mais aconchegante, assim como teria que bloquear a brisa arenosa.

Djemal aproveitou a ordem para ir comer uns arbustos secos que ficavam bem mais adiante do local indicado. Mahmet aproximou-se e o golpeou com um relho de couro entrelaçado. Djemal não sentiu dor. Era uma espécie de ritual que o camelo deixava prosseguir por alguns minutos antes que se afastasse dos arbustos verdes-escuros. Por sorte, não estava com sede naquela noite.

– Oi-ia-ia-ia... – ecoava a voz do rádio.

Djemal se ajoelhou, ocupando uma posição levemente contrária ao desejo original de Mahmet, de modo que o vento o atingisse levemente nos flancos. Djemal não queria que a areia entrasse em seu nariz. Esticou seu longo pescoço, escondendo a cabeça entre as patas, quase fechando as narinas, e então cerrou os olhos completamente. Logo em seguida, sentiu Mahmet se assentar contra seu lado esquerdo, dando puxões no velho cobertor vermelho em que se enrolava e enterrando suas sandálias na areia. Mahmet dormiu na posição em que estava, quase sentado.

Algumas vezes, Mahmet lia num murmúrio um trecho do Alcorão. Ele mal aprendera a ler de fato, mas sabia longas passagens de cor, desde a infância. Seu aprendizado na escola consistira, como ainda hoje consiste, em um homem alto de djelaba gritando frases do Alcorão em uma sala cheia de crianças sentadas no chão, repetindo-as. O homem caminhava a esmo entre elas, em largas passadas. Essa sabedoria, essas palavras eram como que poesia para Mahmet – ainda mais bonita na voz de outro leitor, mas sem nenhuma utilidade para o dia-a-dia. Esta noite, o Alcorão de Mahmet – um livrinho atarracado com as pontas da capa já gastas e uma impressão esmaecida – permaneceu em sua sacola de tecido junto com suas tâmaras pegajosas e um naco de pão dormido. Mahmet pensava na Corrida Nacional de Camelos, que se aproximava. Ele catou uma pulga em algum lugar debaixo do braço esquerdo. A corrida de camelos começaria no dia seguinte, à noite, e duraria uma semana. Saía de Elu-Bana com destino a

Khassa, um grande porto e também a maior cidade do país, onde havia ainda mais turistas. Os competidores acampavam à noite, evidentemente, e deviam levar seus próprios carregamentos de água e comida, fazendo uma parada em Souk Mandela, onde os camelos deveriam beber, para então seguir em frente. Mahmet arquitetava seus planos. Não parar em Souk Mandela, por nenhuma razão. Era por isso que ele fazia com que Djemal ficasse seco por dentro. Quando o camelo se abastecesse amanhã, e logo antes da corrida da noite começar, Djemal poderia seguir por sete dias, pensava Mahmet, sem beber água. De qualquer modo, Mahmet pretendia fazer o percurso em seis.

Tradicionalmente, a corrida de Elu-Bana–Khassa era muito disputada, e os condutores açoitavam seus camelos na linha de chegada. O prêmio era de trezentos dinares, uma soma suficientemente alta para ser interessante.

Mahmet puxou o cobertor vermelho sobre a cabeça e sentiu-se seguro e auto-suficiente. Ele não tinha esposa, sequer tinha família – para falar a verdade ele tinha uma numa cidade afastada, mas eles não gostavam dele, nem ele gostava de seus familiares, por isso, nunca pensava neles. Ele havia cometido furtos quando rapaz, e a polícia viera muitas vezes até a casa de sua família, assim Mahmet se viu obrigado a abandonar o lar com a idade de treze anos. Desde então, levava uma existência nômade; engraxou sapatos na capital, trabalhou por um tempo como garçom, até que foi pego roubando dinheiro da caixa registradora, bateu carteiras em museus e mesquitas, exerceu a atividade de cafetão assistente para uma rede de bordéis em Khassa e depois a de receptador de mercadorias roubadas, ocasião em que foi atingido na panturrilha por um disparo feito por um policial, o que acabou por lhe deixar manco da perna. Mahmet tinha agora 37 ou 38 anos, talvez até mesmo quarenta, ele não tinha certeza. Quando ganhasse o dinheiro da Corrida Nacional de Camelos, pretendia dar entrada numa casinha em Elu-Bana. Ele já andava de olho em um imóvel de dois quartos com água encanada e uma pequena lareira. A casa estava à venda por um preço módico, porque o dono tinha sido assassinado em sua própria cama, e ninguém queria morar ali.

No dia seguinte, Djemal foi surpreendido pela relativa leveza de seu trabalho. Ele e Mahmet circularam pelas montanhas de limões nos arredores de Elu-Bana, e as duas enormes sacas de Djemal foram carregadas e descarregadas quatro vezes antes que o sol se pusesse, mas isso era moleza. Normalmente, Djemal teria sido aguilhoado, para seguir com muito mais rapidez ao longo das estradas.

– Ô-ia! Djemal! – alguém gritou.
– ... Mahmet... Fiuuuu!

Havia excitação no ar, e Djemal não sabia por quê. Os homens o aplaudiam. Apoiando ou desaprovando? Djemal tinha consciência de que ninguém gostava de seu dono, e Djemal assumia parte desse desconforto, dessa apreensão, para si mesmo. Djemal estava sempre preparado para receber um ataque, algo jogado contra ele com o intuito de atingir Mahmet. Os enormes caminhões deram a partida, carregados de limões trazidos pela cáfila. Os condutores sentaram para descansar, recostados nas barrigas de seus camelos ou acocorados sobre as próprias pernas. Quando Djemal se afastava do ajuntamento, um camelo, sem motivo, esticou a cabeça para frente e lhe mordeu o traseiro.

Djemal voltou-se rapidamente, arreganhou o protuberante lábio superior, expondo sua poderosa arcada, e revidou com uma mordida que não chegou a atingir em cheio o nariz do outro animal. O condutor do outro camelo foi praticamente lançado ao solo pelo recuo de seu bicho e amaldiçoou Mahmet com todas as letras.

– ...!

Mahmet respondeu à gentileza da melhor maneira que pôde.

Embora Djemal já estivesse cheio d'água, Mahmet o conduziu novamente até o cocho da cidade. Djemal bebeu um pouquinho, devagar, parando para erguer a cabeça e aspirar a brisa: ele podia sentir o perfume dos turistas de longe. E também ouvia uma música alta; nada de extraordinário, visto que os rádios soavam diariamente de todas as direções, mas essa música era diferente em sua magnitude e solidez. Djemal sentiu uma pancada forte no traseiro esquerdo. Mahmet estava agora caminhando à sua frente, puxando a rédea.

Havia bandeiras, uma tribuna de honra e um par de grandes alto-falantes, que era de onde vinha a música. Todo esse circo estava armado à beira do deserto. Os camelos encontravam-se alinhados. Um homem falava, com uma voz anormalmente alta. Os camelos apresentavam uma boa aparência. Era uma corrida? Djemal certa vez participara de uma corrida, montado por Mahmet, e se lembrava de ter sido mais rápido que os outros. Isso fora no ano passado, quando Mahmet o adquiriu. Djemal tinha uma vaga recordação de seu primeiro dono, que o havia treinado. Tratava-se de um homem alto, gentil e já com idade avançada. Ele tinha discutido com Mahmet, sem dúvida sobre dinares, e Mahmet tinha ganhado. Era assim que Djemal via a questão. Mahmet o levara consigo.

Djemal viu-se subitamente alinhado com os outros camelos. Um apito soou. Mahmet aplicou-lhe um comando, e Djemal avançou frouxamente, levando um minuto ou dois para acertar o passo. Então seguiu galopando em direção ao pôr-do-sol. Ele na frente. Era fácil. Djemal começou a respirar com regularidade, ajustando-se para manter aquela passada por um longo tempo, caso fosse necessário. Para onde estavam indo? Djemal não conseguia sentir o cheiro de folhas ou de água e também não estava familiarizado com o terreno.

Ca-pa-la-pop, ca-pa-la-pop... O som dos cascos dos outros camelos atrás de Djemal tornava-se cada vez menos audível. Djemal escutou Mahmet gargalhar brevemente. A lua se ergueu, e eles continuaram, Djemal num ritmo mais lento agora. Ele estava um pouco cansado. Fizeram uma parada, Mahmet bebeu de seu saco de couro, comeu alguma coisa e se acomodou contra o flanco de Djemal como de costume. Não havia, no entanto, nenhuma árvore, nenhum abrigo onde pudessem passar a noite. O terreno se estendia uniformemente por uma longa distância.

Na manhã seguinte, partiram ao amanhecer, tendo Mahmet tomado uma caneca de café com açúcar aquecido em sua lamparina de álcool. Ele ligou seu radinho e o fixou no gancho do cano de sua bota, que estava apoiada sobre o ombro de Djemal. Não havia sinal de nenhum camelo atrás deles. Apesar disso, Mahmet estimulou Djemal a manter uma passada firme. Levando em consideração a consistência rígida da corcova atrás de si, podia-se supor que ele estaria em boas condições para mais quatro ou cinco dias sem correr o risco de afrouxar. De qualquer modo, Mahmet procurava por todo tipo de folhagem que pudesse oferecer algum alívio para o sol causticante, mesmo que por um breve momento. Quando deu meio-dia, tiveram que parar. O calor do sol começara a penetrar inclusive no turbante de Mahmet, e o suor escorria por suas sobrancelhas. Pela primeira vez, Mahmet lançou um pano sobre a cabeça de Djemal para protegê-lo do sol, e eles descansaram até umas quatro da tarde. Mahmet não tinha relógio, mas conseguia se guiar com bastante precisão pela posição solar.

Os eventos se deram de modo semelhante no dia seguinte, exceto pelo fato de que Mahmet e Djemal encontraram algumas árvores – mas nenhum sinal de água. Mahmet conhecia o território vagamente. Ou ele tinha estado por ali anos atrás, ou alguém lhe havia falado a respeito, não conseguia recordar ao certo. Não havia água até Souk Mandela, onde os competidores supostamente deveriam parar. Por outro lado, ele pensava que o melhor era dar a

Djemal um descanso extra ao meio-dia e recuperar o tempo perdido viajando noite adentro. Era o que vinham fazendo. Mahmet sabia se orientar um pouco pelas estrelas.

Djemal poderia ter agüentado tranqüilamente cinco dias sem água, num ritmo moderado e inclusive com carga nas costas, mas ele estava fraquejando. No descanso do meio-dia do sexto dia, Djemal sentiu os efeitos do esforço brutal. Mahmet murmurava o Alcorão. Havia um vento que por um par de vezes apagara a chama que esquentava o café de Mahmet. Djemal descansava com o rabo voltado para a direção de onde soprava o vento, as narinas abertas apenas o suficiente para permitir a respiração.

Era o limite de uma tempestade de areia, não a tempestade em si, observou Mahmet. Ele deu um tapinha na cabeça de Djemal. Mahmet matutava que os outros camelos e condutores encontravam-se no centro da tempestade, uma vez que a parte mais densa da escuridão estava ao norte, na direção de Souk Mandela. Mahmet esperava que todos eles sofressem um sério atraso.

Mahmet estava enganado, como pôde descobrir no sétimo dia. Este era o dia em que se supunha que terminariam a corrida. Mahmet partiu ao amanhecer, quando a areia redemoinhava tão intensamente ao redor que ele sequer se deu o trabalho de tentar preparar o café; em vez disso, mastigou uns poucos grãos de café. Mahmet começou a pensar que a tempestade se movera sobre ele, sobre sua rota para Khassa, e que seus competidores talvez não tivessem agido mal fazendo a parada em Souk Mandela para reabastecer seus animais com água e então retornar à competição por um caminho até Khassa, porque isso os colocaria no limite norte da tempestade e não no meio dela.

Era difícil para Djemal obter um bom progresso, já que, para se proteger da areia, tinha que manter suas narinas abertas apenas pela metade, o que conseqüentemente prejudicava sua respiração. Mahmet, cavalgando sobre seu lombo e curvado sobre seu pescoço, instigava-o, tomado de nervosismo, para que se movesse sempre mais rápido. Djemal percebeu que Mahmet estava com medo. Se Djemal não podia ver ou farejar para onde estavam indo, como poderia fazê-lo Mahmet? Estaria o condutor sem água? Talvez. O ombro direito de Djemal se abriu em uma ferida e começou a sangrar sob a ação do relho de Mahmet. Ali doía muito mais, e era por isso, supunha Djemal, que Mahmet não lhe dava golpes no outro ombro. Àquela altura, Djemal já conhecia Mahmet muito bem. Ele sabia que Mahmet pretendia ser pago de alguma maneira por seus esforços – esforços dele, Djemal – ou então não estaria se colocando em tamanho desconforto. Djemal também tinha uma noção vaga de que estava competindo com os outros camelos que havia visto em Elu-Bana, pois já fora forçado a participar de outras formas de "corrida", tendo que correr mais rápido que os outros camelos em direção a um grupo de turistas que Mahmet tinha avistado a um quilômetro.

– Rai-iê! Rai-iê! – gritava Mahmet, balançando para cima e para baixo, atacando com o relho.

Pelo menos estavam conseguindo escapar da tempestade de areia. A luz pálida e enevoada do sol podia ser vista aqui e ali, ainda bastante acima da linha do horizonte. Djemal tropeçou e caiu, lançando Mahmet para longe. Inadvertidamente, ele engolira um bocado de areia e adoraria ficar estendido ali por alguns minutos, recuperando-se, mas Mahmet obrigou-o a se levantar, aos gritos.

Na queda Mahmet havia perdido seu radinho e agora vasculhava e revirava a areia ao seu redor. Quando o encontrou, foi até onde estava Djemal e lhe aplicou um chute forte na nádega, sem qualquer resultado imediato. Então resolveu lhe dar um chute sem piedade bem no ânus, porque Djemal havia se deitado novamente.

Mahmet lançou uma praga.

Djemal fez o mesmo, dando uma vigorosa baforada, desnudando seus formidáveis dentes frontais, antes de começar a se erguer de modo gradual e lento, tomado por uma dolorosa dignidade. Atordoado pelo calor e pela sede, Djemal enxergava Mahmet indistintamente e estava suficientemente exasperado a ponto de atacá-lo, deixando de fazê-lo apenas porque se encontrava enfraquecido pela fadiga. Mahmet o golpeou e lhe ordenou que se pusesse de joelhos. Djemal se abaixou e Mahmet voltou a montá-lo.

Eles estavam novamente em movimento. As patas de Djemal ficaram ainda mais pesadas, afundando na areia. Mas agora ele podia sentir o cheiro de pessoas. E de água. Então ouviu uma música – a ordinária e lastimosa música das rádios árabes, mas com muito mais volume, como se diversos aparelhos soassem em uníssono. Mahmet golpeou Djemal ainda seguidas vezes no ombro, encorajando-o aos gritos. Djemal não encontrava nenhuma razão para se esforçar, uma vez que o objetivo estava à vista, mas considerou que o melhor era se mover rapidamente, esperando que isso fizesse com que Mahmet fosse mais parcimonioso no uso do relho.

– Ié-iá! – o som da torcida ficava mais alto.

A boca de Djemal agora estava aberta e seca. Logo antes de ele chegar até as pessoas, sua visão o abandonou. Assim como seus músculos e, na seqüência, seus joelhos. Então tombou de lado na areia. A corcova em suas costas murchou, vazia e seca como sua boca e seu estômago.

E Mahmet batia nele, gritando.

A multidão igualmente gritava e urrava. Djemal não se importava. Sentia que estava morrendo. Por que ninguém lhe trazia água? Mahmet agora acendia fósforos debaixo dos seus cascos. Djemal contraiu-se de modo imperceptível. Ele teria dado uma mordida no pescoço de Mahmet com prazer, mas faltava-lhe força. Djemal perdeu a consciência.

Com fúria e ressentimento, Mahmet viu um camelo e seu condutor cruzarem a linha de chegada. Então outro par. Os camelos aparentavam cansaço, mas estavam longe do estado lamentável em que se encontrava Djemal. Não havia espaço para piedade na mente de Mahmet. Djemal falhara com ele. Djemal, de quem se esperava que fosse forte.

Quando uma dupla de condutores zombou de Mahmet e fez comentários maldosos a respeito do fato de ele não ter dado água a seu camelo – um fato que era óbvio –, Mahmet os amaldiçoou. Mahmet jogou um balde d'água sobre a cabeça de Djemal, o que fez com que recobrasse os sentidos. Então Mahmet assistiu, rilhando os dentes, o vencedor da corrida (um porco gordo e velho que sempre o tinha repreendido em Elu-Bana) receber um cheque com o prêmio. Naturalmente o governo não faria o pagamento em dinheiro, porque ele poderia ser roubado no meio da multidão.

Djemal bebeu água naquela noite e também comeu um pouco. Mahmet não lhe dera comida, mas havia uns arbustos e árvores no local onde eles passaram a noite. Estavam nos arredores da cidade de Khassa. No dia seguinte, tendo se abastecido de provisões – pão, tâmaras, água e um par de salames secos –, Mahmet partiu com Djemal para juntos refazerem o caminho através do deserto. Djemal continuava um pouco cansado e lhe teria sido vantajoso descansar mais um dia. Será que dessa vez Mahmet faria uma parada para que ele bebesse água? Era o que Djemal esperava. Pelo menos não estavam participando de corrida nenhuma.

Perto do meio-dia, quando tiveram que descansar debaixo de alguma sombra, a pata dianteira de Djemal cedeu sob seu peso ao se ajoelhar para Mahmet desmontar. O condutor foi lançado na areia e, com um pulo, voltou-se na direção de Djemal e lhe aplicou uns golpes de relho na cabeça.

– Estúpido! – gritou Mahmet em árabe.

Djemal mordeu o relho e o reteve. Quando Mahmet quis retomá-lo, Djemal mordeu novamente e pegou o punho de Mahmet.

O homem gritou.

Djemal se pôs de pé, motivado a prosseguir com o ataque. Como odiava aquela criatura fedorenta que se considerava seu "dono"!

– Aaaah! Para trás! De joelhos! – gritava Mahmet, brandindo o relho e recuando.

Djemal caminhou na direção de Mahmet, os dentes expostos, os olhos arregalados e injetados de fúria. Mahmet correu e procurou abrigo atrás do tronco curvo de uma tamareira. Djemal deu a volta na árvore. Ele conseguia sentir o cheiro arisco e fedorento do terror que Mahmet exalava.

Mahmet se desfez de sua velha djelaba. Também retirou o turbante e arremessou ambas as peças de roupa na direção de Djemal.

Surpreso, Djemal mordeu as roupas fedorentas, balançando a cabeça como se estivesse com seus dentes no pescoço de Mahmet, como se o estivesse chacoalhando até a morte. Djemal bufou e atacou o turbante, agora desfeito em uma longa e suja tira. Ele comeu parte dela e pisoteou com seus poderosos cascos o que ficara no chão.

Mahmet, escondido atrás da árvore, começou a respirar com mais facilidade. Ele sabia que os camelos podiam dar vazão à sua ira sobre as vestes dos homens que eles odiavam e que depois disso as coisas se acalmavam. Era o que esperava que acontecesse. Nem sequer imaginava a possibilidade de ter que voltar a Khassa. Queria seguir para Elu-Bana, o lugar que considerava sua "casa".

Djemal finalmente se deitou. Ele estava cansado, exausto a ponto de sequer se dar o trabalho de procurar abrigo à sombra da tamareira. Adormeceu.

Mahmet o acordou, cheio de cuidado. O sol estava se pondo. Djemal deu uma mordida, sem acertá-lo. Mahmet achou que o melhor era ignorar.

– De pé, Djemal! De pé... É hora de partir – disse Mahmet.

Djemal começou a caminhar, quase se arrastando. Seguiu assim noite adentro, sentindo sob os cascos a trilha quase indistinta na areia, mais do que a vendo. A noite estava fresca.

No terceiro dia, chegaram a Souk Mandela, uma importante embora pequena cidade comercial. Mahmet tinha decidido vender Djemal ali. Então se dirigiu ao mercado livre, onde braseiros, tapetes, jóias, selas para camelos, potes e panelas, grampos de cabelo e quase tudo o que se pudesse imaginar estava à venda e espalhado pelo chão. Também havia camelos para vender, em uma das esquinas. Ele levou Djemal até lá, conduzindo-o a uma distância segura e olhando constantemente sobre seu ombro, evitando assim que Djemal o mordesse.

– Uma pechincha! – disse Mahmet ao negociante. – Seiscentos dinares. Trata-se de um excelente camelo, como você mesmo pode ver. E ele acaba de ganhar a corrida de Elu-Bana-Khassa!

– É verdade? Bem, não foi essa a versão que nos contaram! – disse um condutor de camelos com um turbante na cabeça, e um grupo que estava ali gargalhou. – O bicho desmaiou!

– Sim, ouvimos dizer que você não parou para reabastecer o animal com água, seu grande canalha! – completou alguém.

– Mesmo assim... – recomeçou Mahmet, tendo que desviar da dentada de Djemal que vinha em sua direção.

– Ha! Ha! Nem seu próprio camelo o suporta! – disse um velho barbudo.

– Trezentos dinares! – gritou Mahmet. – Com a sela incluída!

Um homem apontou para o ombro lacerado de Djemal, que continuava sangrando, e para a ferida em que as moscas haviam se assentado, como se aquilo fosse um defeito grave e permanente, e propôs 250 dinares.

Mahmet aceitou. Mas queria receber em espécie. O homem teve que ir até sua casa buscar a soma. Mahmet, taciturno, aguardou sob uma sombra, observando o negociante e outro homem levarem Djemal até o cocho de água do mercado. Ele havia perdido um bom camelo – perdido dinheiro, o que lhe doía mais –, mas estava bastante satisfeito em ter se livrado de Djemal. Afinal, sua vida valia bem mais do que dinheiro.

Naquela tarde, Mahmet tomou um ônibus desconfortável de volta a Elu-Bana. Ele carregava seus acessórios, sacos de água vazios, a lamparina a álcool, o pote de cozinhar e um cobertor. Dormiu feito pedra no beco atrás do restaurante em que costumava pedir o seu cuscuz. Na manhã seguinte, com uma visão clara de sua má sorte e a lembrança torturante do baixo preço que recebera por um dos melhores camelos do país, Mahmet furtou algumas coisas do carro de um dos turistas. Conseguiu um cobertor xadrez de lã e um bônus que estava ocultado por ele – uma câmera –, além de um cantil de aço que se achava no porta-luvas e um pacote de papel pardo que continha um pequeno tapete, evidentemente recém-adquirido no mercado. Esse roubo levou menos de um minuto, porque o carro não estava trancado. Foi na frente de um boteco, e uma dupla de adolescentes descalços, sentados a uma mesa postada sobre a areia, simplesmente riu diante da ação de Mahmet.

Ele conseguiu vender o fruto de seu saque antes do meio-dia por setenta dinares (tratava-se de uma boa câmera alemã), o que o fez se sentir um pouco melhor. Com a própria reserva de dinares que carregava sempre consigo em um bolso secreto no cobertor, Mahmet tinha agora aproximadamente quinhentos dinares. Poderia comprar outro camelo, de qualidade mediana, não tão bom quanto Djemal, que lhe custara quatrocentos. E lhe sobraria o suficiente para dar uma entrada na casa que queria. A temporada de turismo seguia a pleno vapor, e Mahmet precisava de um camelo para ganhar dinheiro, porque conduzir camelos era a única coisa que sabia fazer.

Enquanto isso, Djemal tinha caído em boas mãos. Um homem pobre porém decente chamado Chak o adquirira para acrescentá-lo à sua fileira de três. Chak transportava principalmente limões e laranjas, além de fazer outros tipos de carregamento. Na estação de turismo, todavia, também organizava passeios de camelo. Chak estava encantado com as boas maneiras e com a disposição de Djemal para com os turistas. Graças à altura de Djemal, ele era normalmente escolhido pelos turistas, que queriam ter uma boa "vista".

Djemal estava agora inteiramente curado de sua ferida no ombro, bem alimentado, livre da sobrecarga de trabalho e muito satisfeito com seu novo dono e sua nova vida. A lembrança que guardava de Mahmet era cada vez mais difusa, porque jamais voltara a encontrá-lo. Elu-Bana tinha muitas rotas de saída e de entrada. Djemal freqüentemente trabalhava a quilômetros de distância, e a casa de Chak se localizava fora da cidade; lá Djemal dormia com os outros camelos sob um abrigo próximo à moradia de Chak e sua família.

Certo dia, no início do outono, quando a temperatura estava um pouco mais fria e a maioria dos turistas já havia partido, Djemal sentiu o cheiro de Mahmet. O camelo acabava de entrar no grande mercado de frutas de Elu-Bana, trazendo um grande carregamento de pomelo. Grandes caminhões estavam sendo carregados com caixas de tâmaras e abacaxis, e a cena toda era uma grande balbúrdia, uma mistura das vozes dos homens que conversavam e gritavam com o som dos aparelhos de rádio sintonizados em programações diferentes. Djemal não avistou Mahmet, mas os pêlos de seu pescoço se eriçaram levemente, e ele esperava um ataque para qualquer momento. Ajoelhou-se ao comando de Chak, livrando-se dos sacos que carregava.

Então viu Mahmet, apenas um camelo à sua frente. Djemal se pôs de pé. Mahmet também o enxergou e levou um ou dois segundos para ter certeza de que era mesmo ele. Então Mahmet saltou e deu um passo para trás. Empurrou alguns dinares para dentro de alguma parte de sua djelaba.

– Veja só... é o seu antigo camelo, não? – perguntou um outro condutor a Mahmet, apontando com o polegar para Djemal. – Continua se borrando de medo dele, Mahmet?

– Nunca tive medo dele, ora! – redargüiu Mahmet.

– Ha! Ha!

Outros dois condutores se juntaram à conversa.

Djemal viu Mahmet se encolher, dando de ombros, falando todo o tempo. Djemal podia sentir perfeitamente seu cheiro, e o ódio lhe renasceu fresco e renovado. Djemal se moveu em direção a Mahmet.

– Ha! Ha! Tome cuidado, Mahmet! – gargalhou um condutor de turbante, que já estava um pouco embriagado de vinho.

Mahmet recuou.

Djemal o seguiu, caminhando. Continuou no mesmo passo, apesar de ouvir os chamados de Chak. Então Djemal disparou a galope, assim que Mahmet desapareceu atrás de um caminhão. Quando Djemal chegou até o veículo, Mahmet disparou em direção a uma pequena casa, uma espécie de depósito para os motoristas do mercado.

Para horror de Mahmet, a porta do depósito estava trancada. Ele correu para trás da construção.

Djemal seguiu no seu encalço e com uma mordida prendeu entre os dentes parte da djelaba e da espinha dorsal de Mahmet. Ele caiu, e Djemal passou a pisoteá-lo, aplicando-lhe sucessivos golpes na cabeça.

– Olhem! É uma luta!

– E o desgraçado bem que merece! – gritou alguém.

Uma dúzia de homens, logo duas dezenas se juntaram ao redor para assistir, sorridentes, a princípio incentivando-se mutuamente para que alguém pusesse um fim naquilo – mas ninguém o fez. Pelo contrário, houve até mesmo um sujeito que começou a passar um jarro de vinho tinto ao redor.

Mahmet gritava. Djemal agora lhe aplicava uma patada no meio das costas. A parada estava decidida. De qualquer modo, Mahmet deixara de se mover. Djemal, reunindo forças para a tarefa, mordeu a parte exposta da barriga da perna de Mahmet.

A multidão foi à loucura. Eles estavam seguros, o camelo não iria atacá-los, somente o detestável Mahmet, que não era apenas avarento, mas extremamente desonesto, mesmo com pessoas que ele levara a pensar que fossem suas amigas.

– Mas que camelo! Qual é o nome dele?

– Djemal! Ha! Ha!

– Era o camelo de Mahmet! – alguém repetiu, como se o fato fosse desconhecido pela multidão.

Por fim, Chak conseguiu atravessar a platéia.

– Djemal! Ô! Pare, Djemal!

– Deixe-o ter sua vingança! – uma voz gritou.

– Isto é terrível! – lamentou Chak.

Os homens cercaram Chak, dizendo que não havia ali nada terrível, garantindo-lhe que eles se livrariam do corpo, enterrando-o em algum lugar. Não, não, não, não havia necessidade de se chamar a polícia. Absurdo! Tome um pouco de vinho, Chak! Até alguns motoristas de caminhão haviam se juntado a eles, sorrindo com sinistra surpresa diante do que acontecia atrás do depósito.

Djemal, agora com a cabeça erguida, começava a se acalmar. Ele podia farejar o cheiro de sangue misturado ao fedor de Mahmet. Desdenhosamente, pisoteou mais uma vez a vítima, erguendo cuidadosamente cada uma de suas patas, só então voltando para seu dono. Chak continuava nervoso.

– Não, não – respondia Chak, porque os homens, já um pouco altos, ofereciam-lhe setecentos ou até mais dinares por Djemal. Chak estava abalado pelos eventos, mas ao mesmo tempo sentia orgulho de Djemal, e naquele momento não teria se apartado dele nem por mil dinares.

Djemal sorriu. Ergueu a cabeça e olhou serenamente através de suas longas pestanas na direção do horizonte. Homens lhe davam tapinhas nos ombros e nos flancos. Mahmet estava morto. Sua raiva, como um veneno, havia sido depurada de seu sangue. Djemal seguiu Chak, sem precisar ser conduzido, à medida que este se afastava, olhando para trás e chamando por ele.

Lá estava eu, condenado a viver com Bubsy

Sim, lá estava ele, condenado a viver com Bubsy, um destino que nenhuma criatura viva havia por bem merecer. Barão, com seus dezesseis – dezessete? – anos, de qualquer maneira envelhecido, sentia-se condenado a passar seus últimos dias com esse ser bestial, roliço e horrendo, o qual havia detestado desde o dia em que ele entrara em cena pela primeira vez, pelo menos dez ou doze anos atrás. Condenado, a não ser que alguma coisa acontecesse. Mas o que aconteceria, e o que poderia fazer Barão para que algo acontecesse? Barao queimava os neurônios. As pessoas haviam dito, desde que ele era apenas um filhote, que sua inteligência era extraordinária. Isto de certa forma lhe trazia algum conforto. Era tudo uma questão de fortalecer a mão de Marion, tarefa difícil para um cachorro, uma vez que Barão não podia falar, embora mais de uma vez seu dono Eddie tivesse entendido cada latido, rosnar ou olhadela que Barão dera.

Barão se deitava sobre uma almofada de bolinhas cheia de borlas que cobria seu cesto. A parte superior do cesto era arqueada, também coberta pela mesma padronagem. Da sala ao lado, Barão podia ouvir as risadas, as vozes misturadas, o tilintar dos copos e das garrafas de quando em quando, e os ocasionais "Hau-ha-hau!" de Bubsy, os quais nos dias posteriores à morte de Eddie tinham feito os ouvidos de Barão se contraírem em hostilidade. Agora Barão não reagia mais às gargalhadas de Bubsy. Ao contrário, Barão afetava langor, despreocupação (era melhor para seus nervos), e naquele instante bocejava poderosamente, expondo os caninos amarelados da arcada inferior, assentando então o maxilar sobre as patas. Ele queria fazer xixi. Tinha ido até a barulhenta sala de estar há uns dez minutos e indicado a Bubsy, aproximando-se da porta do apartamento, que queria sair. Mas Bubsy não dera a mínima bola, muito embora um jovem tivesse se oferecido (disso Barão tinha quase certeza) para levá-lo até lá embaixo. Barão levantou-se subitamente. Ele não podia esperar mais. Se quisesse, é claro, poderia fazer xixi diretamente no tapete, assumindo a postura de quem manda tudo para o inferno, mas ainda tinha sua reserva de decência.

Barão voltou a tentar uma aparição na sala de estar. Esta noite, mais do que de costume, havia um bocado de mulheres.

– O-o-o-oh!

– Ahhh! Eis Barão!

– Ah, Barão! – disse Bubsy.

– Ele quer sair, Bubsy, pelo amor de Deus! Onde está sua correia?

– Ora, *recém saí* com ele! – gritou Bubsy, mentindo.

– Quando? Hoje de manhã?...

Um jovem que usava umas calças grossas e felpudas de *tweed* desceu com Barão pelo elevador. Barão se dirigiu à primeira árvore junto ao meio-fio e ergueu um pouco a pata esquerda. O jovem falava com ele de maneira cordial e disse alguma coisa sobre "Eddie". O nome do seu dono provocou no Barão uma tristeza momentânea, embora considerasse legal por parte das pessoas, mesmo se tratando de totais estranhos, lembrarem de seu dono. Eles deram a volta na quadra. Próximo à *delicatessen,* na avenida Lexington, um homem os deteve e, num tom de voz polido, perguntou alguma coisa contendo "Barão" no meio.

– Sim – disse o jovem que segurava a correia de Barão.

O estranho acariciou gentilmente a cabeça de Barão, e o cão pôde reconhecer o outro nome de seu dono: "Brockhurst... Edward Brockhurst...".

Eles seguiram caminho em direção ao toldo do edifício, de volta àquela festa horrenda. Então os ouvidos de Barão captaram o som de passos que lhe eram familiares, e depois o cheiro conhecido em seu focinho: Marion.

– Olá! Com licença... – Ela estava mais próxima do que Barão havia suposto, seus ouvidos não eram mais os mesmos de outrora, assim como sua visão. Ela falou com o jovem, e os três subiram juntos no elevador.

O coração de Barão batia mais acelerado de prazer. Marion cheirava bem. Subitamente, a noite ficou melhor, excelente, até, apenas porque Marion aparecera. Seu dono sempre amara aquela mulher. E Barão estava plenamente ciente de que Marion queria levá-lo para morar com ela.

Houve uma significativa mudança na atmosfera quando Barão, o jovem e Marion entraram no apartamento. A conversa morreu, e Bubsy avançou na direção deles trazendo na mão um copo da sua bebida favorita: champanhe. O jovem retirou a correia de Barão.

– Boa noite, Bubsy... – Marion falava de maneira polida, explicando alguma coisa.

Algumas pessoas cumprimentaram Marion, outras reiniciaram a conversa em pequenos grupos. Barão manteve seu olhar fixo em Marion. Seria possível que ela o levasse embora *esta noite*? Ela falava a respeito dele. E Bubsy parecia confuso. Fez com que ela o acompanhasse até uma das outras peças, seu quarto de dormir, e Barão seguiu grudado nos calcanhares de Marion. Bubsy teria deixado Barão do lado de fora, mas Marion segurou a porta.

– Entre, Barão! – ela disse.

Barão não gostava do quarto. A cama era alta, ainda mais elevada por causa dos travesseiros, e aos pés dela estava o aparelho que Bubsy usava quando tinha seus ataques de asma ou dificuldade em respirar, normalmente à noite.

Havia dois tanques de metal dos quais saía um cano de borracha, além de tubos flexíveis, e todos esses apetrechos podiam ser presos aos travesseiros de Bubsy.

– ...amigo... férias... – dizia Marion. Ela estava reclamando com Bubsy. Barão escutou seu nome ser pronunciado três vezes, o de Eddie, uma, e Bubsy olhou com raiva para Barão, com aquela expressão estúpida que o cachorro tão bem conhecia, já há tantos anos, mesmo quando Eddie ainda estava vivo.

– Bem, não... – seguiu Bubsy, fazendo um discurso verdadeiramente elaborado.

Marion começou novamente, não se fazendo de rogada.

Bubsy tossiu, e sua face escureceu um pouco. Ele repetia o seu "não... não...".

Marion se pôs de joelhos, olhou dentro dos olhos de Barão e falou com ele. Barão balançou seu rabo tosado. Ele tremia de alegria e poderia ter arremessado as patas sobre os ombros de Marion, mas não o fez, porque não era a coisa certa a fazer naquele momento. Mas suas patas dianteiras continuavam como que dançando pelo chão. Sentia-se rejuvenescido em vários anos.

Então Marion começou a falar sobre Eddie, e começou a se irritar. Ela se empertigava um pouco quando falava sobre Eddie, como se ele fosse alguém de quem se orgulhar, e era evidente para Barão que ela pensava – ela devia estar até mesmo dizendo – que Bubsy não lhe chegava nem aos pés. Barão sabia que seu dono tinha sido alguém importante. Estranhos que chegavam à casa de vez em quando tinham tratado Eddie como se ele fosse o dono deles, de certa forma, quando viviam no outro apartamento, e Bubsy servia os drinques e preparava as refeições como um dos serventes nos navios em que Barão tinha viajado, ou nos hotéis em que Barão se hospedara. Eis que subitamente Bubsy alegava que Barão lhe pertencia. Esse era o ponto a que as coisas haviam chegado.

Bubsy seguia dizendo "não", com uma voz que ganhava em firmeza. Ele caminhou em direção à porta.

Marion disse alguma coisa em um tom baixo e ameaçador. Barão gostaria muito de saber exatamente o que ela havia dito. Barão a seguiu através da sala de estar até a porta da frente. Ele se preparava para sair sorrateiramente com ela, escapar sem a correia e simplesmente ficar junto dela. Marion se deteve para conversar com o jovem de calças grossas e felpudas de *tweed* que havia subido com ela.

Marion disse:
– Boa noite... boa noite...

Barão esgueirou-se para sair com ela, posicionando-se no hall em direção aos elevadores. Um homem riu, e não era o Bubsy.

– Barão, querido, você não pode... – disse Marion.

Alguém puxou Barão pela coleira. Barão rosnou, mas sabia que era impossível vencer, que alguém lhe aplicaria uma carraspana, caso não fizesse o que *eles* queriam. Atrás de si, Barão ouviu o terrível *estalar* que significava que a porta do elevador havia se fechado e que Marion havia partido. Algumas pessoas murmuravam enquanto Barão cruzava a sala de estar, outras riam, à medida que o alarido recomeçava, mais alto e alegre do que nunca. Barão seguiu direto para o quarto de seu dono, que ficava do outro lado do corredor em relação ao de Bubsy. A porta estava fechada, mas Barão podia abri-la pressionando a maçaneta horizontal, desde que a porta não estivesse trancada. Barão não sabia lidar com a chave, que ficava enfiada debaixo da maçaneta, muito embora tivesse tentado por diversas vezes. Agora a porta abriu. Provavelmente Bubsy tinha mostrado o quarto para alguns de seus convidados esta noite. Barão entrou e inalou profundamente o ar que ainda cheirava vagamente ao tabaco do cachimbo de seu dono. Sobre a mesa estava a máquina de escrever do seu dono, agora coberta com um tecido com a mesma padronagem de bolinhas que cobria sua cesta no quarto de hóspedes. Barão se sentiria feliz, muito mais feliz, se pudesse dormir sobre o tapete próximo à mesa, como fizera tantas vezes enquanto seu dono trabalhava, mas Bubsy, de modo cruel, normalmente mantinha a porta do quarto do seu dono chaveada.

Barão se enroscou sobre o tapete e afundou a cabeça entre as patas, o nariz quase tocando numa das pernas da cadeira de seu dono. Suspirou, sentindo-se repentinamente exaurido pelas emoções vividas nos últimos dez minutos. Pensou em Marion, relembrou as manhãs felizes quando ela vinha de visita, e seu dono e Bubsy tinham feito ovos com bacon, ou panquecas, e todos saíam para dar uma volta no Central Park. Lá, Barão costumava apanhar os gravetos que Marion lançava num lago. E ele também se lembrava de um cruzeiro especialmente prazeroso, os raios de sol banhando o convés, com seu dono e Marion (nos dias pré-Bubsy), nos tempos em que Barão fora jovem e lépido e belo e popular entre os passageiros, paparicado pelos camareiros, que levavam uma variedade de carnes para a cabine que dividia com Eddie. Barão guardava na lembrança caminhadas em uma cidade cheia de muros e casas brancas, impregnada de cheiros que jamais sentira até então... E de uma volta de barco e o balanço da embarcação, os pingos d'água golpeando a sua face, em direção a uma ilha onde as ruas eram pavimentadas com paralelepípedos, onde pôde conhecer todo o local e vagar livremente. Ouviu novamente a voz do seu dono e o modo tranqüilo como ele lhe falava, perguntando alguma coisa... Barão ouviu o fantasmagórico estalido das teclas da máquina de escrever... Então adormeceu.

Acordou com um acesso de tosse de Bubsy, seguido de sua difícil e ruidosa respiração. A casa estava quieta agora. Bubsy se movimentava em seu quarto. Barão se pôs de pé e se chacoalhou para espantar o sono. Abandonou a peça, assim não ficaria trancado ali pelo resto da noite, caminhou em direção à sala de estar, mas o cheiro de fumaça de cigarro o fez recuar. Barão se dirigiu para a cozinha, bebeu um pouco de água na sua tigela, farejou os restos de alguma comida enlatada para cachorros e se afastou, seguindo em direção ao quarto de hóspedes. Até lhe apetecia comer alguma coisa – uma sobra de carne ou um pedaço de uma costela de carneiro viriam bem. Ultimamente, Bubsy saía para jantar fora com freqüência, jamais levando Barão, alimentando-o basicamente com enlatados. Ah, seu dono teria posto um fim àquilo imediatamente! Barão aninhou-se em sua cesta.

A máquina de Bubsy emitia um zumbido. Seguidamente ela emitia uns pequenos estalos. Bubsy assoou o nariz – um sinal de que estava se sentindo melhor.

Bubsy não saía para trabalhar, nem mesmo se ocupava de um tipo de trabalho como o de Eddie, que ficava durante muitas horas na frente da máquina de escrever, todos os dias da semana. Bubsy acordava no meio da manhã, fazia chá e torradas e sentava com seu robe de seda para ler os jornais, que continuavam sendo entregues na porta diariamente. Seria aproximadamente meio-dia antes que Bubsy levasse Barão para caminhar. A essa altura, Bubsy já teria telefonado pelo menos duas vezes, e então sairia para um longo almoço, quem sabe; de qualquer modo, raramente voltava antes do fim da tarde. Bubsy exercia alguma atividade ligada ao teatro, o que exatamente Barão não sabia. Mas quando seu dono conhecera Bubsy, eles o haviam visitado uma série de vezes nos agitados bastidores de um teatro nova-iorquino. Bubsy então tinha sido legal, Barão podia lembrar com perfeição, sempre disposto a levá-lo para passear, a escovar-lhe as orelhas e o penacho de pêlo preto e encaracolado no topo da cabeça, porque Bubsy orgulhava-se de exibi-lo pelas ruas naqueles idos dias. Sim, e Barão ganhara um ou dois prêmios em sua estréia no Madison Square Garden, tantos anos atrás. Ah, dias felizes! Suas duas taças de prata e suas duas ou três medalhas ocupavam um lugar de honra em uma prateleira de livros na sala de estar, mas a faxineira não as polia há semanas. Eddie, às vezes, as mostrava para as pessoas que vinham até o apartamento, e algumas vezes, sorridente, Eddie servira Barão leite e biscoitos matutinos em uma das taças. Barão se deu conta de que naquele momento não havia nenhum biscoito na casa.

Por que razão Bubsy se aferrava a ele, se não lhe votava qualquer afeto? Barão suspeitava de que desta forma Bubsy se mantinha atrelado à figura de Eddie, que tinha sido um homem muito mais importante – o que significava dizer mais amado e respeitado por um número muito maior de pessoas – do que Bubsy. Durante os terríveis dias da doença do seu dono, e após a morte deste, a pessoa a quem Barão havia se apegado fora Marion e não Bubsy. Barão acreditava que seu dono queria, provavelmente tivesse até deixado claro, que, após sua morte, Barão fosse viver com Marion. Bubsy sempre tivera ciúmes de Barão, que por sua vez tinha que admitir que o inverso também era verdadeiro. Independentemente, porém, de ele viver com Bubsy ou Marion, este era o tema da briga entre as duas pessoas. Ele não era nenhum idiota. Marion e Bubsy vinham brigando desde a morte de Eddie.

Lá embaixo na rua, um carro passou e chacoalhou a tampa de um bueiro. Do quarto de Bubsy vinha o som dos chiados das inalações. O aparelho não estava conectado ao corpo dele naquele momento. Barão estava com sede, pensou até em se levantar, mas se sentiu muito cansado; apenas moveu rapidamente a língua sobre o focinho e fechou os olhos. Um dente estava doendo. A velhice era uma coisa terrível. Ele tivera duas esposas, há tanto tempo que mal conseguia lembrar delas. Também tivera filhotes, talvez uns doze, e os retratos de muitos deles estavam na sala de estar, e um sobre a escrivaninha de seu dono – Barão com três de suas crias.

Barão acordou, rosnando, de um pesadelo. Olhou ao redor, atordoado, no escuro. Aquilo *tinha acontecido*. Não, era só um sonho. Mas tinha acontecido, sim. Alguns dias antes. Bubsy o havia despertado de um cochilo, correia na mão, para levá-lo para dar uma volta, e Barão – um tanto mal-humorado por ter sido acordado – havia rosnado de um modo ameaçador, sem erguer a cabeça. Bubsy se retirara vagarosamente. Mais tarde, naquele dia, novamente com a correia na mão, dessa vez dobrada, Bubsy lembrara Barão de seu péssimo comportamento anterior, golpeando o ar com aquela espécie de relho improvisado. Barão sequer se moveu, apenas encarando Bubsy com um frio desprezo. Assim ficaram ambos a se entreolhar, sem nada advir daquilo, embora Bubsy tivesse sido o primeiro a se mover.

Seria ele capaz de obter alguma coisa por meio de um combate? Os velhos músculos de Barão se retesaram sob a ação desse pensamento. Mas ele não tinha como descobrir, não conseguia ver claramente o futuro, e logo voltou a dormir.

Ao cair da noite daquele dia, Barão foi surpreendido por uma deliciosa refeição de carne crua cortada convenientemente em pedaços, seguida de uma caminhada durante a qual Bubsy falou com ele em tom amigável. Então pegaram um táxi. Percorreram uma distância considerável. Poderiam estar se dirigindo ao apartamento de Marion? O apartamento dela ficava num lugar muito afastado, lembrava Barão, reminiscência dos dias em que Eddie ainda estava vivo. Mas Bubsy nunca tinha ido à casa dela. Então, quando o táxi parou e ambos desceram, Barão reconheceu o açougue, ainda aberto, o cheiro característico tanto dos temperos como das carnes. Eles *estavam* no prédio de Marion! Barão começou a abanar o rabo. Ergueu a cabeça bem alto e conduziu Bubsy até a porta correta.

Bubsy tocou uma campainha, a porta emitiu um zumbido e eles entraram, subindo três lances de escada, Barão puxando Bubsy para cima, ansioso, feliz.

Marion abriu a porta. Barão ergueu-se sobre as patas traseiras, cuidando para não arranhar o vestido dela com as unhas; ela, por sua vez, tomou-lhe as patas.

– Olá, Barão! O-lá, olá! Entrem!

O apartamento de Marion tinha um pé-direito alto e cheirava a tinta a óleo e terebintina. Além de cadeiras, continha grandes e confortáveis sofás, nos quais Barão sabia que tinha permissão para deitar, caso quisesse. Naquele momento havia lá um homem estranho que se levantou de uma das cadeiras assim que eles entraram. Marion apresentou Bubsy a ele, e os dois trocaram um aperto de mãos. O homem falou. Marion foi até a cozinha e encheu uma tigela com leite para Barão, dando-lhe ainda um osso que estivera enrolado em papel filme na geladeira. Marion disse alguma coisa que Barão entendeu como: "Sinta-se em casa. Pode roer o osso onde quiser".

Barão decidiu roê-lo aos pés de Marion, uma vez que ela havia se acomodado em uma das cadeiras.

A conversa começou a esquentar. Bubsy sacou repentinamente uns papéis para fora do bolso, e agora ele estava de pé, a face afogueada, as finas espirais crespas de seus cabelos em movimento.

– Não há nenhuma *coisa* que... Não... Não.

A palavra predileta de Bubsy: "Não".

– Não é esse o *ponto* – disse Marion.

Então o outro homem disse alguma coisa em um tom mais calmo que o utilizado por Marion e Bubsy. Barão seguiu roendo seu osso, poupando o dente que lhe doía. O homem estranho fez um discurso bastante longo, que Bubsy tentou interromper algumas vezes até que finalmente parou de falar e se dispôs a ouvi-lo. Marion estava muito tensa.

– Não...?

– Não... agora...

Aquela era uma palavra que Barão conhecia. Olhou para Marion, cuja face também estava um pouco avermelhada, mas nem de perto semelhante à de Bubsy. Apenas o outro homem continuava calmo. Ele também tinha papéis nas mãos. O que iria acontecer *agora*? Barão associava a palavra com ordens importantes.

Bubsy esticou as mãos com as palmas voltadas para baixo e disse:

– Não.

E muitas outras palavras.

Alguns minutos depois, a correia foi colocada na sua coleira, e ele foi arrastado – com gentileza mas ainda assim arrastado – em direção à porta por Bubsy. Barão travou as quatro patas quando se deu conta do que estava acontecendo. Ele não queria ir! Mal começara sua visita a Marion. Barão voltou a cabeça e implorou para que ela interviesse. O estranho meneou e acendeu um cigarro. Bubsy e Marion falavam um com o outro simultaneamente, quase aos gritos. Marion apertou os punhos. Mas ela abriu uma das mãos para acariciar o cão e lhe disse alguma coisa agradável antes que ele se encontrasse do lado de fora, no hall, a porta fechada às costas.

Bubsy e Barão cruzaram uma rua ampla e entraram num bar. Música alta, odores nojentos, exceto pelo aroma de carne recém-grelhada. Bubsy bebeu e duas vezes murmurou algo para si mesmo.

Então ele lançou Barão para dentro de um táxi; lançou, porque o cachorro errou o local de colocar a pata e beijou o carpete da parte traseira do veículo de um modo totalmente humilhante. Bubsy encontrava-se no pior dos humores. E o coração de Barão era golpeado por uma série de emoções: ultraje, ressentimento por não poder ficar mais tempo com Marion, ódio de Bubsy. Barão lançou um olhar para as janelas (ambas quase fechadas), como se ele pudesse saltar pela abertura, ainda que Bubsy mantivesse a correia muito bem atada ao pulso com duas voltas e que os prédios passassem a grande velocidade no lado de fora. Bubsy soltou a correia por um instante para permitir que o porteiro, que sempre saudava Barão pelo nome, fizesse uma festa no animal. Bubsy estava tão ofegante que mal pôde falar com o porteiro. Barão sabia que ele estava sofrendo, mas não teve nenhuma pena dele.

No apartamento, Bubsy desabou imediatamente sobre uma cadeira, a boca escancarada. Barão começou a percorrer desanimado o hall, arrastando a correia, hesitou em frente à porta do quarto de seu dono e então entrou. Desabou sobre o tapete junto à cadeira. Como havia sido curto seu momento de prazer com Marion! Escutou Bubsy lutando para respirar, despindo-se agora em seu quarto – ou ao menos tirando a jaqueta e desfazendo o nó da gravata. Então Barão ouviu a máquina sendo ligada. *Buzzzz... Clic-clic.* O estalar de uma cadeira. Bubsy sem dúvida estava na cadeira junto à sua cama, segurando a máscara sobre a face.

Sedento, Barão dirigiu-se à cozinha. A extremidade da sua correia ficou presa debaixo da porta, impedindo que se movimentasse. Barão pacientemente entrou novamente na peça, destravou a correia e saiu com o ombro bem junto à porta, para evitar que o mesmo acidente voltasse a ocorrer. Isso fez com que lembrasse brincadeiras odiosas que Bubsy fazia com ele quando ainda era um filhote. Evidentemente que Barão também havia pregado suas peças, fazendo Bubsy correr de propósito, enquanto ele (Barão) ostensivamente fingia perseguir uma bola. Naquele momento, Barão estava cansado demais, suas patas traseiras doíam, fazendo com que manquejasse. Muitos de seus dentes o incomodavam. Havia roído com entusiasmo exacerbado o osso. Barão bebeu toda a água da sua tigela – cheia apenas até a metade e precisando ser trocada – e depois deixou a cozinha. A correia acabou presa da mesma maneira que anteriormente. Bubsy acabara de sair de seu quarto, tossindo, dirigindo-se para o banheiro, e acabou pisando com força na pata dianteira de Barão. O cachorro emitiu um ganido, porque aquilo de fato lhe causara uma dor terrível, quase quebrando seus dedinhos!

Bubsy deu-lhe um chute e o amaldiçoou.

Barão – como que impulsionado por forças misteriosas – saltou e mordeu a panturrilha do homem, atravessando-lhe a calça com os dentes.

Bubsy gritou e golpeou Barão na cabeça com o punho. Isso fez com que o cachorro o soltasse, e Bubsy tentou lhe aplicar outro chute, dessa vez sem sucesso. Bubsy estava sufocando. Barão viu quando ele entrou no banheiro, sabendo que ele iria em busca de uma toalha molhada para cobrir a face.

Subitamente, Barão sentiu-se cheio de energia. De onde ela vinha? Ficou esperando imóvel, com as patas dianteiras afastadas, os dentes que doíam expostos, preso pela correia que estava travada debaixo da porta da cozinha. Quando Bubsy surgiu com a toalha comprimida contra a face, Barão latiu com a maior força de que foi capaz. Bubsy dirigiu-se cambaleante para o quarto e desabou na cama. Então Barão voltou lentamente até a cozinha, tentando evitar que a correia o estrangulasse ainda mais. O couro dessa vez estava preso de um modo muito mais apertado e não havia espaço suficiente entre a porta e a pia para o cachorro se desvencilhar. Barão abocanhou a correia com os dentes traseiros e puxou. A tira acabou escapando de sua boca. Tentou com o outro lado do maxilar, onde estavam os dentes que doíam mais. Com um puxão, conseguiu liberar a correia. A dor foi excruciante. Por um momento, Barão se curvou em direção ao piso, os olhos fechados, de um modo que nunca havia se curvado diante de Bubsy ou de quem quer que fosse. Mas dor era dor. Terrível. As próprias orelhas de Barão pareciam acompanhar, tremendo, sua agonia. Sufocou, contudo, qualquer ganido. Lembrou-se de uma dor semelhante provocada por Bubsy de outra feita. Teria mesmo ocorrido tal episódio? De qualquer modo, a dor fazia com que se lembrasse de Bubsy.

À medida que a dor foi se amainando, Barão se pôs de pé, em guarda contra Bubsy, que poderia retornar à vida a qualquer momento. Cuidadosamente, o cachorro caminhou em direção à sala de estar, arrastando a correia colada ao corpo, então se voltou, de modo que pudesse dominar o espaço com a vista. Mergulhou o focinho entre as patas e resolveu esperar, com os ouvidos atentos e os olhos bem abertos.

Bubsy tossiu, o tipo de tosse que significava que ele já tinha dispensado a máscara e que se sentia melhor. Bubsy estava se levantando. Na certa, entraria na sala de estar em busca de um champanhe. As patas traseiras de Barão estavam tensas, e ele realmente poderia ter se posto fora do caminho se não fosse o medo de que sua correia se prendesse em alguma coisa. Bubsy aproximou-se tossindo e avançou com uma mão apoiada na parede. Com a outra, fez um gesto de ameaça, ordenando que Barão saísse do seu caminho.

Barão esperava por um chute na cara e assim, sem pensar duas vezes, lançou-se em direção à cintura de Bubsy e o mordeu. O homem reagiu com um soco bem no meio da espinha do bicho. Os dois acabaram embolados no chão, Bubsy socando e errando a maioria de seus golpes, e Barão tentando mordê-lo e também fracassando. Mas Barão continuava no lado da sala, enquanto Bubsy recuava em direção ao quarto, o cão no seu encalço. Bubsy apoderou-se de um vaso no meio do caminho e o jogou contra Barão, acertando-lhe em cheio a cabeça. A vista do bicho ficou enevoada e logo escureceu. Por alguns segundos, avistou apenas pontos prateados cintilantes. Logo que sua visão voltou, ele se lançou contra as pernas de Bubsy, que agora pendiam da cama.

Barão calculou mal o movimento, e seus dentes acabaram se aferrando ao tubo de borracha e não à perna do homem. Barão mordeu e balançou a cabeça de um lado para o outro. O tubo se assemelhava muito a Bubsy, à própria carne de Bubsy. Bubsy adorava aquele tubo, dependia dele, e a borracha grossa aos poucos cedia, como se fosse feita de carne. O homem, com a máscara sobre o rosto, chutava Barão, de modo pouco efetivo. Então o tubo se partiu em dois, e Barão escorregou pelo chão.

Bubsy tateou o espaço em busca da extremidade do tubo e levou-a à boca, até perceber que esta se encontrava cheia de furos. Bubsy desistiu, recostou-se na cama, ganindo como se ele próprio fosse um cão. Sangue escorria de um corte na cabeça de Barão, logo acima dos olhos. O cachorro seguiu cambaleando até a porta e se virou, a língua para fora, as batidas do coração fazendo seu corpo inteiro vibrar. Barão deitou-se no chão, e seus olhos se mantiveram vidrados até que quase não pudesse mais divisar a cama e as pernas pendentes de Bubsy. Mesmo depois disso, conservou os olhos abertos. Os minutos passaram. A respiração do cachorro foi se compassando. Pôs os ouvidos em alerta e não conseguiu ouvir nada. Bubsy estaria dormindo?

Barão, quase adormecido, instintivamente reuniu as últimas forças que lhe restavam. Continuava sem escutar qualquer som de Bubsy, e finalmente o eriçar de pêlos em seu pescoço lhe indicou que estava na presença de algo morto.

Ao amanhecer, Barão retirou-se do quarto e, como um cachorro velho, as pernas vacilantes, a cabeça caída, percorreu o caminho até a sala de estar. Deitou-se de lado, mais cansado do que nunca. Logo o telefone começou a tocar. Barão mal ergueu a cabeça ao primeiro toque e depois disso não prestou mais nenhuma atenção. O telefone parou e então voltou a tocar. Isso aconteceu repetidas vezes. A testa de Barão latejava.

A mulher que limpava o apartamento duas vezes por semana chegou durante a tarde – Barão reconheceu-lhe os passos no hall – e tocou a campainha, embora tivesse a chave, como Barão sabia. Ao mesmo tempo, outra porta de elevador se abriu, e uns passos ecoaram pelo hall, seguidos de vozes. A porta do apartamento se abriu, e a faxineira, cujo nome era alguma coisa tipo Lisa, entrou junto com dois amigos de Bubsy. Todos pareceram surpresos ao ver Barão parado na sala de estar com a correia atada ao pescoço. Ficaram igualmente chocados com as manchas de sangue espalhadas no tapete, e Barão se lembrou vagamente de seus primeiros meses de vida, quando ele tinha feito pela casa o que seu mestre denominou de equívocos.

– Bubsy!
– Bubsy, onde você está?

Encontraram-no nos segundos seguintes. Um dos homens correu de volta à sala de estar e pegou o telefone. Barão reconheceu este homem como sendo o que vestia as calças de *tweed* e que o levara para tomar um ar na noite da última festa. Nenhum deles prestou qualquer atenção ao cachorro, mas quando Barão se dirigiu à cozinha, pôde perceber que Lisa servira-lhe água e comida. Barão bebeu um pouquinho. Lisa retirou-lhe a correia e lhe disse algo gentil. Outro homem chegou, um estranho. Foi direto para o quarto de Bubsy. Então ele olhou para Barão, mas não o tocou, observando, a seguir, as manchas de sangue sobre o tapete. Logo chegaram dois homens trajando branco, e o corpo de Bubsy foi removido, enrolado num cobertor, sobre uma maca – da mesma forma como seu dono havia sido carregado, recordou Barão, exceto que seu dono ainda estava vivo. Agora Barão não sentia qualquer emoção ao ver Bubsy partir da mesma maneira. O homem jovem fez outra ligação. Barão ouviu o nome de Marion, e suas orelhas se ergueram.

Então o homem baixou o telefone, sorrindo para Barão de um modo estranho: não se tratava propriamente de um sorriso de alegria. No que o homem estava pensando? Colocou a correia em Barão. Desceram juntos pela escada e tomaram um táxi. Foram a uma espécie de escritório que Barão sabia se tratar do veterinário. O médico aplicou-lhe uma injeção. Quando Barão voltou a si, percebeu que estava deitado de lado num tipo diferente de mesa. Tentou se pôr de pé, mas não obteve sucesso, vomitando a última água que havia bebido. O amigo de Bubsy continuava com ele e foi quem levou Barão embora, tomando um outro táxi.

Barão se reanimou com a brisa que entrava pela janela. Mostrava-se mais vivaz à medida que a corrida prosseguia. Poderiam estar se dirigindo para a casa de Marion?

Sim, estavam! O táxi parou. Lá estava novamente o açougue. E lá estava Marion na calçada, em frente à porta do prédio! Barão desvencilhou-se dos braços do homem e caiu na calçada, já fora do táxi. Que tonto! Que situação embaraçosa! Mas Barão voltou a se erguer sobre suas pernas vacilantes e ainda conseguiu cumprimentar Marion abanando o rabo, dando-lhe uma lambida na mão.

– Oh, Barão, velho Barão! – ela disse.

E Barão sabia que ela estava dizendo algo reconfortante sobre o corte em sua cabeça (agora coberta por bandagens que chegavam a lhe envolver o queixo), que ele sabia não ser assim tão sério, algo quase desimportante se comparado ao fato de que estava com Marion, de que iria ficar com Marion, disso ele tinha certeza. O homem e Marion conversavam – e uma coisa era certa: o homem estava de partida. Ele deu um tapinha nas costas do cão e disse:

– Adeus, Barão – mas num tom que era meramente cortês. Afinal de contas, ele era mais um amigo de Bubsy do que de Barão. O cachorro ergueu a cabeça, tentou dar uma lambida na mão do homem, mas não conseguiu alcançá-la.

Então Marion e Barão caminharam até o açougue. O açougueiro sorriu, pegou a pata do cachorro e disse alguma coisa sobre sua cabeça. O açougueiro cortou um bife para Marion.

Marion e Barão subiram as escadas, num ritmo propositadamente mais lento imposto por ela para poupar o cachorro. Marion abriu a porta do apartamento com seu pé-direito alto, com seu cheiro acentuado de terebintina que ele havia aprendido a amar. Barão comeu um pedaço de carne e então foi tirar um cochilo num dos grandes sofás. Mais tarde acordou e piscou os olhos. Ele tivera um sonho, não um sonho propriamente agradável, com Bubsy e uma porção de pessoas barulhentas, mas já havia se esquecido dos detalhes. *Isto* era real: Marion sentada à sua mesa de trabalho, lançando-lhe um olhar agora que ele havia erguido a cabeça, mas logo voltando aos seus afazeres – porque nesse momento ela dava mais atenção ao seu trabalho do que a ele. Assim como Eddie, pensou Barão. O cachorro voltou a enfiar a cabeça entre as patas e ficou observando Marion. Ele estava velho e sabia disso, muito velho. As pessoas chegavam mesmo a se espantar quando sabiam qual era sua idade. Pressentia, no entanto, que agora teria a oportunidade de viver uma segunda vida, e que ainda disporia de um bom bocado de tempo para aproveitá-la.

A maior presa de Ming

Ming descansava confortavelmente na soleira da porta da cabine de sua dona, quando um homem o pegou pelo cangote, lançou-o para fora rumo ao convés e fechou a porta da cabine. Os olhos azuis de Ming se arregalaram em razão do choque e de uma raiva concisa que lhe brotava, e então voltaram a se fechar novamente devido à brilhante luz dos raios de sol. Não era a primeira vez que Ming tinha sido jogado de maneira rude para fora da cabine, e Ming percebeu que o homem sempre fazia aquilo quando sua dona, Elaine, não estava vendo.

O veleiro agora não oferecia nenhuma proteção contra o sol, mas Ming ainda não estava com muito calor. Saltou com facilidade sobre o teto da cabine e pisou sobre a corda enrolada logo atrás do mastro. Ming gostava de usar o rolo de corda como se fosse um sofá, que além de tudo lhe permitia enxergar o que estava à sua volta. Além disso, o formato côncavo do rolo permitia que se protegesse das fortes brisas, minimizando também o efeito do balanço do barco e das mudanças bruscas de inclinação do *White Lark*, uma vez que o cordame ficava numa posição bem centralizada. Naquele exato momento, porém, as velas tinham sido arriadas, porque Elaine e o homem almoçavam; e normalmente depois sesteariam, tempo durante o qual, Ming sabia, o homem não gostava que ele ficasse na cabine. A hora do almoço até era legal. De fato, Ming acabara de almoçar um delicioso peixe grelhado e um pedacinho de lagosta. Naquele momento, deitado, o corpo curvado e relaxado sobre o rolo de corda, Ming escancarou a boca num grande bocejo, então, com os olhos apertados, quase fechados devido à forte luminosidade solar, olhou fixamente para as colinas terracota, para as casas brancas e rosas, para os hotéis que circundavam a baía de Acapulco. Entre o *White Lark* e a costa, onde as pessoas se agitavam na água de maneira inaudível, o sol faiscava sobre a superfície do mar como se fosse milhares de lampadinhas acendendo e apagando desordenadamente. Um esquiador aquático passou rasgando a água, espalhando rajadas de espuma branca atrás de si. Mas que atividade! Ming, prestes a cochilar, sentia o calor do sol penetrar fundo em sua pele. Ming era de Nova York e considerava Acapulco uma considerável melhora em seu meio ambiente nas suas primeiras semanas de vida. Ele se lembrava de uma caixa protegida do sol, forrada com palhas, além de mais três ou quatro gatinhos, e uma abertura às suas costas na qual formas gigantescas paravam por alguns momentos, tentando atrair sua atenção por meio de tapinhas, e então seguiam em frente. Ele não tinha qualquer lembrança de sua mãe. Um dia uma jovem mulher que cheirava a alguma coisa agradável foi até o local e o levou embora – para longe do cheiro horroroso e assustador dos cachorros, dos remédios e do estrume dos papagaios. Na seqüência, os dois seguiram no que Ming agora conhecia como avião. E agora estava bastante acostumado com aviões e chegava inclusive a gostar bastante de voar. A bordo, sentava no colo de Elaine, ou adormecia em seu regaço, e na aeronave havia sempre petiscos para comer, se ele estivesse com fome.

    Elaine passava boa parte do dia em uma loja em Acapulco, onde vestidos e calças e *slacks* e roupas de banho pendiam das paredes. Aquele lugar tinha um cheiro de limpeza e frescor, havia flores nos vasos e em caixas de terra na entrada, e o piso era uma audaciosa combinação de azulejos brancos e azuis. Ming desfrutava de plena liberdade para perambular no pátio dos fundos, ou para dormir em sua cesta, que ficava num dos cantos. O sol incidia com mais força na frente da loja, mas garotos maldosos seguidamente tentavam agarrá-lo se ele se sentasse por ali, o que nunca permitia que Ming conseguisse relaxar.

O que ele mais gostava era de deitar ao sol com sua dona nas grandes espreguiçadeiras de lona no terraço de sua casa. O que Ming detestava eram as pessoas que ela às vezes convidava para ir até lá, um bocado de gente que ficava acordada até tarde, comendo e bebendo, ouvindo o gramofone ou tocando piano – pessoas que o afastavam de Elaine. Pessoas que pisavam nas suas patas, pessoas que o pegavam pelas costas sem que ele nada pudesse fazer para evitar, obrigando-o a se contorcer e a lutar para reconquistar a liberdade, pessoas que o afagavam com rudeza, pessoas que fechavam uma porta em algum lugar e o deixavam trancado. *Pessoas*! Ming detestava pessoas. Sobre toda a face da Terra, ele só gostava de Elaine. Elaine o amava e o compreendia.

No momento, Ming detestava em especial aquele homem chamado Teddie. Ultimamente, o sujeito não dava folga. Ming não gostava do jeito que ele lhe olhava quando Elaine não estava prestando atenção. E, às vezes, aproveitando que sua dona não se achava por perto, Teddie murmurava alguma coisa, e Ming sabia se tratar de uma ameaça. Ou uma ordem para deixar o quarto. Ming agüentava tudo calmamente. Era preciso preservar a dignidade. Além disso, sua dona não estava a seu lado? O homem era o intruso. Quando Elaine estava observando, ele fingia sentir afeição por Ming, mas Ming sempre respondia se movendo graciosa e inequivocamente na direção contrária.

A soneca de Ming foi interrompida pelo som da porta da cabine que se abria. Ele ouviu Elaine e o homem rindo e conversando. O sol, grande e alaranjado, aproximava-se do horizonte.

– Ming! – Elaine veio em sua direção. – Você não está *cozinhando* aí, querido? Pensei que estivesse lá *dentro*!

– Foi o que pensei também! – disse Teddie.

Ming ronronou, um hábito que tinha ao acordar. Ela o pegou gentilmente, aninhou-o nos braços e o levou para o surpreendente frescor e para a sombra da cabine. Ela falava com o homem, e não em um tom muito suave. Colocou Ming defronte ao seu pote d'água, e, embora ele não estivesse com sede, bebeu um gole para agradá-la. Ming sentia-se um pouco tonto graças ao calor e cambaleava um pouquinho.

Elaine pegou uma toalha molhada e lhe esfregou a face, as orelhas e as quatro patas. Então o acomodou na cama, que tinha o perfume dela mas também daquele homem que ele detestava.

Agora sua dona e o homem discutiam, Ming podia discernir pelo tom das vozes. Elaine continuava com ele, sentada na ponta da cama. Ming por fim ouviu o som de um corpo mergulhar na água, o que significava que Teddie havia deixado o barco. Ming tinha esperanças de que o outro ficasse por lá, que se afogasse, que não voltasse nunca mais. Elaine molhou uma toalha de banho na pia de alumínio, torceu-a, abriu-a sobre a cama e colocou Ming em cima dela. Trouxe água, e então Ming sentiu sede, bebendo com vontade. Deixou-o dormir novamente, enquanto ela tratava de lavar e guardar a louça. Esse era o tipo de som que o deleitava, um som reconfortante.

Logo, porém, ouviu-se um novo barulho de água e o chapinhar dos pés molhados de Teddie sobre o convés, e Ming despertou.

A discussão recomeçou no mesmo tom agressivo. Elaine venceu os poucos degraus que a separavam do convés. Ming, tenso, mas com o queixo ainda pousado sobre a toalha úmida, manteve os olhos fixos na porta da cabine. Era o som dos passos de Teddie que ele escutava na escada. Ergueu levemente a cabeça, ciente de que não havia nenhuma saída às suas costas, que estava preso na cabine como em uma armadilha. O homem parou com uma toalha nas mãos e o encarou.

Ming relaxou completamente, como se estivesse se preparando para dar um bocejo, e isto fez com que seus olhos ficassem ligeira e momentaneamente vesgos. Deixou então que sua língua saísse um pouco para fora da boca. O homem começou a dizer algo, como se quisesse jogar em Ming a toalha que trazia embolada, mas apenas acenou-lhe; o que quer que fosse dizer, jamais foi pronunciado. Jogou a toalha na pia e se curvou para lavar o rosto. Não era a primeira vez que Ming mostrava a língua para Teddie. Muita gente achava engraçado quando ele fazia isso, principalmente, por exemplo, quando havia uma festa, e o fato é que Ming sentia-se bastante satisfeito com isso. Mas ele também havia percebido que esse gesto era encarado pelo homem como uma espécie de hostilidade, e essa era a razão pela qual Ming o fazia deliberadamente, enquanto que entre as outras pessoas a exposição de sua língua era uma questão muito mais acidental.

E a discussão prosseguia. Elaine fez café. Ming começou a se sentir melhor e voltou para o convés, uma vez que o sol já havia se posto. Elaine deu partida no motor, e eles foram deslizando suavemente em direção à costa. Ming captou o som das aves, aqueles gritos estranhos, os trinares esganiçados, produzidos por certas espécies que só cantam à luz do poente. Ming olhou para a frente, diretamente para a casa de adobe junto ao penhasco que pertencia a ele e à sua dona. Sabia a razão pela qual ela não o deixava em casa (embora isso lhe fosse um tanto mais confortável) quando ia ao barco. Era porque ela tinha medo de que as pessoas pudessem raptá-lo, até mesmo matá-lo. Ming entendia perfeitamente. As pessoas já tinham tentado agarrá-lo bem diante dos olhos dela. Certa vez, havia sido subitamente ensacado e, apesar de ter lutado até o limite de suas forças, não tinha certeza se teria conseguido se livrar, caso Elaine não tivesse ela mesma batido no garoto e lhe arrancado o saco das mãos.

Ming pretendia pular novamente para seu lugar no teto da cabine, mas, após lançar um olhar para o cordame, decidiu poupar suas energias, esticando-se assim sobre o deque quente e úmido, aconchegado sobre as patas, observando a aproximação da costa. Naquele momento, pôde ouvir os sons produzidos por um violão que alguém tocava na praia. As vozes da sua dona e do homem tinham cessado. Por uns poucos momentos, o som mais alto que se podia ouvir era o *tug-tug-tug* do motor do barco. Então Ming escutou os pés descalços do homem subirem os degraus da cabine. Não voltou a cabeça para olhar para ele, mas suas orelhas, involuntariamente, viraram um pouquinho para trás. Ming olhou para a água, à distância de um pequeno salto para frente. De forma estranha, nenhum som era produzido pelo homem que estava às suas costas. Os pêlos no pescoço de Ming se eriçaram, e ele olhou sobre o seu ombro direito.

Naquele instante, o homem se inclinou para frente e avançou em sua direção com os braços estendidos.

Ming logo se pôs de pé, lançando-se diretamente sobre a posição em que estava o outro, que era a única direção segura no convés sem parapeito, e o homem moveu seu braço esquerdo e lhe aplicou um bofetão no peito. Ming foi lançado para trás sob a ação do impacto, garras arranhando o deque, não o suficiente para evitar que suas patas traseiras vencessem o limite da embarcação. Segurou-se com as patas dianteiras à madeira lisa, que lhe dava pouquíssima aderência, enquanto tentava, com as patas que estavam para fora, erguer-se. Para desvantagem de Ming, a parte lateral do barco era extremamente escorregadia.

O homem avançou para esmagar com o pé a última resistência que o bichano oferecia, mas Elaine saiu da cabine no exato momento.

– O que está acontecendo? *Ming*!

As poderosas patas traseiras de Ming aos poucos lhe permitiram reconquistar o deque. O homem havia se ajoelhado como se fosse prestar ajuda. Elaine também se pusera de joelhos e então puxou Ming pelo cangote.

Ming relaxou, arqueado sobre o convés. Seu rabo estava molhado.

– Ele escorregou borda afora! – disse Teddie. – É verdade, ele estava grogue. Simplesmente cambaleou e deu uma guinada, caindo quando o barco jogou.

– É o sol. Pobre *Ming*! – Elaine apertou o gato contra os seios, levando-o para dentro da cabine. – Teddie... Você pode dirigir o barco?

O homem entrou na cabine. Elaine levou Ming para a cama e lhe falou com suavidade. Seu coração continuava batendo acelerado. Ele observava em estado de alerta o homem que segurava a roda de leme, ainda que Elaine agora o acompanhasse. Ming sabia que haviam entrado na pequena enseada que sempre percorriam antes de desembarcar.

Ali estavam os amigos e aliados de Teddie, os quais Ming detestava por associação, muito embora se tratasse meramente de garotos mexicanos. Dois ou três deles, vestindo *shorts*, chamaram "*Señor* Teddie!" e ofereceram apoio para que Elaine alcançasse o cais, puxaram a corda presa à parte frontal do barco, oferecendo-se ainda para carregar o "*Ming*!... *Ming*!".

Ming saltou por conta própria no cais e se agachou, esperando por Elaine, pronto para fugir de quaisquer outras mãos que pudessem alcançá-lo. E havia diversas mãos amarronzadas tentando pegá-lo, o que o obrigava a ficar se esquivando. Havia risadas, ganidos, batucar de pés descalços na plataforma de madeira. Mas havia também a voz de Elaine a adverti-los. Ming sabia que ela estava ocupada carregando as sacolas de plástico e trancando a cabine. Teddie, com a ajuda de um dos garotos mexicanos, estendia, naquele instante, a cobertura de lona sobre a cabine. E os pés de Elaine calçados com sandálias estavam ao lado de Ming. Seguiu-a quando ela se afastou. Um garoto pegou as coisas que Elaine carregava, e ela pôde pegar Ming no colo.

Eles entraram no grande conversível que pertencia a Teddie e seguiram pela estrada sinuosa em direção à casa de Elaine e de Ming. Um dos garotos dirigia. Agora o tom em que o casal falava era ameno e tranqüilo. O homem ria. Ming mantinha-se tenso sobre o colo de sua dona. Podia sentir a preocupação que ela lhe votava pelo modo como era afagado e tocado no cangote. O homem esticou os dedos para também tocar as costas de Ming, mas este emitiu um rosnado grave, que se ergueu e ruiu no fundo de sua garganta.

– Bem, bem – disse o homem, fingindo bem-estar e afastando a mão.

A voz de Elaine tinha se interrompido no meio de uma fala. Ming estava cansado e não queria nada além de tirar um cochilo na grande cama de sua casa. A cama estava coberta com um cobertor de lã, rajado de vermelho e branco.

Mal ele teve tempo de pensar nisso, pois quando percebeu estava na atmosfera fresca e fragrante de seu próprio lar, sendo deposto gentilmente sobre a cama e a coberta macia. Sua dona beijou-lhe a face e disse algo que continha a palavra "fome". De qualquer modo, Ming entendeu a mensagem. Deveria avisá-la quando estivesse com fome.

Ming dormitou e despertou com o som de vozes que chegavam do terraço, a alguns metros de distância, através das portas de vidro abertas. Já havia escurecido. Podia ver uma das extremidades da mesa, e podia dizer, pelo tipo de luminosidade, que a luz era produzida por velas. Concha, a empregada que dormia na casa, limpava a mesa. Ming ouviu a voz dela, e então a de Elaine e a do homem. Sentiu o cheiro de fumaça de charuto. Saltou até o chão e ficou sentado por um momento, olhando para o terraço lá fora. Bocejou, arqueou as costas, espreguiçou-se e esticou os músculos afundando suas garras no grosso tapete de palha. Então se dirigiu diretamente para o terraço e deslizou em silêncio pela longa escada de pedras largas que levava até o jardim, que mais parecia uma selva ou uma floresta. Abacateiros e mangueiras cresciam tão altos quanto o próprio terraço; havia também buganvílias presas às paredes, orquídeas brotando das árvores, além de magnólias e diversas camélias que Elaine havia plantado. Ming podia ouvir os passarinhos chilreando excitados em seus ninhos. Às vezes, escalava as árvores para pegá-los, mas esta noite não se achava disposto, embora não estivesse mais cansado. As vozes de sua dona e do homem o perturbavam. Era evidente que o clima entre os dois não estava nada amigável.

Concha provavelmente continuava na cozinha, e Ming resolveu ir até lá e pedir alguma coisa para comer. Concha gostava dele. Uma empregada que não lhe tivesse afeto teria sido demitida por Elaine. Imaginava-se agora comendo um pedaço de porco grelhado, que fora nesta noite a refeição de sua dona e do homem. Soprava do oceano uma brisa refrescante, eriçando-lhe levemente os pêlos. Ming sentia-se totalmente recuperado da tenebrosa experiência de quase ter caído no mar.

Agora o terraço estava vazio. Ming tomou a direção esquerda, o caminho de volta ao quarto, e percebeu imediatamente a presença do homem, embora estivesse tudo escuro e não pudesse vê-lo. O outro estava parado junto à penteadeira, abrindo uma caixa. Novamente, de maneira involuntária, emitiu um rosnado grave que se ergueu e caiu, e Ming ficou paralisado na posição que tinha assumido logo que percebera que o homem estava ali, a pata dianteira direita estendida e pronta para dar o próximo passo. Suas orelhas agora estavam voltadas para trás, ele se encontrava preparado para saltar em qualquer direção, ainda que o homem não o tivesse visto.

– Shhhh-t! Vá para o inferno! – disse o homem, num sussurro. Deu uma batida com o pé no chão, não muito forte, para ver se expulsava o gato.

Ming não moveu um músculo. Ouviu o leve estrépito do colar branco que pertencia à sua dona. O homem o havia colocado no bolso; então, dirigindo-se à direita de Ming, saiu pela porta que dava para a grande sala de estar. Naquele momento, o gato ouviu o tilintar de uma garrafa contra um copo, escutou o líquido sendo vertido. Dirigiu-se até a mesma porta usada anteriormente pelo outro e tomou à esquerda em direção à cozinha.

Ali, miou e foi saudado por Elaine e Concha. A empregada mantinha o rádio sintonizado em uma programação musical.

– Peixe?... Porco. Ele gosta de porco – disse Elaine, usando aquela estranha maneira de falar com que se dirigia a Concha.

Ming, sem muita dificuldade, transmitiu sua preferência por porco e obteve o que queria. Caiu sobre a comida com grande apetite. Concha exclamava "Ah-ê-ê!", enquanto sua dona falava longamente com ela. Então Concha se curvou para acariciá-lo, no que obteve pleno consentimento do gato, que, apesar de erguer a cabeça, continuava com a atenção voltada para o prato, até que ela se foi e ele pôde terminar sua refeição. Foi quando Elaine deixou a cozinha. Concha serviu no pires de Ming, que estava quase vazio, um pouco de leite enlatado – que ele adorava. Ming sorveu tudo avidamente. Então se esfregou na parte nua da perna da empregada, como para lhe agradecer, e saiu da cozinha, percorrendo com extrema cautela o caminho na sala de estar em direção ao quarto. Agora, porém, Elaine e o homem estavam do lado de fora, no terraço. Mal acabara de entrar no quarto quando ouviu sua dona chamá-lo:

– Ming? Onde você está?

Ming aproximou-se da porta do terraço e se deteve, sentando sob a soleira.

Elaine estava sentada de lado na cabeceira da mesa, e o brilho das velas refletia-se em sua longa cabeleira loira, na brancura de suas calças. Deu uma palmadinha na coxa, e Ming pulou sobre seu colo.

O homem disse alguma coisa em voz baixa, algo não muito agradável.

Elaine replicou no mesmo tom. Mas ela riu um pouco.

Então o telefone tocou.

Elaine pôs Ming no chão e foi em direção ao aparelho que estava na sala de estar.

O homem terminou de beber o que tinha no copo, murmurando alguma coisa para Ming e depondo, na seqüência, o copo sobre a mesa. Ergueu-se e tentou cercar o gato ou ao menos forçá-lo a se dirigir aos confins do terraço. Ming percebeu suas intenções, assim como também percebeu que o homem estava bêbado – pois se movia devagar e um tanto desajeitado. O terraço tinha um parapeito que se erguia até a linha da cintura de seu perseguidor, mas esse parapeito era composto, em três lugares, por grades de ferro –, grades com um espaçamento entre si que era suficiente para permitir a passagem do corpo de Ming, embora este nunca tivesse tentado, restringindo-se apenas a olhar através dos ferros. Estava claro para ele que o homem queria forçá-lo a se jogar através das grades ou mesmo lançá-lo sobre o parapeito. Não havia nada mais fácil para o gato do que escapar de seu adversário. Então, subitamente, o homem pegou uma cadeira e desferiu um golpe que atingiu Ming nos quadris. Foi rápido e doeu de verdade. Ming tomou a saída mais próxima, que era o caminho da escada que levava ao jardim.

O homem seguiu no seu encalço. Sem refletir, Ming tornou a subir os poucos degraus que havia descido, mantendo-se perto da parede, escondido pela sombra.

O homem não o tinha visto, ele sabia. Ming saltou sobre o parapeito do terraço, sentou-se e ficou lambendo uma pata, a fim de se recuperar do impacto e recobrar as forças. Seu coração batia ligeiro, como se estivesse no meio de um combate. E o ódio corria por suas veias. Ódio queimava-lhe os olhos enquanto, encolhido, ouvia os passos incertos do homem que naquele momento subia as escadas, logo abaixo dele. Teddie estava agora em seu campo de visão.

Ming retesou-se preparando o pulo e então saltou, com a máxima força de que foi capaz, atingindo com suas quatro patas o braço direito do homem, próximo ao ombro. Ming prendeu-se à jaqueta branca do outro, mas ambos agora estavam caindo. O homem gemeu. Ming manteve-se firme. Galhos se partiram. Ming já não podia discernir o que era céu e o que era chão. Resolveu então se soltar – tarde demais, porém, para conseguir se orientar, e acabou aterrissando de lado. Quase que ao mesmo tempo, ouviu o baque do corpo do homem atingindo o chão, rolando um pouco mais adiante. E depois o silêncio. Ming teve que inspirar rapidamente, com a boca escancarada, antes mesmo que seu peito parasse de doer. Na direção do homem, ele podia sentir o cheiro da bebida, do charuto, e aquele odor arisco que significava medo. Mas Teddie não se movia.

Ming podia divisá-lo perfeitamente agora. Havia inclusive uma pálida luminosidade produzida pela luz do luar. Ming dirigiu-se para os degraus novamente, tinha que vencer um longo caminho através dos arbustos, sobre pedras e areia, até chegar ao início da escada. Então olhou para cima e mais uma vez retornou ao terraço.

Elaine acabava de chegar ao local.

– Teddie? – ela chamou. E percorreu o caminho de volta, indo até o quarto, onde acendeu a luz. Depois, seguiu para a cozinha. Ming passou a acompanhá-la. Concha havia deixado a luz acesa, apesar de já estar recolhida em seu quarto, onde o rádio soava.

Elaine abriu a porta da frente.

O carro do homem ainda estava na entrada, como Ming pôde perceber. Naquele instante, seus quadris começaram a doer, ou talvez só então tenha se dado conta disso. A lesão o obrigava a mancar um pouco. Elaine percebeu o fato, tocou-lhe as costas e lhe perguntou o que tinha acontecido. Ming apenas ronronou.

– Teddie?... Onde você está? – gritava Elaine.

Ela pegou uma lanterna e dirigiu o foco para o jardim, iluminando os grandes troncos dos abacateiros, as orquídeas, as alfazemas e as florações rosadas das buganvílias. Ming, sentindo-se seguro ao lado dela, sobre o parapeito do terraço, seguia o feixe de luz da lanterna com os olhos, ronronando de contentamento. O homem não jazia diretamente naquele ponto, mas mais para baixo e para a direita. Elaine dirigiu-se para os degraus do terraço e, com cuidado – ali não havia corrimão –, apontou o foco da lanterna para a parte inferior da escada. Ming não se incomodou nem um pouco em olhar. Sentou-se no terraço, logo antes do primeiro degrau.

– Teddie! – ela exclamou. – *Teddie!* E desceu correndo escada abaixo.

Ainda assim, Ming não a acompanhou. Ouviu-a respirar profundamente e depois seu grito:

– *Concha!*

Elaine subiu correndo os degraus, de volta.

Concha saiu do quarto. Elaine falou com ela. Concha foi tomada pela excitação. Elaine foi até o telefone e falou brevemente, então ela e Concha desceram juntas a escada. Ming acomodou-se sobre as patas e ficou no terraço, que ainda conservava um pouco do calor do dia ensolarado. Um carro chegou. Elaine galgou os degraus e foi abrir a porta da frente. Ming posicionou-se longe do centro da ação, ainda no terraço, num canto escuro, enquanto três ou quatro estranhos apareceram no terraço e se dirigiram para a escada. Lá de baixo vinha agora o som de várias vozes, de passos, cheiro de tabaco, suor e o odor familiar de sangue. Sangue do homem. Ming estava satisfeito, satisfação análoga à que sentia quando matava um passarinho e provocava esse mesmo odor com os seus próprios dentes. Esta era uma presa das grandes. O gato, que não havia sido percebido por nenhum dos presentes, ficou inteiramente ereto sobre as patas quando o grupo passou com o cadáver, e inalou o aroma de sua vitória com o nariz erguido.

Então a casa, subitamente, ficou vazia. Todos haviam partido, inclusive Concha. Ming bebeu um pouco d'água de uma tigela na cozinha, depois se dirigiu até a cama de sua dona, curvou-se junto à borda do travesseiro e rapidamente pegou no sono. Foi acordado pelo ruído de um carro com o qual não estava familiarizado. Logo, a porta da frente se abriu, e ele pôde reconhecer os passos de Elaine e, a seguir, os de Concha. Ele ficou exatamente onde estava. As duas conversaram em voz baixa por alguns minutos. Depois, Elaine entrou no quarto. A luz continuava acesa. Ming acompanhou os movimentos lentos que ela fazia, o modo como abriu a caixa dentro da penteadeira e como deixou cair em seu interior, com um estalido, o colar branco. Fechou, então, a caixa. Começou a desabotoar a camisa, mas antes de completar a ação, lançou-se sobre a cama e acariciou a cabeça de Ming, ergueu-lhe a pata esquerda e a pressionou gentilmente, fazendo com que as unhas ficassem expostas.

– Oh, Ming... Ming – ela disse.

Ming reconheceu os tons do amor.

No final da estação das trufas

Sansão, um grande porco branco na aurora da existência, vivia em uma velha e descuidada fazenda na região de Lot, não muito longe da antiga e imponente cidade de Cahors. Entre os quinze ou mais porcos da fazenda, estava a mãe de Sansão, Geórgia (assim chamada graças à canção que o fazendeiro Emile uma vez ouvira na televisão), mas não sua avó, que havia sido levada embora, entre chutes e guinchos, cerca de um ano atrás, bem como seu pai, que vivia a muitos quilômetros de distância e vinha numa camionete umas poucas vezes por ano para rápidas visitas. Havia também incontáveis porquinhos, alguns de sua mãe, outros não, em meio aos quais Sansão chapinhava desdenhosamente, se estivessem entre ele e a gamela forrada de comida. Sansão nunca se incomodava em ter que participar do empurra-empurra, mesmo com porcos adultos; de fato, devido ao seu tamanho descomunal, bastava avançar que seu caminho ficava livre.

Sua pelagem, um tanto fina e eriçada nas laterais, crescia vigorosa e sedosa na parte de trás de seu pescoço. Emile freqüentemente esfregava o pescoço de Sansão com seus dedos rudes enquanto se gabava do animal para outro fazendeiro, aplicando-lhe depois um leve chute nas costelas cobertas de gordura. Normalmente, as costas e a parte lateral do corpo de Sansão continham uma crosta acinzentada de lama seca pelo sol, porque ele adorava chafurdar no lamaçal da parte não-pavimentada da fazenda e também na lama mais espessa da vara junto ao celeiro. O frescor da lama era agradável no verão sulista, quando o sol, durante semanas, castigava de modo inclemente, fazendo a vara e todo o quintal perderem água por evaporação. Sansão já havia visto dois verões.

A melhor época do ano na sua opinião era o fim do inverno, quando, por conta própria, tornava-se um caçador de trufas. Emile, muitas vezes junto com seu amigo René – outro fazendeiro que às vezes levava um porco, em outras um cachorro consigo –, sairia a perambular numa manhã de domingo, levando Sansão amarrado a uma guia de corda, caminhando por quase dois quilômetros até o local em que alguns carvalhos cresciam em uma pequena floresta.

– *Vas-y!** – diria Emile assim que eles alcançassem os limites da floresta, falando, contudo, no dialeto da região.

Sansão, talvez um pouco fatigado ou incomodado pelo longo passeio, faria uma pequena pausa para se recuperar, mesmo que já tivesse farejado o cheiro das trufas na base de uma árvore. Um velho cinto de Emile lhe servia de coleira, atado no limite do último buraco, tamanha era a circunferência do pescoço do porco, e Sansão podia facilmente arrastar Emile na direção que escolhesse.

O fazendeiro riria por antecipação e diria algo espirituoso a René, ou em voz alta para si mesmo, caso estivesse sozinho. Tiraria então do bolso uma garrafa de Armagnac que sempre trazia consigo para afastar o frio.

A razão principal por que Sansão não se apressava em sair descobrindo as trufas residia no fato de que não lhe era permitido comê-las. Ganhava, em vez disso, um pedaço de queijo a cada grupo de trufas que indicava, mas, ora, queijo não era trufa, e, por essa razão, Sansão sentia um vago ressentimento.

– U-uóin-c! – emitiu Sansão, sem significar nada, ainda recuperando o fôlego ao farejar primeiramente uma árvore inadequada.

---

* "Vá". Em francês no original. (N.E.)

Emile sabia disso e lhe aplicou um chute, dando a seguir uma baforada para esquentar a mão que trazia livre. Sua luva de lã estava cheia de furos, e naquele dia fazia um frio de lascar. Jogou fora seu Gauloise e puxou a gola rulê de seu suéter até cobrir o nariz e a boca.

Então o focinho de Sansão se encheu com o aroma raro e delicado das trufas negras, e ele fez uma pausa, farejando-as. Os pêlos em seu pescoço se eriçaram um pouco de excitação. Suas patas, de bom grado, bateram no chão, preparando-se, e seu focinho achatado se aproximou do chão, em busca do rastro. Ficou com água na boca.

Emile já lutava para conter o porco. Enlaçou a corda que prendia o animal numa árvore localizada a certa distância e então se dirigiu ao ponto indicado com todo o cuidado, com o forcado que trazia nas mãos.

– Ah! A-ha! – Lá estava ele, um grupo de fungos negros e enrugados, do tamanho de sua mão aberta. Emile pôs as trufas com toda gentileza dentro da bolsa de tecido que pendia de seu ombro. Trufas como aquelas lhe renderiam na certa 130 novos francos por *livre** no mercado de Cahors nos dias da grande feira, sempre aos sábados, mas Emile normalmente os vendia por um pouco menos na *delicatessen* de Cahors, que por sua vez as revenderia para uma manufatura de patê chamada Compagnie de la Reine d'Aquitaine. Emile poderia conseguir um pouco mais vendendo diretamente para La Reine d'Aquintaine, mas a fábrica ficava do outro lado de Cahors, tornando os custos de transporte muito elevados em função da gasolina. Cahors, onde a cada duas semanas Emile comprava ração para os animais e talvez alguma substituição de peças, ficava a apenas dez quilômetros de sua casa.

Emile encontrou com seus dedos um pouco de *gruyère* em sua sacola e se aproximou de Sansão com o

---

* "Libra". Em francês no original. Aproximadamente meio quilograma. (N.T.)

queijo. Ele lançou o pedaço no chão em frente ao porco, lembrando-se dos dentes deste.

— Us-sh! — Sansão inalou o queijo como se fosse um aspirador de pó. Estava pronto para seguir à próxima árvore. O cheiro das trufas na sacola o inspirava.

Encontraram mais dois bons locais naquela manhã, antes que Emile desse o dia por encerrado. Estavam a menos de um quilômetro do Café de la Chasse, localizado nos limites da cidade natal de Emile, Cassouac, e o bar-café ficava no caminho para casa. Emile pisoteava o chão com força algumas vezes enquanto caminhava, dando, cheio de impaciência, fortes puxões na correia de Sansão.

— Ei, gorducho! Sansão!... Mexa-se! É claro que você não está com pressa, com toda essa banha que carrega! — Emile deu um chute no traseiro do bicho.

Sansão fingiu indiferença, mas condescendente trotou uns poucos passos antes de voltar, andando no seu estranho modo, ao ritmo que lhe agradava. Por que deveria se apressar, por que deveria fazer tudo para agradar Emile? Sansão também sabia para onde estavam indo, sabia que teria que esperar por um longo tempo no frio enquanto o outro ficaria bebendo e charlando com seus amigos. O café já estava à vista, com uns poucos cachorros amarrados do lado de fora. O sangue de Sansão começou a circular mais depressa. Ele se garantia na presença de cachorros, chegava mesmo a gostar da companhia deles. Pensavam ser tão inteligentes, tão superiores, mas uma investida sua e eles recuavam, afastando-se o máximo que suas correias permitissem.

— *Bonjour*, Pierre!... Ha-Ha-Ha! — Emile havia encontrado o primeiro de seus camaradas do lado de fora do café.

Pierre amarrava seu cachorro e havia feito algum comentário hilário sobre o *chien de race** de Emile.

---

* "Cão de raça." Em francês no original. (N.T.)

– Pode rir, mas consegui quase uma *livre* de trufas hoje! – opôs Emile, exagerando.

Os latidos de outros cachorros soaram quando Emile e Pierre entraram no pequeno café. Aos cães era permitido entrar, mas alguns deles, os que pudessem rosnar para os outros, ficavam do lado de fora.

Um dos cachorros, de modo brincalhão, mordeu o rabo de Sansão, fazendo com que este se voltasse e se lançasse sem muita força sobre o outro, não avançando muito para evitar que sua corda se retesasse, mas o cachorro se enroscou todo na tentativa de escapar. Os três cachorros que também estavam ali se puseram a latir, e para Sansão aquilo soou como uma censura. O porco dispensou aos cães uma calma e soturna antipatia. Apenas seus pequenos olhos rosados se moviam com rapidez, encarando todos os cães, como que desafiando-os, individual e coletivamente, a avançar. A matilha ria com dificuldade. Por fim, Sansão deitou-se no chão, sobre as próprias pernas. Ele estava num lugar ao sol e se sentia bastante confortável, apesar do ar frio. Mas já estava novamente com fome e, por esse motivo, um pouco irritado.

Emile encontrara René no café, bebendo um *pastis**. Emile pretendia ficar por ali até que fosse a hora certa de voltar para casa, a fim de não incomodar sua esposa, Úrsula, que gostava que a refeição de domingo começasse no máximo às 12h15.

René vestia botas de cano alto. Estivera limpando o sistema de drenagem de seu curral, ele disse. Falou também sobre um concurso de caça a trufas que ocorreria em duas semanas. Emile não ouvira nada a respeito disso.

– Veja só! – disse René, apontando para um cartaz impresso no lado direito da porta. La Compagnie de la Reine d'Aquitaine oferecia aos que encontrassem mais trufas no domingo, 27 de janeiro, os seguintes prêmios:

---

* Bebida alcoólica feita com anis. (N.T.)

1º lugar: um relógio cuco e mais a quantia de cem francos; 2º lugar: um rádio transistorizado (não se podia saber o tamanho pela ilustração); 3º lugar: a quantia de cinqüenta francos. A decisão dos juízes seria definitiva. Era prometida cobertura dos jornais locais e da televisão, e a cidade de Cassouac serviria de base para os juízes.

– Darei a Lunache um descanso este domingo, talvez no próximo também – disse René. – Assim, ela ficará cheia de apetite pelas trufas.

Lunache era a melhor porca caçadora de trufas de René, uma fêmea malhada de branco e preto. Emile sorriu de modo matreiro para o amigo, como que a dizer: "Você sabe muito bem que Sansão é melhor do que Lunache!". No entanto, disse apenas:

– Isso vai ser divertido. Vamos torcer para que não chova.

– Ou que não neve! Aceita mais um *pastis*? Você é meu convidado – René colocou algum dinheiro no balcão.

Emile deu uma olhada no mostrador do relógio na parede e aceitou.

Ao sair, dez minutos depois, percebeu que Sansão havia enxotado os três cães até onde as correias destes permitiam, e que fingia manter sua corda retesada – uma corda robusta, mas que na certa Sansão poderia romper caso desse uma boa puxada. Emile sentiu-se um tanto orgulhoso de seu animal.

– Mas que monstro! Esse bicho precisa de uma focinheira! – disse um jovem de botas embarradas, um sujeito que Emile não conseguiu reconhecer. O outro afagava um dos cachorros de modo a tranqüilizá-lo.

Emile preparava-se para retrucar: não teria o cachorro incomodado o porco em primeiro lugar? Passou por sua mente, no entanto, a idéia de que o jovem pudesse ser um representante de La Reine d'Aquitaine que estivesse sondando o local. Silêncio e um assentimento polido eram a melhor solução, pensou Emile. Um dos cachorros sangrava um pouco na pata traseira? Emile não se deu ao trabalho de observar mais de perto. Desamarrou Sansão e saiu de fininho. Ainda bem, pensava Emile, que ele serrara as presas inferiores de Sansão havia três ou quatro meses. As presas tinham crescido além do focinho. As presas superiores não haviam sido mexidas, mas eram bem menos perigosas, uma vez que se curvavam para dentro.

Sansão, de um modo vago mas irritado, também pensava em seus dentes naquele momento. Se não tivesse sido misteriosamente privado de suas poderosas presas tempos atrás, teria destroçado aquele cachorro. Um golpe, de baixo para cima, de seu nariz na barriga do cão e pronto, um golpe como Sansão de fato havia aplicado... Sua respiração perdeu-se fumegante no ar. Suas patas de quatro dedos, apenas os dois médios de cada uma tocando o chão, sustentavam-no como se sua grande camada de gordura fosse leve como um balão branco. Agora Sansão era conduzido do mesmo modo que um cachorro de raça que forçasse a correia.

Emile, sabendo que o porco estava furioso, dava-lhe puxões firmes e significativos. Sua mão doía, seus braços começavam a cansar, e, logo que se aproximaram do portão aberto da fazenda, Emile soltou a corda com alívio. Sansão seguiu trotando em direção ao chiqueiro, onde estava a comida. Emile abriu o portão inferior para que o animal pudesse entrar, seguiu a figura, que galopava, e desatou-lhe a coleira enquanto Sansão se lançava sobre as cascas de batatas.

– Oinc!... Oinc-oinc!
– Uffff!
– Uon-nc!

Os outros porcos e porquinhos se afastaram de Sansão.

Emile foi até a cozinha. Sua esposa acabava de arrumar uma travessa no centro da mesa com cenouras e beterrabas cruas cortadas em cubos, além de cebolas e tomates fatiados. Emile fez um cumprimento que incluía Úrsula, o filho dos dois, Henri, a esposa dele, Yvonne, e o filhinho destes, Jean-Paul. Henri ajudava um pouquinho na fazenda, muito embora trabalhasse em turno integral numa fábrica de placas de fórmica em Cahors. Henri não gostava muito das lidas da fazenda. Mas era mais barato para ele e sua família viverem ali do que, neste momento, arcar com os custos de uma casa ou de um apartamento.

– Sorte com as trufas? – perguntou Henri, dando uma espiadela no saco.

Emile estava esvaziando o conteúdo do saco numa panela com água gelada dentro da pia.

– Nada mal – disse o pai.

– Venha comer, Emile – pediu Úrsula. – Deixa que eu lavo elas mais tarde.

Emile sentou-se e começou a comer. Ia contar sobre a competição de caça às trufas, mas decidiu que mencionar o fato poderia atrair má sorte. Havia ainda duas semanas para que lhes informasse a respeito da competição, caso achasse necessário. Já imaginava o relógio cuco afixado na parede à sua frente, marcando neste instante 12h15. Além disso, teria a chance de dizer algumas palavras na televisão (se fosse realmente verdade a promessa de cobertura), e sua foto sairia estampada no jornal local.

A principal razão pela qual Emile não levou Sansão para caçar trufas no fim de semana seguinte era o fato de que não desejava diminuir a quantidade de túberas naquela floresta em particular, que era conhecida como "a-pequena-floresta-da-descida-da-ladeira", de propriedade de um velho que nem vivia mais por ali, morava em uma cidade das redondezas. O velho nunca objetara a que se caçasse trufas em sua propriedade, não mantinha nem mesmo caseiros no local. Estes viviam em uma casa na fazenda, a quase um quilômetro da mata.

Desse modo, Sansão teve duas semanas de puro ócio, comendo e dormindo em seu leito de forragem no chiqueiro, o qual era coberto por um telhado de meia-água apoiado contra o estábulo.

No grande dia, 27 de janeiro, Emile se barbeou. Então seguiu até o Café de la Chasse, o ponto de encontro. Ali estavam René e mais oito ou dez homens que Emile conhecia e que, portanto, cumprimentou. Havia, além desses, alguns garotos e garotas da vila que tinham vindo assistir. Todos estavam rindo, fumando, fingindo que tudo aquilo não passava de um joguinho bobo, mas Emile sabia que dentro de cada um daqueles homens com seu cachorro ou porco caçadores de trufas havia a determinação ferrenha de conquistar o primeiro prêmio, na pior das hipóteses, o segundo. Sansão mostrou o desejo de atacar Gaspar, o cachorro de George, e Emile teve de lhe aplicar um puxão e um chute. Como Emile havia suspeitado, o jovem de duas semanas atrás, trajando as mesmas botas, era o mestre-de-cerimônias. Abriu um sorriso nos lábios e falou ao grupo postado defronte ao café.

– Cavalheiros de Cassouac! – ele começou, passando ao anúncio dos termos da competição patrocinada por La Reine d'Aquitaine, fabricante do melhor *pâté aux truffes** de toda a França.

– Onde está a televisão? – perguntou um dos homens, mais para provocar gargalhadas em seus camaradas do que para obter uma resposta.

O jovem também riu.

– Ela estará aqui quando todos voltarmos, uma equipe especial enviada de Toulouse, por volta das onze e meia. Sei que todos vocês querem estar de volta logo após o meio-dia para não incomodar suas esposas!

Mais uma vez as risadas brotaram com naturalidade. Era um dia gelado, que aguçava o espírito dos presentes.

---

* "Patê de trufas." Em francês no original. (N.T.)

– Apenas por uma questão de formalidade – disse o jovem de botas –, gostaria de conferir os sacos que vocês estão carregando e ver se está tudo certo.

Aproximou-se e fez a conferência. Cada homem mostrou um saco vazio, exceto pelas maçãs e pelos pedaços de queijo ou carne que seriam usados como recompensas para seus animais.

Um dos espectadores fez uma aposta paralela: cachorros contra porcos. Ele tinha encontrado um homem que apostava nos porcos.

Os competidores beberam um último gole de vinho e então partiram, lutando para controlar seus porcos e cachorros pela estrada de chão batido, espalhando-se em direção aos seus locais prediletos, em direção às suas árvores favoritas. Emile e Sansão, este último cansado dos latidos e grunhidos da multidão, dirigiram-se para a-pequena-floresta-da-descida-da-ladeira. Emile não foi o único a fazê-lo: François, com seu porco negro, também se dirigia para lá.

– Creio que há bastante espaço para nós dois – disse François, de modo prazenteiro.

Aquilo era verdade, e Emile concordou. Deu um chute em Sansão na entrada da floresta, deixando que as travas de suas botas aterrissassem solidamente no traseiro do porco, tentando transmitir-lhe a condição de grande e especial urgência que a caça às trufas adquirira no dia de hoje. Sansão se voltou, irritado, e tratou de simular um ataque às pernas de Emile, mas, por fim, acabou se curvando ao seu trabalho e passou a farejar o pé de uma árvore. Logo ele já a abandonava.

François, ocupando uma posição bem avançada entre as árvores, já usava do forcado, tudo ao alcance da visão de Emile. Este tratou, pois, de orientar Sansão, e o porco avançou pesadamente, o focinho rente ao solo.

– Run-nf! Ra-uon-nf! Umpf! – Sansão havia encontrado uma bela reserva de trufas e tinha consciência disso.

Assim como Emile. O homem amarrou o porco e começou a cavar o mais rápido que pôde. O solo estava mais duro do que há catorze dias.

O aroma das trufas se adensou para Sansão quando Emile as desenterrou. Esticou a corda que o prendia com um puxão, recuou e repetiu a manobra. Houve um estalo surdo – e ele estava livre! Sua coleira de couro havia se partido. Sansão mergulhou seu focinho entre a terra revirada e começou a comer, bufando de alegria.

– Filho-da-puta! *Merde*! – Emile lhe aplicou um chute poderoso no lado direito de sua pança. Maldito cinto velho! Não lhe restava outra opção senão perder preciosos minutos desamarrando a corda do tronco da árvore, para depois prendê-la outra vez ao redor do pescoço de Sansão, que faria de tudo para escapar dele. Ou seja, Sansão andaria em círculos ao redor do estoque de trufas, mantendo seu focinho no mesmo lugar, não parando nunca de comer. Emile conseguiu amarrar a corda, e, imediatamente, deu-lhe um puxão no limite de suas forças, aproveitando para praguejar contra o animal.

A sonora risada de François à distância não apaziguou a sanha de Emile contra o porco. Maldito animal, comeu pelo menos metade da reserva! Sansão recebeu um novo chute, dessa vez no local em que deveriam estar os seus testículos, caso Emile não os houvesse removido junto com as presas.

Sansão retaliou lançando-se contra os joelhos de Emile. O homem desabou sobre o porco que avançava e mal teve tempo de proteger o rosto antes de ir de encontro ao chão. A dor em seus joelhos era excruciante. Teve medo por alguns segundos de que tivesse fraturado as pernas. Então pôde ouvir os gritos indignados de François. Sansão estava novamente solto e invadia o local onde se encontrava o outro competidor.

– Ei, Emile! Você será desclassificado! Tire esse maldito porco de perto de mim! Venha buscá-lo... ou serei obrigado a passar-lhe a bala!

Emile sabia que François não tinha arma alguma. Pôs-se de pé com todo cuidado. Suas pernas não estavam fraturadas, mas seus olhos seguiam abalados pelo choque e sabia que, como recompensa, amanhã eles estariam roxos.

– Sansão maldito, dê logo o fora daí! – gritou Emile, caminhando com dificuldade na direção de François e dos dois porcos. Naquele momento, o outro homem batia em Sansão com um galho que estava à mão, e Emile sequer podia condenar François por seu ato.

Emile nunca tivera muita intimidade com François Malbert, e sabia que este tentaria desclassificá-lo, se estivesse ao seu alcance, principalmente porque Sansão era um excelente "trufeiro" e uma ameaça sempre presente. Mas naquele momento, este pensamento, concentrou a raiva de Emile mais sobre o porco do que sobre seu adversário. Emile deu um puxão na corda que prendia Sansão, um puxão vigoroso, e simultaneamente François atacou a cabeça do animal com o galho, que acabou quebrando.

Sansão voltou a fazer carga, e Emile, subitamente de posse da agilidade provocada pelo desespero, conseguiu dar uma série de voltas com a ponta da corda ao redor de uma árvore. O tranco fez com que o porco caísse no chão.

– Não há mais condições de continuar cavando nesta área! Isso não é justo! – disse François, apontando para suas trufas semidevoradas.

– Ah, *oui*? Mas isso foi um *acidente*! – retorquiu Emile.

François, porém, já percorria o caminho de volta, seguindo na direção do Café de la Chasse.

A pequena floresta agora era toda de Emile. Ele começou por organizar e reunir o que sobrara das trufas descobertas pelo outro. Mas tinha medo de ser desclassificado. E só havia um culpado: Sansão.

– Volte já ao trabalho, seu miserável! – disse Emile a Sansão e desferiu-lhe um golpe no traseiro com um pedaço curto de madeira que sobrara do galho partido.

Sansão ficou apenas a encará-lo, mais para saber se ainda viria outro ataque.

Emile vasculhou o saco em busca de um pedaço de queijo e jogou-o no chão numa tentativa de apaziguar o ânimo do bicho e ao mesmo tempo, quem sabe, despertar-lhe o apetite pela caça. Sansão aparentava estar no auge da fúria a que um porco podia chegar.

Sansão deu uma fungada no queijo.

– Vamos lá, garoto! – animou-o Emile.

O animal começou a se mover, mas de modo extremamente vagaroso. Apenas pôs-se em movimento. Sequer farejava o solo. Emile imaginava que os ombros de Sansão estavam arqueados de raiva, que o porco se armava para uma nova investida. Mas isso era um absurdo, disse para si mesmo como que para se tranquilizar. Emile puxou Sansão em direção a uma promissora bétula.

Sansão sentiu o cheiro das trufas no saco de Emile. Ainda continuava salivando em função das trufas que havia devorado diretamente do buraco no chão. O porco voltou-se com agilidade e pressionou o focinho contra o saco que Emile trazia. Sansão ergueu-se por um breve momento sobre as patas traseiras e, quando se apoiou no homem com as que estavam no ar, seu peso acabou por levar Emile ao chão. Sansão enfiou o focinho dentro do saco. Que aroma sublime! Começou a comer. Havia também uns pedaços de queijo.

Emile, novamente de pé, espetou Sansão com seu forcado, com força suficiente para perfurar-lhe a pele nos três lugares em que as pontas foram cravadas.

– *Afaste-se, seu miserável!*

Sansão abandonou o saco, mas apenas para se lançar sobre Emile. *Crac*! Acertou novamente o joelho do homem, que foi ao chão, tentando posicionar o forcado para que pudesse atacar, e como um raio Sansão voltou em nova carga.

De alguma maneira, a barriga de Sansão atingiu em cheio o rosto de Emile, ou pelo menos a região de seu queixo, deixando-lhe quase inconsciente. O homem balançou a cabeça e se assegurou de que ainda podia empunhar decentemente o forcado. Teve a repentina percepção de que Sansão poderia e iria matá-lo, caso não se protegesse.

– *Au secours*! – gritou Emile. – *Socorro*!

Emile brandiu o forcado para Sansão, pretendendo assustar o porco e ganhar tempo para se pôr de pé.

Sansão só tinha a intenção de se proteger. Percebia o forcado como seu inimigo, um inimigo plenamente exposto, e tratou de atacá-lo cegamente. O forcado perdeu seu alinhamento e tombou como se fosse um objeto flácido. Os cascos do porco pousaram triunfantes sobre a barriga de Emile. Sansão bufou. E o homem arfou, mas apenas umas poucas vezes.

O asqueroso focinho do porco, rosado e úmido, quase tocava a face de Emile, e ele recordou dos muitos porcos que conhecera na infância, porcos que lhe pareciam tão gigantes quanto esse Sansão que agora lhe sufocava. Porcos, porcas, porquinhos de padrões e cores diversos pareciam se combinar, transformando-se num único e monstruoso Sansão que, sem sombra de dúvida – Emile sabia –, iria matá-lo, usando apenas o peso de seu corpo. O forcado estava longe do seu alcance. Emile tentou usar os braços num último esforço, mas o porco não iria mesmo se mover. Ele já não conseguia inalar sequer um bocado de ar. Ali, não se tratava mais ali de um animal, pensou Emile, mas de uma força terrível e maligna, materializada na sua forma mais horrenda. Aqueles olhinhos estúpidos enterrados naquela carne grotesca! Ao tentar chamar alguém, o homem descobriu que o máximo de barulho que conseguiria fazer seria mais baixo que o gorjear de um passarinho.

Quando o homem ficou imóvel, Sansão saiu de cima de seu corpo e empurrou-o com o focinho para que se virasse lateralmente, permitindo-lhe que tivesse acesso novamente ao saco com as trufas. Sansão, aos poucos, ia se acalmando. Não mais sustinha a respiração ou ofegava, como fizera alternadamente nos últimos minutos, começando então a respirar normalmente. O cheiro paradisíaco das trufas logo o acalmou. Fungou, suspirou, inalou, devorou, seu focinho e sua língua desbravando as últimas fronteiras nos cantos do saco cáqui. E tudo fruto de seu próprio trabalho como coletor! Mas esse pensamento não se afigurou completamente claro para Sansão. De fato, percorria-lhe um vago sentimento de que seria repreendido por seu comportamento, muito embora não houvesse ninguém ali em condições de fazê-lo. Este saco em especial, no qual ele vira muitas trufas negras desaparecer, do qual só saíam desprezíveis e miseráveis migalhas de queijo – tudo isso era coisa do passado. Agora, o saco era só seu. Sansão chegou inclusive a comer um pedaço do próprio tecido.

Então, enquanto ainda mastigava, o porco urinou. Aguçou os ouvidos e olhou ao redor, sentiu-se bastante seguro e no controle completo da situação – ao menos dos seus sentimentos. Poderia caminhar para onde quer que quisesse, e ele escolhera caminhar para longe da vilarejo de Cassouac. Trotou um pouquinho, depois caminhou, até que foi desviado do caminho pelo odor de mais trufas. Levou algum tempo para que Sansão pudesse desenterrá-las, mas era um trabalho glorioso, e a recompensa lhe pertencia por completo, cada esplêndida ruguinha coberta de terra. Sansão chegou até um arroio, com um pouco de gelo endurecido nas margens, e bebeu. Seguiu em frente, arrastando a corda que ainda trazia presa ao corpo, sem se preocupar com a direção que tomava. Novamente sentia-se faminto.

A fome o impeliu na direção de um grupo de construções térreas, de onde provinha um cheiro de esterco de galinha e de estrume de cavalos ou vacas. Sansão penetrou um tanto tímido no quintal, pavimentado com pedras, sobre o qual vagavam pombas e galinhas. Elas abriram caminho para ele. Era algo a que estava acostumado. Começou a procurar pelo cocho. Encontrou-o e descobriu que havia pão molhado dentro dele, um cocho bastante baixo. Comeu. Então desabou contra uma pilha de feno, semicoberta por um telhado. Era noite.

Das duas janelas iluminadas do primeiro piso da casa, que ficava nas proximidades, vinham música e vozes, sons de uma família comum.

Quando o dia raiou, as galinhas que vagavam e bicavam pelo quintal, inclusive as que estavam próximas a ele, não o acordaram de fato. Ele ainda dormitava quando, com apenas um olho aberto e sonolento, ouviu os passos resolutos de um homem.

– Urra! O que temos aqui? – balbuciou o fazendeiro, olhando de perto o porco enorme e pálido estendido sobre seu feno. Uma corda pendia do pescoço do bicho, uma corda robusta, ele pôde perceber; porém, mais robusto e esplêndido era o espécime que tinha diante de si. A quem ele pertencia? O fazendeiro conhecia todos os porcos do distrito. Este devia ter vindo de muito longe. A ponta da corda estava arrebentada.

O fazendeiro Alphonse decidiu ficar de bico calado. Depois de mais ou menos esconder Sansão por alguns dias numa parte cercada de seu terreno que ficava nos fundos, trouxe-o de volta para o quintal e deixou que o porco se juntasse aos outros do seu chiqueiro, todos pretos. Ele não estava escondendo o porco branco, arrazoava a si mesmo, e se alguém viesse em busca do bicho, poderia dizer que o porco simplesmente entrara em suas terras, o que era verdade. Então ele devolveria o animal, claro, depois de ter certeza de que o requisitante sabia que as presas inferiores do porco haviam sido serradas, de que se tratava de um porco castrado e assim por diante. Enquanto isso, Alphonse dividia-se entre a possibilidade de vendê-lo no mercado ou de utilizá-lo como caçador de trufas antes que o inverno terminasse. Decidiu, primeiro, tentar a sorte nas trufas.

Sansão ganhou ainda mais peso e dominou os outros porcos, duas porcas e suas crias. A alimentação era um pouco diferente e mais abundante do que na outra fazenda. Então chegou o dia – um dia comum de trabalho, pelo que Sansão pôde perceber ao olhar ao redor – em que ele foi levado para a mata em busca de trufas. Sansão percorreu trotando o caminho, num humor favorável. Pretendia comer algumas trufas no dia de hoje, e não só encontrá-las para o homem. Em algum lugar do seu cérebro, Sansão já pensava que era necessário, desde o início, mostrar a esse homem que ele não estava ali para receber ordens.

O rato mais corajoso de Veneza

A família que habitava o Palazzo Cecchini junto ao rio San Polo era feliz e animada: marido e mulher e seis crianças que iam dos dois meses aos dez anos, quatro meninos e duas meninas. Tratava-se da família Mangoni, e eles eram uma espécie de caseiros. Os donos do Palazzo Cecchini, um casal anglo-americano de sobrenome Whitman, estavam numa viagem de três meses – provavelmente mais – a Londres, parando na casa que lá possuíam.

– Que belo dia! Vamos abrir as janelas e cantar! E daremos uma boa *limpada* neste lugar! – gritou a *signora*, da cozinha, desamarrando o avental. Ela estava grávida de seis meses. Havia lavado a louça do café, varrido as migalhas de pão, e agora encarava o dia ensolarado com a alegria de uma proprietária. E por que não? Ela e sua família tinham acesso a todas as peças, podiam dormir nas camas que bem lhes aprouvessem e, para completar, dispunham de uma grande quantidade de dinheiro dos Whitman para cuidar das coisas dentro do melhor estilo.

– Podemos brincar lá no andar de baixo, *mama*? – perguntou Luigi, de dez anos, de um modo perfunctório.

A *mama* diria "não!", supunha, então ele e mais dois irmãos, além da irmã Roberta, iriam a algum lugar. Brincar de luta, de escorregar, cair na água rasa lá embaixo eram as maiores das diversões. Assim como assustar os gondoleiros que passavam ao largo do canal e seus passageiros, abrindo a porta subitamente e lançando-lhes um balde d'água – quem sabe até no colo de um turista.

— Não! — disse a *mama*. — Só porque hoje é feriado...

Luigi, Roberta e seus dois irmãos, Carlo e Arturo, freqüentavam a escola oficialmente. Mas eles haviam perdido vários dias de aula no último mês, desde que a família Mangoni tomara por completo a posse do *palazzo*. Muito mais divertido do que ir à escola era ficar explorando a casa, fingir que eram donos de tudo, serem capazes de abrir qualquer porta, já que nenhuma estava trancada. Luigi estava prestes a convocar Carlo para se juntar a ele quando sua mãe lhe disse:

— Luigi, você prometeu levar Rupert para uma caminhada esta manhã!

Tinha prometido mesmo? A promessa, se fora realmente feita, não havia pesado muito na consciência do menino.

— Esta tarde!

— Negativo! Esta manhã. Desamarre o cachorro!

Luigi suspirou e, furioso, começou a andar de um modo desengonçado até o canto da cozinha onde o dálmata estava amarrado a um forno de pedra.

O cachorro estava ficando gordo, e era esta a razão pela qual a mãe queria que ele ou Carlo levassem o bicho para passear pelo menos duas vezes por dia. Luigi sabia que o cachorro engordara porque alimentavam-no com risoto e *pasta* em vez da dieta à base de carne recomendada pelo *signor* Whitman. Luigi ouvira seus pais discutindo o assunto, e havia sido uma discussão bastante breve: com a carestia da carne, por que alimentar um *cachorro* com bisteca? Era um absurdo, ainda que tivessem recebido dinheiro para isso. O bicho podia muito bem se virar com pão dormido e leite, e, além disso, havia alguns pedaços de peixe e mexilhões nas sobras do risoto. Um cão era um cão, não um ser humano. Agora era a família Mangoni quem comia carne.

Luigi acabou de ceder e deixou Rupert esticar suas patas na rua estreita que passava em frente à porta do *palazzo*, intimando Carlo, que perambulava pela casa com um copo de soda borbulhante pela metade, e então eles perfizeram, junto com o cachorro, os degraus que levavam ao saguão.

A água parecia ter meio metro de profundidade. Luigi ria por antecipação, descalçando as sandálias e removendo as meias nos degraus.

Schluc-sloch! A água escura se moveu, batendo e rebatendo cegamente contra as pedras da construção. A penumbra reinava na sala quadrada, imensa e vazia. Dois feixes de luz solar penetravam por cada uma das folgas da porta. Além dela, havia mais degraus de pedra que desciam água adentro do canal bastante largo chamado de rio San Polo. Ali, por centena de anos, antes que o *palazzo* tivesse afundado tanto, costumavam chegar gôndolas, e desembarcavam no saguão com piso de mármore damas bem-vestidas e cavalheiros com os pés secos, o mesmo saguão no qual agora Luigi e Carlo brincavam, movimentando-se, agitando a água que lhes chegava quase à altura dos joelhos.

Rupert, o cão, teve um arrepio ao chegar a um dos degraus que os garotos já haviam percorrido. Foi menos um tremor provocado pelo frio do que pelo nervosismo e desconforto. O fato é que não sabia mais o que fazer. Sua rotina de alegres caminhadas três vezes ao dia, o leite e os biscoitos pela manhã, uma grande refeição com carne por volta das seis da tarde – tudo arruinado. Sua vida não passava agora de um caos miserável, e seus dias haviam perdido a segurança proporcionada pelo hábito.

Já era novembro, mas não fazia frio, pelo menos não o suficiente para impedir que Luigi e Carlo praticassem seu jogo informal de empurra-empurra. O primeiro homem que caísse perdia, sendo compensado, todavia, pelos aplausos e pelas risadas dos outros – geralmente Roberta e a irmãzinha Benita também entravam na água, ou assistiam dos degraus.

– Um rato – gritou Luigi, apontando e mentindo, e no mesmo instante deu um belo empurrão na parte de trás dos joelhos de Carlo, fazendo com que este caísse de costas na água, com um grande estrondo, salpicando gotas na parede e em Luigi.

Carlo voltou, meio que desordenadamente, a ficar de pé, ensopado e dando gargalhandas, e se dirigiu ao degrau em que, ainda tremendo, permanecia o cachorro.

– Veja! Agora é um de verdade! – disse Luigi, apontando.

– Ha! Ha! – disse Carlo, sem acreditar.

– Lá está *ele*! – Luigi aplicou um golpe violento na superfície da água, tentando atingir o lugar em que a feiosa criatura nadava, exatamente entre ele e os degraus.

– Maricas! – gritou Carlo com alegria e deslizou em direção a um pedaço de pau que flutuava.

Luigi arrancou o graveto das mãos do irmão e partiu para cima do rato, aplicando um golpe bastante insatisfatório, que apenas o fez deslizar. Luigi voltou a atacar.

– Agarre-o pelo rabo! – incentivou Carlo, rindo às escondidas.

– Arrume uma faca, vamos matá-lo! – falou Luigi, os dentes arreganhados, excitado pela possibilidade de o rato mergulhar e aplicar-lhe uma mordida fatal nos pés.

Carlo já chapinhava escada acima. Sua mãe não estava na cozinha, e ele rapidamente se apossou de uma faca de cortar carne com uma lâmina triangular, voltando às pressas para entregá-la a Luigi.

Luigi havia atingido o rato mais duas vezes e então, com a faca na mão direita, teve coragem suficiente para agarrar o bicho pelo rabo, girando-o e colocando-o sobre uma saliência no mármore que chegava à altura de seus quadris.

– Urra! Acabe com o desgraçado! – disse Carlo.

Rupert ganiu, erguendo a cabeça, e pensou em subir os degraus, já que sua correia balançava. No entanto, não conseguiu se decidir, principalmente porque não tinha nenhuma razão para subir.

Luigi deu uma estocada canhestra no pescoço do rato, enquanto ainda o suspendia pelo rabo, acertando não seu objetivo mas um olho do animal. O rato se contorceu, expondo seus longos dentes frontais, e Luigi, tomado pelo medo, estava prestes a soltar o rabo do bicho; acabou, no entanto, aplicando um novo golpe que tinha como intenção decapitar o rato, mas que logrou apenas decepar uma das patas dianteiras.

– Ha-Ha-Ha! – aplaudiu Carlo, e passou a bater selvagemente com as mãos na água, lançando mais respingos sobre Luigi do que no rato.

– *Rato maldito*! – gritou Luigi.

Por alguns segundos, o rato permaneceu imóvel, com a boca aberta. Sangue escorria de seu olho direito, e Luigi golpeou com a lâmina a pata traseira direita que estava estendida e vulnerável sobre a pedra. O rato o mordeu, atingindo Luigi na altura do pulso.

Luigi urrou e balançou o braço. O rato caiu na água e começou a nadar enlouquecidamente para longe.

– Ohhhh! – disse Carlo.

– Ai! – Luigi chacoalhou o braço para lá e para cá dentro d'água e examinou seu pulso. Era apenas um ponto rosado, como se tivesse levado uma alfinetada. No entanto, queria exagerar sua façanha para a mãe, queria que ela cuidasse de sua ferida. Para isso, teria que fazer render o pequeno machucado. – Está *doendo*! – garantiu a Carlo, e percorreu o caminho através da água em direção aos degraus. Lágrimas já lhe desciam dos olhos, embora não sentisse dor alguma. – *Mama*!

O rato tentou se agarrar com o cotoco e com a outra pata boa à pedra musgosa da parede, mantendo a muito custo o nariz fora d'água. Ao seu redor, a água adquiria uma coloração rosada por causa do sangue. Tratava-se de um rato jovem, de cinco meses de idade, ainda não desenvolvido plenamente. Ele nunca estivera nessa casa antes e chegara até ali vindo pela rua lateral, entrando por uma passagem ou fenda em um dos lados da parede. Havia sentido o cheiro de comida, ou ao menos imaginava ter sentido um cheiro de carne podre ou algo do gênero. O buraco na parede levava até o saguão, e, antes que pudesse perceber, já havia caído em água profunda, que o obrigou a nadar. Agora seu problema era encontrar uma saída. Sua perna dianteira esquerda e a traseira direita doíam lancinantemente, embora a dor no olho ainda fosse a pior de todas. Explorou brevemente a parede, mas não encontrou qualquer buraco ou fenda por onde pudesse escapar. Por fim, agarrou-se aos filetes de musgo com as garras da pata dianteira que lhe sobrara e ficou parado, um tanto atordoado.

Algum tempo depois, tremendo e entorpecido, o rato voltou a se mover. A água havia descido um pouquinho, mas ele não sabia disso, pois ainda precisava nadar. Agora um feixe estreito de luz irrompia da parede. O rato seguiu em sua direção, esgueirando-se fenda adentro e escapando do calabouço aquático. Ele estava numa espécie de esgoto, na semi-escuridão. Encontrou uma saída do local: uma rachadura no pavimento. Suas próximas horas foram uma série de curtas jornadas – de um abrigo na lixeira ao vão de uma porta, e de lá até a penumbra atrás de uma caixa de flores. Ele estava, de um modo tortuoso, procurando seu lar. Por enquanto, o rato não tinha família, mas era aceito com indiferença na casa ou quartel-general de diversas famílias de ratos onde havia nascido. Já era noite quando chegou lá – o porão de um armazém abandonado, há muito tempo pilhado de todos os bens comestíveis. A porta de madeira do armazém estava se desmanchando, o que facilitava a entrada para os ratos, e havia tantos deles lá dentro que nenhum gato ousaria atacá-los em seu esconderijo, além de não haver nenhuma rota alternativa de fuga para o gato que entrasse além da passagem de onde tivesse vindo.

Ali o rato cuidou de seus ferimentos por dois dias, desamparado por seus pais, que sequer o reconheciam como cria, e mesmo por seus outros parentes. Ao menos, ele podia mordiscar um velho osso de vitela, pedaços mofados de batata, coisas que os ratos tinham trazido para roer em paz. Só conseguia enxergar com um dos olhos, mas isso o tornava mais atento, rápido no arremessar-se sobre as migalhas de comida, rápido em retirar-se, caso fosse desafiado. Este período de semi-repouso e recuperação foi interrompido bem cedo pela manhã por uma torrente de água esguichada de uma mangueira.

A porta de madeira foi aberta com um chute e a rajada de água fez os bebês ratos voarem pelo ar, esmagando alguns contra a parede, matando-os com o impacto ou afogando-os, enquanto os ratos adultos que conseguiam escalar os degraus e ultrapassar o homem com a mangueira eram caçados a porrete, que lhes partia as cabeças e as costas, além dos pisões com botas de borracha que lhes extinguiam as vidas.

O rato aleijado permaneceu lá embaixo, finalmente nadando um pouquinho. Os homens desceram com grandes redes na ponta de cabos de madeira, catando os corpos. Derramaram veneno na água que agora cobria o chão de pedra. O veneno fedia, ferindo os pulmões dos bichos. Havia uma saída alternativa, um buraco em um dos cantos cujo diâmetro era do tamanho exato para lhe dar passagem, e foi por ali que ele escapou. Um casal de ratos também o utilizou, mas o rato mutilado não os viu.

Era tempo de seguir em frente. O porão nunca mais seria o mesmo. O rato já se sentia melhor, mais confiante e mais experiente. Ele caminhava e rastejava, poupando seus dois cotocos. Antes do meio-dia, descobriu uma viela atrás de um restaurante. Nem todo o lixo caía dentro das cestas. Pedaços de pão, um grande osso de costela com pedaços de carne ainda grudados jaziam no calçamento. Que grande banquete! Talvez a melhor refeição de sua vida. Depois de comer, dormiu dentro de um cano de escoamento, estreito demais para um gato que quisesse entrar. Melhor não ficar à vista enquanto houvesse sol. A vida era mais segura à noite.

Os dias se passaram. Os cotocos doíam cada vez menos. Mesmo seu olho parara de doer. Recobrou a força e chegou, inclusive, a ganhar um pouco de peso. Sua pelagem cinza e levemente amarronzada engrossava, adquirindo maciez. Seu olho arruinado ficava semi-aberto, lembrando um borrão cinzento, levemente talhado pelo golpe da faca, mas dele já não escorria sangue ou outras secreções. Descobriu que, se atacasse um gato, conseguiria fazer seu predador recuar um pouco, e o rato deu-se conta de que isto acontecia devido à sua aparência incomum, caolho, manquejando sobre duas perninhas curtas. Os gatos também tinham seus truques, arrepiando os pêlos do cangote para parecerem maiores, emitindo ruídos ameaçadores. Uma vez, no entanto, um velho gato cor de gengibre, esquálido e surdo de um ouvido, tentou cravar os dentes no pescoço do rato. Este, imediatamente, atracou-se na perna dianteira do bichano, mordendo com a máxima força de que era capaz, e o gato não conseguiu obter o controle da situação. Quando o rato perdeu as forças, o gato mostrou-se mais do que contente em conseguir fugir, saltando para o peitoril de uma janela. Esta cena havia se desenrolado num jardim escuro de um lugar qualquer.

Os dias avançaram, tornando-se mais frios e úmidos, dias para dormitar em uma réstia de sol, se possível; freqüentemente não o era, visto que um buraco qualquer era mais seguro; noites de andar a esmo em busca de comida. Dia e noite a evasiva dos gatos e os nada louváveis porretes nas mãos de um ser humano. De certa feita, um homem o atacara com uma lata de lixo, lançando-a contra as pedras, acertando no rabo do rato, sem chegar, contudo, a parti-lo, apenas afligindo-lhe uma *dor*, uma dor que ele desconhecia desde que recebera a facada no olho.

O rato sabia quando uma gôndola estava se aproximando. "Ho! Aiê!, gritavam os gondoleiros, ou variações desses mesmos sons, normalmente quando estavam prestes a fazer a curva em alguma esquina. As gôndolas não representavam qualquer ameaça. Algumas vezes algum gondoleiro o golpeava com o remo, mais como brincadeira do que com a intenção de matá-lo. O gondoleiro não teria a mínima chance! Apenas um golpe que sempre passava no vazio, e o gondoleiro já voltava ao seu trajeto.

Uma noite, sentindo o cheiro de salsicha que vinha de uma gôndola ancorada em um canal estreito, o rato se aventurou a subir a bordo. O gondoleiro dormia debaixo de um cobertor. O cheiro de salsicha vinha de um embrulho de papel ao lado dele. O rato encontrou os restos de um sanduíche, comeu o bastante, aconchegou-se em um trapo sujo e grosseiro. A gôndola jogou gentilmente. O rato agora era um nadador experiente. Mais de uma vez já mergulhara na água para escapar de um gato que havia sido corajoso o suficiente para persegui-lo até um canal. Mas os gatos não se davam o trabalho de ir além da superfície.

O rato foi acordado pelo som de uma batida. O homem se erguia, desamarrando a corda. A gôndola se afastou do calçamento. O rato não se alarmou. Se o homem o avistasse e viesse em sua direção, ele simplesmente pularia na água e nadaria até a murada de pedras mais próxima.

A gôndola atravessou o Canale Grande e entrou em um amplo canal entre dois enormes palácios que haviam sido transformados em hotéis. O rato podia sentir os aromas de porco recém-assado, de pão saído do forno, de casca de laranja e o acentuado perfume do presunto. Algum tempo depois o homem conduziu a gôndola até os degraus de uma casa, desembarcou e bateu numa porta que tinha uma aldrava redonda.

Naquele dia o rato conheceu uma fêmea, um encontro prazeroso em uma viela bastante úmida, localizada atrás de uma loja de roupas. Recém havia chovido. Avançando, o rato encontrou um rastro de sobras de sanduíches, amendoins e pedaços duros de grão de milho dos quais não se ocupou. Então, quando se deu conta, estava numa imensa área aberta. Tratava-se da Piazza San Marco, onde o rato nunca havia estado. Escapava-lhe a noção exata da amplitude do local, mas podia senti-la. Pombas, em uma quantidade que ele jamais vira, caminhavam sobre o calçamento, entre as pessoas que lhes lançavam grãos. As pombas voavam, abriam suas asas e caudas, aterrissavam sobre as costas das outras. O cheiro de pipoca deixou o rato com fome. Mas era ainda pleno dia, e o animal sabia que precisava ter cuidado. Manteve-se na região sombria formada entre o calçamento e as paredes dos prédios, pronto a escapulir, a qualquer momento, por um corredor. Pegou um amendoim e o mordiscou, enquanto manquejava, deixando um pedaço da casca cair; manteve o amendoim em sua boca para pegar a outra metade, que ainda estava na casca.

Mesas e cadeiras. E música. Não havia muitas pessoas sentadas, mas estas que estavam usavam sobretudos. Ali havia todo tipo de migalhas de *croissant*, cascas de pão, até mesmo pedaços de presunto entre as cadeiras e as pedras do calçamento.

Um homem gargalhou e apontou para o rato.

– Olhe, Helen! – ele disse para a esposa. – Olhe só aquele rato! A essa hora do dia!

– Oh! Que bicho *horrível*!

O choque da mulher era genuíno. Ela beirava a casa dos sessenta e era de Massachusetts. Então ela também começou a rir, uma gargalhada em que se misturavam alívio, espanto e uma pontinha de medo.

– Por Deus, alguém lhe cortou um pedaço da pata! – disse o homem, quase a sussurrar. – E perdeu também um olho! Veja só!

– Isto sim é *algo* para se contar aos amigos quando voltarmos para casa! – disse a mulher. – Passe-me logo a câmera, Alden!

O marido obedeceu.

– Espere um pouco para tirar a foto, pois o garçom está vindo.

– *Altro, signor?** – perguntou o garçom com polidez.

– *No, grazie. Ah, si! Um caffe latte, per piacere.***

– Alden...

Não lhe era permitido tomar mais do que dois cafés por dia, um pela manhã e outro à noite. Alden sabia disso. Restavam-lhe apenas mais uns poucos meses de vida. Mas o rato lhe dera um entusiasmo curioso, uma súbita alegria. Observava-o farejando nervosamente entre a floresta formada pelas pernas das cadeiras a apenas um metro de distância, examinando tudo com o olho bom, lançando-se sobre as migalhas, evitando as menores e já muito esfareladas.

– Rápido! Tire antes que ele fuja – disse Alden.

Helen ergueu a câmera.

O rato percebeu o movimento, um movimento potencialmente perigoso, e deu uma olhada para o objeto.

Clic!

– Acho que ficou boa! – sussurrou Helen, sorrindo com uma alegria delicada, como se tivesse acabado de flagrar um pôr-do-sol em Sounion ou Acapulco.

– Nesse rato – começou Alden de modo suave, mas logo se interrompeu para pegar com seus dedos finos e trêmulos o resto de uma salsicha do pãozinho lambuzado de manteiga que estava à sua frente. Jogou-a na direção do rato, que recuou um pouquinho para depois se lançar sobre ela, com uma pata – o cotoco –, para mastigá-la.

---

* "Outro, senhor." Em italiano no original. (N.T.)

** "Não, obrigado. Ah, sim! Um café com leite, por favor." Em italiano no original. (N.T.)

Rapidamente, a salsicha sumiu do mapa, enquanto as mandíbulas gorduchas trabalhavam.

– Eis um rato de coragem! – disse Alden finalmente. – Imagine as dificuldades pelas quais tem passado. Como a própria cidade de Veneza. E ele não está desistindo, certo?

Helen respondeu à observação do marido com um sorriso. Alden parecia estar feliz, mais do que estivera em qualquer momento nas últimas semanas. Ficou satisfeita. Sentiu-se extremamente grata ao rato. Imagine, sentir gratidão por um rato, ela pensou. Quando olhou novamente, o rato havia sumido. Mas Alden lhe sorria.

– Teremos um dia esplêndido – ele disse.

– Sim.

O rato ficava mais forte a cada dia, mais audaz nas suas aventuras diurnas, mas, ao mesmo tempo, aprendia mais a respeito de sua própria defesa, inclusive contra humanos. Ele sabia simular um ataque contra uma pessoa que estivesse erguendo uma vassoura, um pedaço de pau ou um caixote para esmagá-lo, fazendo com que essa pessoa, homem ou mulher, tivesse que recuar um passo, ou hesitar, e naquele instante o rato poderia correr em qualquer direção, mesmo na de seu agressor, se isso significasse a fuga.

Mais ratas. Quando estava bem-disposto, sobravam-lhe fêmeas, porque os outros machos tinham-lhe medo, e os desafios que lançavam a ele, quando se atreviam, nunca descambavam para combates de verdade. O andar pesado e arrastado, somado ao seu único e maligno olho, davam ao rato um ar ameaçador, como a dizer que nada além da própria morte seria capaz de detê-lo. Lançava-se assim através do labirinto que era Veneza, tendo, aos sete meses de idade, a experiência de um velho lobo-do-mar, seguro de si e do território pelo qual circulava. Mães horrorizadas puxavam suas crianças pequenas quando o bicho passava. As crianças mais velhas riam e apontavam. A sarna atacava-lhe as regiões da cabeça e do estômago. Às vezes, rolava sobre as pedras do calçamento para aliviar a coceira, ou então mergulhava na água, apesar do frio. Sua área de atuação se estendia de Rialto a San Trovaso, e também estava familiarizado com os armazéns de Ponte Lungo, que margeavam o amplo Canale della Giudecca.

O Palazzo Cecchini localizava-se entre Rialto e a elevação de terreno em que estavam estabelecidos os armazéns. Certo dia, Carlo retornava de uma mercearia com uma grande caixa de papelão que seria usada para que Rupert, o dálmata, dormisse dentro. Rupert havia apanhado um resfriado, e a mãe de Carlo estava preocupada. Foi quando o menino viu emergir o rato por entre dois engradados de madeira do lado de fora da loja.

Era o mesmo rato! Carlo lembrava-se perfeitamente das duas patas amputadas, o olho vazado. Sem hesitar por nem mais um segundo, Carlo lançou a caixa de papelão com a parte aberta em direção ao chão, prendendo o rato, e logo a seguir sentou-se com todo cuidado sobre ela. Ele o havia capturado!

– Ei, Nunzio! – Carlo gritou para um amigo que passava por ali. – Vá chamar o Luigi! Diga a ele que venha até aqui! Apanhei um rato!

– Um rato! – Nunzio levava consigo um grande pão debaixo do braço. Já passava das seis e estava escurecendo.

– É um rato especial! Chame o Luigi! – gritou Carlo ainda mais freneticamente, pois o rato se lançava contra as laterais da caixa de papelão e logo poderia começar a roê-las.

Nunzio correu.

Carlo saiu de cima da caixa e a pressionou com mais força contra o chão, aplicando chutes nos lados como que para desencorajar o rato. Seu irmão mais velho ficaria impressionado, se ele conseguisse manter o bicho aprisionado até a sua chegada.

— O que você está fazendo aí, Carlo? Está bem no meio do *caminho*! — gritou o peixeiro.

— Apanhei um rato! Você devia me dar um quilo de *scampi** por ter apanhado um de seus ratos!

— *Meus* ratos? — O peixeiro fez um gesto de ameaça, mas estava ocupado demais para enxotar o menino.

Luigi veio na corrida. Apanhara um pedaço de pau no meio do caminho, uma tábua de um engradado.

— Um rato?

— O mesmo que esteve aquele dia lá em casa! O perneta! Juro!

Luigi arreganhou os dentes, colocou a mão sobre a caixa e deu um bom chute num dos lados. Ergueu um pouquinho um dos lados, o pedaço de pau a postos. O rato se lançou para fora e Luigi acertou-lhe um golpe perto da cabeça.

O bicho sentia falta de ar e estava ferido. Outro golpe lhe acertou as costelas. As patas do rato entraram em movimento, numa tentativa frenética de fugir, mas ele não conseguia se erguer. Ouviu as risadas dos garotos. Ele estava sendo transportado para algum lugar dentro da grande caixa de papelão.

— Vamos jogá-lo escada abaixo! Afogá-lo — disse Carlo.

— Quero vê-lo. Se encontrarmos um gato, poderemos ver uma boa briga. Que tal aquela gata malhada...

— Ela nunca está por perto. O nível da água está alto. Vamos afogá-lo!

A peça que ficava no final da escada fascinava Carlo. Em suas fantasias, as gôndolas cruzavam a porta flutuando, despejando passageiros que se afogariam naquela terrível penumbra, e, finalmente, acabariam por cobrir o piso de mármore com seus corpos. O piso do andar térreo do Palazzo Cecchini talvez se tornasse outra atração

---

* Plural de *scampo*, que significa lagostim. Em italiano no original. (N.T.)

horripilante de Veneza, assim como as masmorras além da Ponte dei Sospiri.

Os meninos subiram os degraus frontais e entraram no Palazzo Cecchini, cujas altas portas de madeira estavam levemente entreabertas. Sua mãe cantava na cozinha, onde o rádio tocava uma canção popular. Carlo fechou a porta com um chute, e sua mãe os escutou.

– Venham comer, Luigi e Carlo – ela chamou. – Não se esqueçam que nós vamos ao cinema!

Luigi praguejou e, rindo, disse:

– *Súbito, mama!**

Ele e Carlo subiram os degraus que conduziam ao andar superior.

– Vocês estão com a caixa de papelão? – gritou-lhes a mãe.

– *Si, si!* Alcança-me o pedaço de madeira – Luigi disse ao irmão. Luigi apanhou o objeto e, simultaneamente, inclinou a caixa. Lembrou-se da mordida que tinha levado no pulso e sentiu uma espécie de medo exclusivo daquele rato. O rato tombou na água. Sim, tratava-se do mesmo bicho! Luigi enxergou os dois cotocos. O rato submergiu de uma só vez, mal sentindo o golpe desajeitado que Luigi lhe aplicara com a ponta do pau.

– Onde ele foi parar? – perguntou Carlo. Sem ligar para as sandálias e para as meias, permaneceu no primeiro degrau, a água batendo-lhe nos tornozelos.

– Ele vai precisar pegar ar! – disse Luigi, posicionado um patamar acima, pronto para lançar a madeira quando o rato emergisse. Os garotos examinavam a água escura que agora se agitava devido à passagem de um barco para além da porta.

– Vamos entrar e forçá-lo a aparecer! – disse Carlo, dando uma olhada para o irmão, penetrando na água até a altura dos joelhos, aplicando chutes a esmo para evitar que o rato se aproximasse dele.

---

* Algo como: "Já estamos indo, mamãe". (N.T.)

— Luigi! — gritou a mãe. — Você está aí embaixo? Vai levar uma surra se não vier até aqui *agora*!

Luigi voltou-se para dar uma resposta, a boca aberta, quando, naquele instante, viu o rato, de modo canhestro, escalar o degrau em direção ao piso do primeiro pavimento da casa.

— *Mama mia*! — deixou escapar, apontando para o bicho. — O rato apareceu!

Carlo compreendeu em um instante o que estava acontecendo, muito embora não tivesse visto o rato. Ergueu as sobrancelhas e subiu os degraus. Eles não podiam dizer nada a respeito disso para a mãe. Tinham que seguir a trilha molhada deixada pelo rato e darem um jeito de se livrar dele. Ambos chegaram a essa compreensão sem que precisassem trocar uma palavra. Quando alcançaram o saguão, o rato havia desaparecido. Vasculharam o chão em busca da trilha, mas não conseguiram enxergar uma gota sequer sobre o piso de mármore branco e cinzento. As portas de dois salões estavam abertas; a do lavabo escada abaixo, semicerrada. O rato podia, inclusive, ter subido para o segundo andar.

— Vocês não vêm? O espaguete já está servido! Andem de uma vez!

— *Si, si, súbito, mama!*

Luigi apontou para os pés molhados de Carlo e fez um gesto com o dedo, indicando ao outro que ele deveria subir e se ajeitar.

Carlo lançou-se em direção à escada.

Luigi deu uma rápida olhada no lavabo. Eles não podiam de maneira alguma revelar à mãe o que havia acontecido. Ela nunca sairia de casa ou os deixaria ir ao cinema se soubesse que havia um rato zanzando ali dentro. Luigi procurou dentro de um dos salões, onde seis cadeiras estavam dispostas ao redor de uma mesa oval, além de outras cadeiras que ficavam ao lado de mesinhas para os vinhos, espalhadas pelas paredes da peça. Procurou, mas nem sinal do bicho.

Carlo voltou. Eles deram alguns passos cozinha adentro. *Papa* recém terminara o seu espaguete. Então veio a bisteca. O cachorro gorducho assistia a tudo com o focinho enterrado entre as patas. Salivava. Novamente o haviam amarrado ao fogão de pedra. Luigi olhou ao redor, de modo dissimulado, procurando pelo rato nos cantos da cozinha. Antes de a refeição terminar, Maria Teresa, a babá, chegou. Trazia consigo dois livros debaixo do braço. Sorriu largamente, desabotoou o casaco e tirou o lenço que lhe cobria a cabeça.

– Cheguei um pouco mais cedo! Peço desculpas! – ela disse.

– Não, não! Sente-se! Coma um pedaço de torta!

A sobremesa era uma deliciosa torta aberta com fatias de pêssego. Quem poderia resistir, especialmente uma garota no apetite de seus dezessete anos? Maria Teresa sentou-se e comeu um pedaço.

Papa Mangoni repetiu a sobremesa. Assim como Rupert, ele também estava ganhando peso.

Então a família saiu, apressada, as crianças menores nos braços do *papa*, pois eles estavam quatro minutos atrasados, pelos cálculos do *papa*, mesmo se corressem. *Papa* gostava dos anúncios que precediam o filme, além de dar um alô aos seus camaradas.

O aparelho de televisão havia sido deslocado do quarto dos pais para a sala, onde Antônio, o bebê de dois meses, deitava-se pomposamente sobre um berço bem alto, ornado com fitas brancas que mal tocavam o chão. O berço estava equipado com rodinhas. Maria Teresa, cantarolando baixinho, percebeu que o bebê adormecera e afastou-o da televisão, que estava num dos cantos da sala. Ligou o aparelho num volume baixo. O programa não parecia nada interessante, então ela se sentou e abriu um de seus romances, uma história de amor que se passava no oeste americano do século passado.

Quando Maria Teresa olhou para a tela da televisão alguns minutos depois, seus olhos foram atraídos por um ponto cinza que se arrastava pelo canto da sala. Ela ficou paralisada. Era um rato! Uma criatura imensa e horrível! Ela se moveu para a direita, a fim de espantá-lo em direção à porta que ficava à esquerda e que estava aberta. O rato avançou em sua direção, devagar e firme. Tinha apenas um olho. Uma de suas patas dianteiras fora decepada. Maria Teresa emitiu um curto grito de pânico e correu para a porta aberta.

Ela não tinha qualquer intenção de tentar matar aquela coisa. Odiava ratos! Eram a maldição de Veneza! Maria Teresa seguiu direto até o telefone no saguão do andar inferior. Discou o número de um bar-café não muito distante, onde seu namorado trabalhava.

– Cesare – ela disse. – Quero falar com Cesare.

Cesare veio atender. Ele ouviu a história e começou a rir.

– Mas você não pode *vir*? Os Mangoni foram ao cinema. Estou sozinha aqui! Estou com tanto medo que por mim já teria me mandado desta casa!

– Está certo, vou até aí!

Cesare desligou. Balançou um guardanapo sobre o ombro, um sorriso forçado nos lábios, e disse para um de seus colegas, o barman:

– Minha namorada está trabalhando de babá e apareceu um rato na casa. Eu preciso ir até lá para dar um jeito no bicho!

– Ha-Ha!

– Essa é nova! A que horas você volta, Ces? – perguntou um freguês.

Mais risadas.

Cesare não se incomodou de dizer ao chefe que sairia por alguns minutos, uma vez que ao Palazzo Cecchini se podia chegar em um instante, se ele corresse. Na calçada, Cesare pegou uma barra de ferro com um metro e vinte de comprimento que servia como tramela para a porta quando o estabelecimento era fechado. Era pesada. Ele correu, e imaginou-se batendo com a barra no rato encurralado, matando-o, e a gratidão, a chuva de beijos com que seria premiado por Maria Teresa.

Em vez de ver a porta ser aberta por uma garota tomada pela ansiedade, sua adorada, a quem ele confortaria com um abraço forte, com palavras que garantiriam que ele expulsaria a pequena besta..., em vez disso, Cesare foi recebido por uma garota coberta de lágrimas, tremendo de medo.

– O rato atacou o bebê! – ela disse.

– O quê?

– Lá em cima...

Cesare subiu os degraus correndo, a barra de ferro na mão. Olhou ao redor do quarto quase vazio e mobiliado de modo tradicional à procura do bicho. Examinou debaixo da cama de casal adornada por um dossel.

Maria Teresa entrou.

– Não sei onde o rato foi parar. Veja o estado do bebê! Precisamos chamar um médico! Tudo aconteceu enquanto eu ligava para você!

Cesare olhou para o travesseiro do bebê, coberto pela chocante vermelhidão do sangue. O nariz da criança... Era terrível! Não *havia* mais nariz! E a bochecha! Cesare murmurou uma prece para um santo qualquer e então se voltou bruscamente para Maria Teresa.

– O bebê está *vivo*?

– Não sei! Acho que sim!

Cesare enfiou timidamente um dedo na mãozinha fechada do bebê, que a puxou, emitindo um chiado, como se estivesse encontrando dificuldades de respirar entre tanto sangue.

– Não devíamos virá-lo? Coloque-o de lado! Vou... Vou telefonar. Você sabe o número de algum médico? – perguntou Cesare.

– Não! – disse Maria Teresa, que já estava sentindo pesar sobre si a culpa por ter deixado que algo assim acontecesse. Ela sabia que devia ter expulsado o rato da peça em vez de ter telefonado para Cesare.

Cesare, depois de uma tentativa frustrada de contatar um doutor que conhecia de nome e cujo número procurara na lista, ligou para o principal hospital de Veneza, e eles prometeram chegar o mais rápido que pudessem. Viriam por um barco que atracaria no Canale Grande, a cerca de catorze metros de distância. Cesare e Maria Teresa mal chegaram a ouvir o barulho do veloz motor. Nesse ínterim, a babá limpou gentilmente a face do bebê com uma toalha de rosto úmida, tendo em vista facilitar a respiração do pequenino. Não sobrara nada do nariz, e ela podia, inclusive, ver um pedaço do osso do septo nasal.

Dois jovens vestidos de branco aplicaram duas injeções no bebê murmurando o tempo todo: "*Orribile!*". Eles pediram a Maria Teresa que providenciasse uma garrafa com água quente.

O sangue havia se esvaído das faces normalmente coradas de Cesare, e ele sentiu que estava prestes a desmaiar. Sentou-se em uma das cadeiras austeras. A idéia de seu abraço apaixonado em Maria Teresa se fora. Ele mal podia se pôr de pé.

Os internos levaram o bebê no barco, enrolado em um cobertor junto com a garrafa de água quente.

Cesare recuperou um pouco de suas forças, desceu até a cozinha e, após vasculhar o local, encontrou uma garrafa de Strega*. Ele serviu dois copos. Continuava atento para a aparição do rato, mas não conseguiu avistá-lo. Os Mangoni

---

* Licor de cor amarelada, típico da Itália, ao qual são acrescentadas especiarias como hortelã, erva-doce e açafrão. (N.T.)

logo deveriam chegar, e ele preferiria estar em qualquer outro lugar – de volta ao trabalho –, mas considerou que tinha o dever de ficar ao lado de Maria Teresa, e que essa desculpa seria suficiente para seu chefe. Um bebê que quase tinha perdido a vida, talvez agora estivesse até morto... Quem poderia saber?

A família Mangoni chegou às dez e quarenta da noite, e o caos se espalhou instantaneamente.

A mama berrava. Todos falavam ao mesmo tempo. Mama subiu para ver o berço ensangüentado e voltou a berrar. Ao *papa* foi dito que ligasse para o hospital. Cesare, os três meninos mais velhos e uma das irmãs iniciaram uma busca completa pela casa, armados com garrafas vazias de vinho para serem lançadas como bombas, facas, um banco da cozinha, um pedaço de ferro, e Cesare com a barra que trouxera. Nenhum deles viu o rato, mas os móveis receberam, inadvertidamente, diversas pancadas.

Maria Teresa foi perdoada. Ou não? O *papa* podia entender o telefonema pedindo ajuda ao namorado que trabalhava nas redondezas. O hospital relatou que o bebê tinha cinqüenta por cento de chances de sobreviver, mas será que a mãe poderia vir logo?

O rato escapara pelo dreno junto à parede da cozinha, no andar térreo. Com um salto se viu mergulhando no rio San Polo, submergindo aproximadamente três metros, mas isso não era um problema. Ele nadava com movimentos poderosos de suas patas inteiras, ajudado ainda por seus cotocos e sua poderosa força de vontade, até chegar ao ponto mais próximo que pudesse escalar, alcançando a terra seca sem sentir suas energias diminuídas. Chacoalhou-se. O gosto de sangue continuava em sua boca. Ele havia atacado o bebê vitimado pelo pânico, acometido também pela fúria, por não ter encontrado uma rota de fuga daquela casa amaldiçoada. Os braços e os punhos do bebê haviam golpeado debilmente sua cabeça, suas costelas. O rato sentira uma espécie de prazer atacando um membro da espécie humana, um com o mesmo cheiro dos já crescidos. Os pedaços de carne macia haviam lhe enchido a pança, e era dessa carne que agora ele tirava sua energia.

Percorreu seu caminho através da escuridão quase que rolando, parando de vez em quando para farejar um resto imprestável de comida, ou para se orientar lançando uma olhadela para cima, dando uma fungada na brisa. Seguia para o Rialto, onde poderia cruzar a ponte arqueada, bastante segura durante a noite. Pensava em estabelecer informalmente seu quartel-general nos arredores de San Marco, uma área com muitos restaurantes. A noite estava muito escura, o que para ele significava tranquilidade. Sua força parecia crescer à medida que se arrastava, a barriga quase tocando as pedras úmidas do pavimento. Foi quando encarou fixamente um gato curioso que ousara se aproximar e medi-lo. O rato se lançou na direção do bichano, que, após dar um salto, acabou por recuar.

Cavalo-motor

Quando a grande égua Fanny escutou o farfalhar do feno, voltou lentamente a cabeça, continuando a ruminar num ritmo inquebrantável, e seus olhos, que pareciam dois grandes e macios ovos marrons, tentaram captar o que ocorria às suas costas e perto do chão. Fanny supunha que fosse um dos gatos, muito embora eles raramente se aproximassem. Havia duas gatas na fazenda: uma amarela, outra malhada de preto e branco. O modo como Fanny voltara o pescoço havia sido casual. Uma das gatas freqüentemente vinha até o estábulo em busca de um canto tranqüilo onde pudesse tirar uma soneca.

Ainda mascando o feno de seu cocho, Fanny olhou pela segunda vez e se deparou com uma coisinha cinza junto à sua pata da frente. Tratava-se de uma pequena gatinha. Uma, contudo, que não pertencia à propriedade, que não pertencia às gatas maiores, porque não havia crias recentes.

Era um entardecer do mês de julho. Os mosquitos voejavam ao redor dos olhos e do nariz de Fanny, que bufava. Uma janelinha quadrada, que era fechada no inverno, agora estava aberta, e o sol inundou completamente a visão da égua. Havia trabalhado pouco naquele dia, porque o homem chamado Sam, com quem Fanny convivera ao longo dos doze anos de sua existência, não tinha aparecido, nem ontem, nem hoje. Fanny não fizera nada de que pudesse lembrar exceto caminhar com Bess, a mulher, até o tanque d'água e voltar para o estábulo. Fanny tivera tempo de sobra para mastigar seu feno em plena luz do dia, antes que ela se deitasse com um resmungo para dormir. Suas imensas ancas e caixa torácica, muito bem cobertas de músculo e gordura, tocaram a palha como um barril depositado com toda cautela. Começou a esfriar. A gatinha cinza, que Fanny agora podia ver com mais clareza, achegou-se e se enrolou sobre si mesma junto à pelagem avermelhada atrás do casco esquerdo de Fanny.

A gatinha não tinha nem quatro meses, e era de uma coloração acinzentada rajada de preto, com um rabo que mal chegava ao tamanho de um cigarro *king-size*, porque alguém havia pisado bem no meio dele quando ela era mais nova. A bichinha havia vagado por uma longa distância naquele dia, talvez cinco ou seis quilômetros, e tinha entrado no primeiro abrigo que avistara. Ela havia abandonado o lar porque sua avó e sua bisavó a tinham atacado um número incontável de vezes, e numa das vezes passaram de todos os limites. Sua mãe havia sido atropelada por um carro havia alguns dias. A gatinha fora até a estrada ver o corpo e sentira-lhe o cheiro. Então, seguindo um instinto de autopreservação, decidira que o grande desconhecido era melhor do que aquilo que conhecia. Já tinha os músculos desenvolvidos, assim como a coragem, mas agora estava cansada. Havia investigado toda a extensão da fazenda, encontrando nada mais que um pão lamacento e água no galinheiro. E mesmo naquela hora de um dos meses mais quentes do ano, a gatinha tremia de frio. Ela tinha sentido o calor que emanava do enorme corpo da égua avermelhada e, quando esta se deitou, a gatinha encontrou um recanto e se apagou.

A égua estava, de certo modo, satisfeita. Uma criatura tão pequenina! Veja sua altura, seu peso, ela quase não ocupa espaço!

Ambas adormeceram.

Enquanto isso, na casa-grande de dois andares, as pessoas discutiam.

A casa pertencia a Bess Gibson, viúva há três anos. Seu neto Harry viera com a mulher, Marylou, dias atrás, para uma visita e para que a moça lhe fosse apresentada, havia pensado Bess. Mas Harry tinha seus próprios planos. Queria arranjar algum dinheiro. Sua mãe não tinha o suficiente, ou então havia recusado a ele, concluiu Bess. O pai do rapaz, seu filho Ed, estava morto, e a mãe de Harry, que morava na Califórnia, havia se casado pela segunda vez.

Naquele momento, Harry estava sentado na cozinha, usando roupas de caubói, alternando na boca um palito e um cigarro, falando sobre um restaurante-drive-in-bar-e-café que pretendia comprar e administrar.

– Se a senhora pudesse perceber, vovó, que essa fazenda não chega sequer a se pagar, que o dinheiro aqui está parado sem nenhum rendimento. Já percebeu o que a senhora tem aqui? – e fez um gesto amplo com uma das mãos. – A senhora poderia conseguir uns 120 mil dólares pela casa e pela terra. Pense, só por um instante, no belíssimo apartamento que poderia ter na cidade usando apenas uma parte desse dinheiro!

– Isto é a pura verdade, a senhora sabia? – repetiu Marylou como se fosse um papagaio. Estivera brincando com a xícara de café, mas agora havia sacado uma lima da bolsa e lixava as unhas.

Bess mudou de posição na cadeira, que emitiu um estalo. A velha senhora estava usando um vestido de algodão azul e branco e sandálias brancas. Ela sofria de hidropisia. Seu cabelo embranquecera completamente nos últimos dois anos. Entendera perfeitamente o que Harry queria dizer com apartamento na cidade, um apartamento em Danville, a cinqüenta quilômetros de distância. Algum lugar apertado, com dois lances de escada, provavelmente pertencente a outra pessoa a quem ela teria de pagar aluguel. Bess não queria nem pensar em apartamento, não importasse quantos confortos e conveniências modernas ele pudesse ter.

— Este lugar se paga — disse Bess por fim. — Aqui não se perde dinheiro. Há as galinhas e os patos. As pessoas vêm até aqui para comprar ovos ou os próprios animais. Há também o milho e o trigo. Sam administra muito bem a fazenda... Quer dizer, não sei quanto ao futuro imediato, agora que Sam se foi — ela acrescentou num tom um pouco agressivo —, mas meu lar é aqui e será de vocês quando eu me for.

— Mas não há sequer um trator! Sam ainda usa um arado. Isto é ridículo. Apenas um cavalo. Em que século a senhora está vivendo, vovó? Bem, a senhora poderia conseguir um *empréstimo* usando a propriedade como garantia se quisesse mesmo me ajudar — disse Harry, não sendo esta a primeira vez que tocava no assunto.

— Não vou deixar para você ou para quem quer que seja uma casa hipotecada — replicou Bess.

Isto significava que ela não estava completamente convencida da segurança daquilo que ele havia proposto. No entanto, uma vez que Harry já repisara esse assunto, ele sentia-se um tanto incomodado em retomá-lo. Assim, trocou apenas um olhar com Marylou.

Bess sentiu que suas faces coravam. Sam, seu capataz — dela e de seu marido Claude — por dezessete anos, um verdadeiro membro da família, largara o serviço há dois dias. Sam fez um discurso e disse, desculpando-se, que não podia suportar a presença de Harry. Sam já entrava em anos, e Harry tentava lhe dar ordens, como se o outro fosse um simples peão, supunha Bess. Ela não tinha certeza disso, mas podia imaginar. Esperava que Sam lhe escrevesse logo, informando-lhe onde se encontrava, de modo que ela pudesse chamá-lo de volta quando Harry partisse. Quando se lembrava do velho Sam trajando sua melhor jaqueta e carregando a mala consigo, esperando pelo ônibus na estrada principal, Bess chegava quase a odiar o neto.

— Vovó, a questão é muito simples — começou a falar Harry, usando a voz calma e paciente com que sempre expunha a questão. – Preciso de sessenta mil dólares para comprar a minha parte na sociedade com o Roscoe*. Já lhe disse que Roscoe se trata apenas de um apelido para provocar risadas. O nome dele é Ross Levitt.

"Que me importa o nome dele", pensou Bess, mas emitiu apenas um polido:

– Ã-rã.

– Bem, com cada um de nós entrando com sessenta mil dólares, ambos estaremos garantidos. É uma espécie de cadeia, entende, já estabelecida em outros doze lugares, e que já está dando lucro. Mas se eu não conseguir entrar com minha parte nos próximos dias, vovó, ou não puder ao menos assumir o compromisso de conseguir o dinheiro, minhas chances já eram. Prometo, naturalmente, devolver-lhe o dinheiro, vovó. O que sei é que não posso perder uma chance dessas, que só aparece uma vez na vida!

Usando palavras como aquelas com apenas 22 anos, pensava Bess. Harry ainda tinha muito que aprender.

– Consulte seu advogado se a senhora está em dúvida, vovó – disse Harry. – Pergunte a qualquer banqueiro. A senhora vai ver que eu tenho razão.

Bess voltou a cruzar os tornozelos grossos. Por que a mãe dele não lhe adiantava o dinheiro, se era um negócio tão seguro assim? Sua mãe se casara com um homem bem remediado. E aqui estava seu neto, casado, aos 22. Muito cedo para o Harry, pensou Bess, e não sentia qualquer simpatia por Marylou ou pelo tipo de garota que ela representava. Marylou era bonitinha e tola. Servia no máximo para ser uma namoradinha no colegial, não uma esposa. Bess sabia, no entanto, que devia guardar suas impressões para si mesma porque não havia nada pior do que se intrometer na vida de um casal.

– Vovó, que tipo de alegria ainda resta para a senhora por aqui, sozinha no campo? Os Colman faleceram no ano

---

* Arma de mão, como pistola ou revólver. (N.T.)

passado, a senhora me disse. Na cidade, a senhora vai ter um círculo de amigos que pode...

A voz de Harry se transformou em um zumbido para Bess. Ela tinha três ou quatro bons amigos, seis ou oito incluindo o distrito. Conhecia-os de longa data, e eles ligavam para ela, faziam-lhe visitas, ou então Sam a levava para vê-los com a picape. Harry era muito novo para dar real valor ao lar, pensou Bess. Cada quarto, com seus pés-direitos altos, no andar de cima, era bonito, todos diziam, com cortinas e colchas que Bess e sua própria mãe haviam feito. O jornal local chegara até a vir fotografá-las, e o artigo havia sido inclusive reimpresso no...

Harry se levantou, arrancando Bess de seus pensamentos.

– Creio que está na hora de nos recolhermos, vovó – ele disse.

Marylou ergueu-se com a xícara de café e a levou até a pia. Todas as outras louças já estavam lavadas. Marylou não tinha muita coisa a dizer, mas Bess percebia uma enorme agitação no interior dela, um desejo terrível. E ainda assim, Bess supunha, provavelmente não era pior ou muito diferente do desejo de Harry, que era simplesmente botar as mãos em uma bolada. Eles poderiam viver nos fundos do restaurante, Harry havia dito. Uma bela casa com piscina, e tudo inteiramente deles. Bess conseguia imaginar Marylou esperando por isso.

Os jovens se dirigiram para o quarto da frente. Levaram o aparelho de tevê para lá, porque Bess havia dito que não costumava assistir a nenhum programa. Na realidade, ela assistia à tevê quase todas as noites, mas quis ser polida quando Harry e Marylou vieram da primeira vez. Agora ela gostaria de estar com o aparelho, porque poderia distrair seus pensamentos, quem sabe até dar uma boa risada. Bess seguiu para seu próprio dormitório, que no verão era uma peça no primeiro andar com janelas munidas de mosquiteiros, muito embora não houvesse muitos insetos na região. Ela ligou o rádio, num volume baixo.

Escada acima, Harry e Marylou falavam aos sussurros, olhando de quando em quando para a porta, imaginando que Bess poderia aparecer para trazer uma bandeja com bolo e leite, como fizera em uma oportunidade desde que estavam ali.

– Não creio que ela virá essa noite – disse Marylou. – Dá sinais de que já não suporta nossa presença.

– Bem, isso é realmente muito ruim.

Harry estava se despindo. Deu uma bafejada nos bicos quadrados de suas botas de caubói e esfregou-as na parte traseira de sua calça Levi's para ver se as deixava brilhando.

– Maldição – ele praguejou. – Eu já tinha ouvido falar de uma situação como essa antes, você não? Uma velha que não quer largar o osso – o que está realmente se tornando o meu caso –, logo quando os jovens mais necessitam.

– Não há mais ninguém que você conheça que poderia ajudar a persuadi-la?

– Diabo... Aqui por perto?

Todos ficariam do lado de sua avó, Harry matutava. Envolver outras pessoas na jogada era a última coisa de que precisavam.

– Estou precisando de um trago, e você?

Harry tirou do canto do armário uma enorme garrafa de bourbon, já pela metade.

– Não, obrigada. Tomarei um golinho do seu, se você for misturá-lo com água.

Harry verteu um pouco d'água do jarro de porcelana em seu copo, oferecendo-o a Marylou para que tomasse seu gole, e logo adicionou mais bourbon para que ficasse ao seu gosto, sorvendo-o de uma só vez.

– Você sabe que o Roscoe queria que eu ligasse ontem, no máximo hoje com uma resposta. E sabe qual é a resposta?

Harry secou a boca. Não esperava que Marylou respondesse à sua pergunta, e ela realmente permaneceu em silêncio. *Queria com todas as minhas forças que essa maldita velha estivesse morta*, pensou Harry, como uma praga que tivesse pronunciado em voz alta para expulsar o ressentimento e a raiva de seu organismo. Então, subitamente, veio-lhe uma luz. Uma idéia. Não era uma idéia má, tampouco uma idéia horrível. Pelo menos não tão horrível. E segura. Bem, noventa por cento segura, desde que ele agisse com inteligência e cautela. Chegava mesmo a ser uma idéia bastante simples.

– No que você está pensando? – perguntou Marylou, erguendo-se na cama, puxando o lençol para cobrir os seios. Seus cabelos crespos e ruivos brilharam como se tivessem um halo à luz do abajur na mesa de cabeceira.

– Estive pensando que se a vovó sofresse algum tipo de lesão nos quadris, você sabe, essas lesões que costumam ocorrer aos idosos, ela ficaria...

Ele aproximou-se da cama e falou num tom ainda mais baixo, sabendo por antecipação que Marylou estaria do seu lado, mesmo que a idéia envolvesse um risco ainda maior.

– O que estou querendo dizer – ele continuou – é que ela teria que se mudar para a cidade, não teria?, caso não pudesse mais se locomover sozinha.

Os olhos de Marylou se turvaram em confusa excitação. Ela piscou.

– Do que você está falando? – ela perguntou num sussurro. – Empurrá-la escada abaixo?

Harry negou com a cabeça rapidamente.

– Isto seria óbvio demais. Pensava em... talvez durante o piquenique, um daqueles dos quais ela sempre faz propaganda, está entendendo? Usando a carroça puxada a cavalo. Com melancia, sanduíches e tudo mais, além, é claro...

– Da cerveja! – disse Marylou, emitindo risinhos nervosos, sabendo que o clímax se aproxima.

– Então a carroça capota em algum lugar – disse Harry com simplicidade, erguendo os ombros. – Você conhece aquele barranco junto ao riacho. Bem, não importa, sei onde ele fica.

– A carroça capota. E quanto à gente? Nós também estaremos dentro?

– Você não precisa estar na carroça. Pode ter saído antes para estender a toalha do piquenique, qualquer coisa do tipo. Deixe tudo comigo.

Houve uma pausa.

– Está falando sério? – perguntou Marylou.

Harry estava imerso em pensamentos, os olhos semicerrados. Finalmente ele concordou.

– Sim. Principalmente se não me ocorrer nenhuma outra idéia. Digo, uma idéia melhor. Nosso tempo está se esgotando. Não temos mais nem crédito para seguir prometendo o dinheiro ao Rascoe. Claro, claro que estou falando sério.

Então, de modo abrupto, Harry foi até o televisor e o ligou.

Para a pequena gatinha cinza, a égua Fanny tornara-se uma protetora, uma fortaleza, um lar. Não que Fanny fizesse alguma coisa. Fanny apenas existia, oferecendo seu calor contra a friagem da noite até o amanhecer. Os únicos inimigos da gatinha eram as gatas mais velhas que, para sua sorte, haviam escolhido apenas desprezá-la, arranhando-a, dando-lhe patadas cheias de unhas. Elas tornavam sua vida desagradável, mas não estavam dispostas a matá-la, ou mesmo a expulsá-la do local, o que já era alguma coisa.

A gatinha não passava, contudo, muito tempo no estábulo. Ela gostava de brincar no pátio com os patos e as galinhas, de cercar um pintinho em um dos cantos como se estivesse mal-intencionada, apenas para ser perseguida pelos golpes e pelas terríveis investidas do bico da mãe. Depois disso, ela saltava para um ponto elevado da cerca de madeira e, sentada, lambendo uma pata, observava em alerta a área à sua frente e o prado às suas costas. Era meio selvagem. Não se sentia tentada a se aproximar da porta dos fundos da casa. Pressentia que não seria bem-vinda. Nunca recebera nada além de maus-tratos ou, na melhor das hipóteses, indiferença das criaturas que se moviam sobre duas pernas. Com sua avó e bisavó, ela tivera que se contentar com o resto de suas presas, o que sobrava de ratos, pássaros, de vez em quando um coelho, depois que as mais velhas já estivessem satisfeitas. Das criaturas de duas pernas não vinha nada em caráter regular, fosse pela quantidade, fosse pela qualidade. Às vezes aparecia uma tigela de leite e pão, mas isso não era todo dia, nem algo com que se pudesse contar.

A gatinha, no entanto, passara a reconhecer na grande égua vermelha, tão pesada, tão lenta, uma amiga de confiança. A gatinha já havia visto cavalos anteriormente, mas nenhum tão enorme como sua amiga. Até então ela nunca se aproximara desse tipo de bicho, nunca os tocara. Ao fazê-lo, sentiu que aquilo era a um só tempo divertido e perigoso. A gatinha adorava se divertir, sentir que estava pregando uma peça nas outras criaturas (como no caso das galinhas) e em si mesma, porque aliviava o fardo de sua existência imaginar que pudesse ser morta – transformando-se num amontoado de carne qual sua mãe – se acontecesse da gigantesca égua, por exemplo, pisoteá-la. Até porque os imensos cascos da égua estavam equipados com ferraduras: a gatinha os tinha observado em uma noite em que Fanny estava deitada. Não eram macios, como os pêlos que brotavam um pouco mais acima, mas duros, capazes de ferir.

Além disso, a gatinha percebia que a égua brincava com ela também. Fanny voltava sua grande cabeça e seu pescoço para olhá-la, e tomava todo cuidado para não pisar em cima dela. Certa vez, quando a égua estava deitada, a gatinha, num acesso nervoso de ansiedade e malcriação, pulou sobre o focinho macio do bicho, sobre a ossuda parte frontal da cabeça, agarrando uma orelha e lhe aplicando uma mordiscada. Então, de súbito, a gatinha saltou para longe e se encolheu, temendo a pior das retaliações. Mas a égua só balançou a cabeça de leve, arreganhou os dentes e deu uma bafejada – perturbando a paz de alguns fiapos de palha –, como se ela também tivesse se divertido. Desde então, a gatinha cinzenta montava sem medo na égua, saltitando sobre seu lombo, para se agarrar nos pêlos emaranhados do rabo da égua, que lentamente o movia com o intuito de acertá-la. Os olhos de Fanny a seguiam. A bichana sentia naqueles olhos um ar protetor, a mesma expressão que emanava do olhar de sua mãe, gravado em sua lembrança. Agora a gatinha dormia num lugar cálido debaixo do ombro da égua, próxima ao grande corpo que irradiava calor.

Um dia uma mulher gorda avistou a pequena criatura. Normalmente, a gatinha costumava se esconder assim que avistava uma figura humana vinda da casa, mas dessa vez ela fora pega de surpresa, enquanto investigava, do lado de fora do estábulo, um osso de galinha no qual ainda restava bastante carne. A gatinha agachou-se e encarou a mulher, pronta para fugir.

– Ora, ora! De onde você veio? – perguntou Bess, curvando-se para enxergá-la melhor. – E o que aconteceu ao seu rabo? É tão pequenininha!

Quando Bess foi se aproximar mais um pouco, a gatinha disparou em direção aos arbustos de framboesa e desapareceu.

Bess levou o cesto com aveia até o estábulo – a pobre Fanny estava ali parada sem ter nada para fazer agora –, depositou seu conteúdo no canto do cocho e levou Fanny para tomar água. Depois que o animal havia bebido, Bess abriu o portão da cerca e conduziu Fanny para um pasto cercado.

– Você está se divertindo neste feriado, certo, Fanny? Mas teremos um piquenique hoje. Você vai ter que puxar a carroça, lá para baixo, em direção ao velho riacho, onde poderá refrescar suas patas.

A velha senhora aplicou umas palmadinhas nas ancas de Fanny. As costas da égua ficavam à altura dos olhos de Bess. Era uma enorme criatura, mas não precisava de muita comida, além de manter sempre a boa disposição para o trabalho. Bess se lembrava de quando Harry tinha uns treze anos, montado sobre Fanny, aguardando que seu retrato fosse tirado, as pernas bem arqueadas, como se estivesse sentado sobre um barril. Bess não gostava de recordar daqueles dias. Harry era então um bom garoto. Havia chamado Fanny de Cavalo-Motor, impressionado por sua força, e quem não ficaria, ao vê-la puxar uma carroça com sacas de trigo?

Bess retornou ao estábulo, espalhou bem a aveia pelo cocho e retornou para a casa, onde ela havia deixado uma torta de pêssego assando. Depois de apagar o forno, puxou a porta para deixá-la com um palmo de abertura. Bess não media mais os ingredientes nem marcava o tempo de cozimento, mas mesmo assim sua torta estava no ponto. Precisava dar à pequena gatinha uma costela com carne para ela roer, pensou Bess. Ela sabia que espécie de gata era aquela, meio selvagem, a padronagem rajada do pêlo, e ela – ou talvez fosse ele – daria uma esplêndida caçadora de ratos, caso pudesse se defender das outras gatas até que ficasse maior. Bess pegou o prato com os restos de carne que estavam na geladeira e com uma faca afiada separou uma costela de uns dez centímetros. Se ela arranjasse um jeito de dar o osso para a gatinha sem que as outras vissem e o roubassem, faria à bichinha um grande bem.

Os sanduíches de presunto e queijo já estavam prontos, e era ainda quinze para o meio-dia. Marylou fizera uma conserva de meia dúzia de ovos esta manhã. Onde ela estava agora? Bess supôs que o casal estava conversando no andar de cima. Eles conversavam bastante. Bess escutou um dos tabuões do assoalho estalar. Sim, estavam no andar de cima. Decidiu então sair à procura da gatinha.

Aproximou-se do galinheiro com seu jeito sinuoso de caminhar, chamando: "Aqui, gatinha-gatinha-gatinha!" e segurando o pedaço de osso. Suas duas gatas provavelmente estavam caçando em algum lugar lá fora: melhor assim. Bess chegou inclusive a procurar pelo estábulo, mas não avistou a criaturinha. Então, ao lançar um olhar para Fanny, que pastava, Bess avistou a pequena gata, saltando e dando cambalhotas ao redor das patas da égua, como se fosse uma nuvem de fumaça vagando pra lá e pra cá. A leveza e o vigor da gatinha deixaram Fanny como que paralisada por um feitiço durante alguns momentos. Que contraste, pensava Bess, com seus muitos quilos a mais, sua crescente lerdeza, sua velhice! Bess sorria à medida que se aproximava do portão. A gatinha ia ficar satisfeita com o osso.

– Psiu, psiu? – ela chamou. – Que nome vamos lhe dar... se você ficar conosco? – Bess respirava com dificuldade, pois tentava caminhar e falar ao mesmo tempo.

A gatinha recuou e fitou-a – as orelhas eretas, os olhos de um amarelo esverdeado atentos –, e então se aproximou da égua em busca de proteção.

– Trouxe um osso para você – disse Bess, lançando o presente.

A gatinha saltou para trás, mas, após sentir o cheiro da carne, avançou, o nariz rente ao solo, diretamente para seu objetivo. Um rugido, primitivo e involuntário, partiu de sua pequena garganta, um rugido de alerta, triunfo e voracidade. Com uma de suas patinhas sobre o enorme osso, no caso de um intruso tentar roubá-lo, a gatinha partiu a carne com seus dentinhos de bebê. Rugindo e comendo ao mesmo tempo, cercou o osso, olhando para todos os lados a fim de se certificar de que não havia nenhum inimigo ou rival se aproximando por qualquer uma das direções.

Bess gargalhou divertida e satisfeita. Certamente não seria a velha Fanny que iria incomodar a gatinha com seu osso!

Marylou já carregava a carroça com as cestas e garrafas térmicas e com os cobertores sobre os quais sentariam. Bess tirou uma toalha de mesa limpa da gaveta da cozinha.

Harry saiu para encilhar Fanny. Caminhava com passos largos como se fosse um caubói em suas botas de cano alto. Tratou de firmar bem seu chapéu de abas curvas, pois não era um especialista em atrelar cavalos.

– Eia, Fanny! – ele gritou, assim que a égua recuou. Ele errou o laço. Maldição, ele não iria chamar Bess para ajudá-lo, isso seria ridículo. A égua cercou Harry, encarando-o, mas recuando cada vez que ele tentava lhe aplicar o arreio. Harry começou a pular em torno do animal como se fosse um toureiro – com a diferença de que o arreio pesava bem mais que uma capa. Precisaria amarrar o animal primeiro, pensou. Agarrou a brida, que pendia do suporte. A égua ainda não estava nem com o freio na boca. – Cavalo-motor! Eia, garota!

Reforçada e animada pelo seu banquete semidevorado, a gatinha cinzenta também saltitava ao redor, brincando, fingindo que precisava vigiar o osso, muito embora ela soubesse que o homem sequer era capaz de enxergá-la.

– Eia, eu *disse*! – gritou Harry, lançando-se contra Fanny e logrando finalmente êxito. Aconteceu, no entanto, de torcer o tornozelo, o que acabou por levá-lo ao chão. Ergueu-se, sem maiores danos em função da queda, e então ouviu um choro, um choro ritmado de alguém que ofegasse.

Harry viu o pequeno animal cinzento, pensando primeiramente se tratar de um rato, até que percebeu que era um filhote de gato com metade dos intestinos para fora. Ele devia ter pisado em cima da criatura, ou talvez a égua o tivesse feito. Ou quem sabe tivesse caído sobre o bicho.

De qualquer forma, percebeu imediatamente que teria que matá-lo. Incomodado e subitamente furioso, Harry pisou com toda força com o salto da sua bota de caubói sobre a cabeça do animalzinho. Os dentes de Harry estavam à mostra. Buscava ainda recuperar o ritmo normal de sua respiração. Sua avó provavelmente não daria pela falta do gatinho, ele pensou. Normalmente, ela possuía uma porção deles. Mas Harry, por via das dúvidas, pegou o bicho pelo rabo estranhamente curto, girou uma vez e lançou-o o mais longe que pôde no meio do pasto, bem longe da casa.

A égua seguiu o movimento com os olhos, até que a gatinha – mesmo depois que ela aterrissou no solo – sumisse de sua visão. Ela havia, no entanto, visto o momento em que a gatinha foi esmagada pela queda do homem. Fanny seguiu docilmente com Harry na direção do portão e depois da casa. A sua percepção do que havia ocorrido veio lenta e ponderadamente, ainda mais lenta que seus passos ao cruzar o campo. Involuntariamente, Fanny voltou a cabeça e tentou olhar para trás, quase parando, sendo impedida pelo puxão que o homem lhe aplicou na brida.

– Vamos, vamos lá, Motor!

O riacho, às vezes chamado de riacho Latham, ficava a três quilômetros da fazenda de Bess. Harry sabia disso graças às visitas que fizera ao local com sua avó quando ainda era criança. Passou por sua cabeça que talvez a ponte de madeira pudesse estar diferente – mais larga, talvez até com um parapeito – e sentiu um profundo alívio ao perceber que a construção continuava igual: uns seis metros de comprimento e talvez uns dois ou três de largura, não o suficiente para permitir a passagem de dois carros, mas dificilmente um carro viria para essas bandas. A estrada era uma vicinal, não-pavimentada. Ademais, havia muitas outras estradas nas redondezas mais adequadas para os carros.

– Lá está o velho lugar – disse Bess, olhando para além do riacho onde a grama crescia verdejante em um delicioso recanto protegido pelas árvores, o local que a família ocupara durante anos em seus piqueniques. – Não mudou nada, hein, Harry? – Bess estava sentada em um banco fixado na parte lateral da carroça, no lado direito.

Harry tinha as rédeas nas mãos.

– Nadinha – ele respondeu.

Este era o momento em que Marylou devia descer, e, de acordo com o plano, ela disse:

– Vou atravessar a pé, Harry! Será que dá passagem para a carroça?

Harry fez com que Fanny parasse por completo, puxando fortemente seu freio, e ela recuou um pouco, imaginando ser isso que ele queria.

– Não sei – disse Harry em um tom gélido.

Marylou pulou para fora do veículo. Usava a calça *jeans* azul um par de calçados leves e uma camisa xadrez vermelha. Ela cruzou a ponte saltitando, como se estivesse cheia de alegria e entusiasmo.

Harry incitou Fanny a retomar o movimento. Devia seguir pelo lado direito da ponte. Com as rédeas, comandou a égua nessa direção.

– Cuidado, Harry! – disse Bess. – Harry, você está...

A égua entrara na ponte, mas as duas rodas direitas da carroça, não. Houve um alto estrondo, um terrível impacto quando os eixos das rodas bateram na ponte. Bess foi lançada para trás, acompanhou o jogo da carroça às suas costas por um segundo e depois acabou caindo dentro d'água. Harry curvou as pernas, pronto para saltar para a segurança, para a margem, mas a carroça que despencava não lhe ofereceu nem um tipo de apoio sólido para executar a manobra. Fanny, arrastada para trás e para o lado pelo peso do veículo, viu-se subitamente no limite da ponte, presa aos arreios. Ela caiu sobre as costas de Harry, e a cabeça dele foi imediatamente projetada contra as pedras do fundo do riacho.

Fanny debateu-se, tentando se colocar de pé.

– *Har-ry!* – gritou Marylou. Ela tinha corrido até a ponte. Viu que da cabeça de Harry corria um filete de sangue. Imediatamente correu até o banco e entrou na água. – *Harry!*

A égua enlouquecida estava, de algum modo, enviesada em relação aos varais da carroça e pisoteava as pernas de Harry. Marylou ergueu os punhos e gritou:

– *Para trás*, sua idiota!

Fanny, aturdida pela emoção e pelo medo, ergueu a patas frontais, não muito, e, quando elas desceram, atingiram em cheio os joelhos de Marylou.

A moça gritou e, tomada de pânico, brandiu o punho direito como que para tentar afastar o animal, afundando, logo em seguida, na água. Submergiu até a cintura, respirando com dificuldade. Sangue, aterradoras manchas de sangue escorriam de seus joelhos através da calça de brim lacerada. E a égua estúpida ainda continuava tentando escapar dos varais, com pisões e patadas. Novamente as ferraduras continuavam acertando Harry, ao longo de todo seu corpo.

Tudo aconteceu vagarosamente. Marylou sentia-se paralisada. Sequer conseguia gritar. A égua parecia se mover como num filme em câmera lenta, arrastando, naquele momento, a carroça estraçalhada sobre o corpo do homem caído. Meu Deus! E era Bess que estava gritando alguma coisa agora? Estava mesmo? De onde, então? Marylou perdeu a consciência.

Bess lutava para se pôr de pé. Percebeu que havia ficado desacordada por alguns minutos. Mas, afinal, o que havia acontecido? Fanny tentava escalar o banco oposto, e a carroça estava atravessada entre duas árvores. Quando os olhos de Bess passaram a enxergar melhor, viu Harry quase coberto pela água e depois Marylou, que se encontrava próxima a ele. De um modo um tanto vacilante, Bess seguiu em direção à parte mais funda do riacho, agarrou Marylou por um dos braços e a arrastou vagarosamente, por cima das pedras até que a cabeça da moça estivesse fora d'água.

Harry, no entanto, estava com o rosto voltado para o fundo. E submerso! Bess enfrentou um momento terrível, no qual teve o desejo de gritar a plenos pulmões por socorro. Mas tudo o que fez foi se dirigir com as mãos bem esticadas para onde estava o corpo do neto. E, quando o alcançou, agarrou-se com toda força na parte da camisa sob o braço dele e puxou. Não conseguia movê-lo, mas foi capaz de virá-lo, colocando-lhe a cabeça para fora. Seu rosto estava desfigurado, um borrão rosa e vermelho. Havia algo de errado com sua caixa torácica. Estava esmagada.

– *Socorro*! – gritou Bess. – Por favor!... *Socorro*!

Esperou mais um minuto e voltou a gritar. Finalmente sentou na grama da margem. Estava em estado de choque, percebeu. Sentiu arrepios inicialmente, mas logo começou a tremer de modo violento. Um calafrio. Ela estava encharcada. Até os cabelos. Vá ver como está Marylou, disse a si mesma, e se ergueu e foi em direção à moça, que estava deitada de costas, as pernas viradas de um modo pavoroso, como se estivessem quebradas. Mas Marylou, ao menos, continuava respirando.

Bess se pôs em movimento. Libertou Fanny. Já não sabia mais o que fazer. Sentia-se como se estivesse num pesadelo, mas tinha consciência de que estava bem acordada, que tudo aquilo acontecera de fato. Agarrou-se a um anel de latão do arreio de Fanny, e esta a puxou barranco acima, em direção à ponte. Elas caminhavam devagar, mulher e égua, refazendo o caminho da ida. A casa mais próxima ficava a pelo menos um quilômetro e meio, pensou Bess. O sítio de Poindexter, não era aquele o local mais próximo?

Quando a casa de Poindexter já podia ser vista, Bess notou que um carro se aproximava. Ela ergueu o braço, mas percebeu que não tinha forças para gritar com a intensidade necessária. Ainda assim, o carro se aproximou, diminuindo a velocidade.

– Vá até a ponte. No riacho – Bess disse ao homem que descia do carro e a encarava com perplexidade –, há duas pessoas que...

– A senhora está machucada? Está sangrando... – disse o homem, apontando para o ombro de Bess. – Entre no carro. Iremos até a casa de Poindexter. Sou conhecido da família.

Ajudou Bess a entrar no carro, então pegou as rédeas de Fanny e a conduziu até a longa via de entrada da propriedade dos Poindexter, onde o animal ficaria fora da estrada principal. Entrou no carro e seguiu pela via de acesso, deixando Fanny para trás e seguindo na direção da casa.

Bess também conhecia os Poindexter. Não eram amigos próximos, mas bons vizinhos. Bess ainda teve bastante força de espírito para se recusar a deitar no sofá – como queria Eleanor Poindexter –, antes que o estofado estivesse coberto por jornal. Suas roupas continuavam molhadas. Eleanor preparou-lhe um chá. O homem já estava ao telefone. Ao voltar, comunicou que havia pedido que uma ambulância fosse mandada até o riacho.

Eleanor, uma mulher gentil e ainda bonita, na casa dos cinqüenta anos, deu uma olhada no ombro de Bess. Era um corte sem maior gravidade.

– O que passou pela cabeça do seu neto em se aproximar assim da beirada da ponte? – perguntou pela segunda vez, como que intrigada. – Aquela ponte não é assim tão estreita.

Levou dois ou três dias antes que Bess voltasse ao seu estado normal. Ela não precisara ir ao hospital, mas o doutor a havia aconselhado a permanecer em casa e descansar bastante, o que de fato ela havia feito. E Eleanor Poindexter havia sido um anjo, levando-a duas vezes ao hospital Danville para visitar Marylou. A moça tinha fraturado as duas pernas, e precisou operar os dois joelhos. Provavelmente ficaria manca, um dos médicos disse a Bess. E Marylou se mostrava estranhamente amarga quando falava de Harry – e isso era o que mais chocava Bess, considerando que eles eram recém-casados e, até onde ela podia supor, apaixonados.

– Estúpido... egoísta... canalha... – disse Marylou, a voz traindo uma profunda amargura.

Bess sentiu que a moça poderia ter falado ainda mais, mas não quis ou não ousou. O corpo de Harry fora mandado para a Califórnia, aos cuidados de sua mãe. Depois de tê-lo em seus braços no riacho, Bess nunca mais o vira.

Um dia, naquela mesma semana, levou Fanny para pastar. Bess sentia-se um pouco mais alegre. Havia recebido uma carta de Sam, em que se dizia disposto a voltar uma vez que a visita de Harry havia terminado (Sam não poupava palavras), e Bess acabara de respondê-la com uma outra carta que o carteiro levaria na manhã seguinte.

Então Bess viu o corpo seco e carcomido da gatinha cinza, e um surto de pânico tomou conta de seu ser. Havia suposto que a gatinha andava vagando por aí. Como isso podia ter acontecido? De alguma maneira, ela fora esmagada. Mas pelo quê? Carros e tratores nunca passavam por aquele pasto. Bess se voltou e olhou para Fanny, cujo pescoço possante havia se inclinado em direção ao chão. Os lábios e os dentes da égua se moviam sobre a grama. Fanny não poderia ter pisado na gatinha, ela era muito rápida, ou melhor, tinha sido. Fanny havia se afeiçoado à gatinha, Bess pudera perceber isso naquela manhã em que trouxera o osso para a pequena criatura. E lá, a alguns passos do lugar onde estava, jazia o longo osso, completamente limpo pela ação dos pássaros. Bess se curvou e o pegou. Como a gatinha havia adorado aquele osso! Bess, fazendo força, ergueu também o corpo da gatinha. Harry não tinha ido naquele mesmo dia encilhar Fanny no pasto? O que teria acontecido? O que fizera Fanny ficar tão furiosa aquele dia no riacho? Foram as mãos de Harry que a haviam guiado em direção à borda da ponte. Bess havia visto. Fanny jamais chegaria tão perto da extremidade, caso não tivesse sido tocada nessa direção.

Durante a tarde, Bess enterrou a gatinha no meio do descampado, enrolada em uma velha e limpa toalha de mesa, num local para além do quintal tomado pelas galinhas e pelos patos. Não lhe pareceu correto jogar o corpo da gatinha no lixo comum, mesmo que muito bem envolvido. A gatinha tinha sido tão cheia de vida! Harry de algum modo a havia matado, Bess tinha certeza. E Fanny havia visto. Bess também sabia que ele pretendia assassiná-la no riacho. Era uma idéia horrível, horrível demais.

O dia do acerto de contas

John pegou um táxi na estação, como seu tio havia dito para fazer caso eles não estivessem lá para encontrá-lo. Eram menos de três quilômetros até a Hanshaw Chickens Inc., como seu tio agora chamava sua fazenda, John conhecia muito bem o sobrado branco, mas o longo galinheiro cinzento lhe parecia novidade. Era enorme, cobrindo quase toda a área anteriormente ocupada pelo curral e pelo chiqueiro.

– Imagino a quantidade de ossinhos para se jogar a sorte com tantas galinhas em volta – disse o motorista, fazendo graça, enquanto John pagava a corrida.

John sorriu.

– Sim, e eu estava aqui pensando: não há nenhuma galinha à vista!

John carregou sua valise em direção à casa.

– Tem alguém aí? – perguntou, pensando que Helen provavelmente estaria naquele momento na cozinha, preparando o almoço.

Então ele enxergou um gato estirado. Não, na verdade se tratava de um gatinho. Seria real ou feito de papel? John largou a valise e se aproximou. Era real. Estava deitado de lado, reto e alinhado com a úmida terra vermelha, dentro de um amplo sulco formado pelas marcas de um pneu. Seu crânio havia sido esmagado e dali escorria sangue. Era, porém, o único lugar ensangüentado, porque o resto do corpo fora completamente achatado pela pressão da roda, fazendo com que o rabo, que não fora atingido, parecesse absurdamente curto. O gatinho era branco, com manchas laranjas, pardas e pretas.

John escutou um ruído de maquinaria que vinha do galinheiro. Deixou sua valise no pórtico frontal e, após não escutar nenhum som dentro da casa, dirigiu-se apressado para a nova construção. Encontrou as enormes portas da frente chaveadas e deu a volta para chegar aos fundos, novamente a passos rápidos, uma vez que o galpão parecia se estender por uns bons quatrocentos metros. Além do ruído das máquinas, John também escutava um som agudíssimo, uma mistura de gritos e pios vindos do interior.

– Ernie? – John gritou. Então avistou Helen. – *Olá*, Helen!

– John! Seja bem-vindo! Veio de táxi? Não escutamos nenhum barulho de carro!

Ela lhe deu um beijo na bochecha.

– Você cresceu mais uns sete centímetros!

Seu tio desceu de uma escada e apertou-lhe a mão.

– Como vai, garoto?

– Tudo bem, Ernie. O que está acontecendo aqui?

John olhou para os cintos que se moviam acima de sua cabeça e que desapareciam em algum lugar dentro do galinheiro. Um contêiner de metal retangular, quase do tamanho de uma caçamba, jazia sobre o solo.

Ernie puxou John para junto de si e gritou que os grãos, uma mistura especial, recém haviam sido entregues e que agora seriam estocados na fábrica, como ele chamava o galinheiro. Esta tarde um homem viria para recolher o contêiner.

– As luzes não deveriam ser acesas agora, de acordo com o planejamento, mas faremos uma exceção para que você possa dar uma olhada. Veja! – Ernie ligou um interruptor de luz no interior do galpão, e a penumbra se transformou em clara luminosidade, fulgurante como a luz do sol ao meio-dia.

Os cacarejares e os pios das galinhas aumentaram como se fossem sirenes se aproximando, milhares de sirenes, e John instintivamente cobriu os ouvidos. Os lábios de Ernie se moveram, mas John não conseguiu entender o que o tio lhe dizia. O rapaz se virou procurando por Helen. Ela estava parada a uma boa distância, acenou-lhe com a mão, balançou a cabeça e sorriu, como a dizer que não conseguia suportar a algazarra das aves. Ernie conduziu John ainda mais para dentro do galinheiro, mas, a essas alturas, já havia desistido de falar e meramente apontava.

As galinhas eram pequenas e em sua maioria brancas, e todas ciscavam constantemente. John percebeu que isto ocorria porque as plataformas sobre as quais elas estavam eram levemente inclinadas para frente, direcionando-as para a esteira mecânica em que passavam os grãos. Mas nem todas as aves se alimentavam. Algumas tentavam bicar as que estavam ao seu lado. Cada galinha tinha seu pequeno espaço cercado. Devia haver umas quarenta fileiras de galinhas no nível do chão, e oito ou dez fileiras que subiam até o teto. Entre as fileiras duplas, que organizavam as galinhas umas de costas para as outras, havia uma espécie de corredor largo o suficiente para dar passagem a um homem e possibilitar a limpeza, supôs John, e assim que teve esse pensamento, Ernie abriu uma torneira, e jatos d'água varreram o chão. O sistema de escoamento incluía ralos espalhados de modo estratégico.

– *Tudo é automatizado! Bacana, não?*

John reconheceu as palavras pelo movimento dos lábios de Ernie e concordou, demonstrando seu apreço.

– É incrível! – mas ele estava louco para sair o mais rápido possível do meio do barulho.

Ernie fechou o registro da água.

John percebeu que as galinhas haviam gastado seus bicos e que de seus peitos brancos onde as barras horizontais suportavam o peso delas, escorria sangue. O que mais poderiam fazer além de comer? John havia lido a respeito da criação de frangos para abate. Essas galinhas de Ernie, assim como as galinhas sobre as quais tinha lido, não podiam se virar dentro de seus compartimentos. Muito do alarido generalizado dentro do galinheiro era fruto das tentativas das aves de saltitarem. Ernie apagou as luzes. As portas se fecharam às suas costas, aparentemente também de modo automático.

– A criação mecanizada realmente me tirou do sufoco – disse Ernie, ainda falando aos berros. – Agora estou ganhando um bom dinheiro. E imagine só: é preciso apenas um homem – eu – para comandar todo o show!

John sorriu de modo forçado.

– Isto quer dizer que não há nada para eu fazer por aqui?

– Que nada. Há muita coisa, você vai ver. Que tal almoçarmos primeiro? Diga a Helen que estarei pronto em quinze minutos.

John caminhou em direção a Helen e disse:

– É fabuloso.

– Sim. Ernie está apaixonado pela coisa toda.

Seguiram juntos até a casa, Helen olhando para os pés, porque havia lama em alguns locais do trajeto. Ela usava um par de tênis velhos, calças pretas de veludo e um suéter cor de ferrugem. John propositadamente caminhava entre ela e o local onde jazia o gatinho, não desejando mencionar a questão no momento.

Carregou sua valise até o quarto no andar de cima, uma peça ensolarada na qual dormia desde a época em que era apenas um menino de dez anos, quando Helen e Ernie haviam comprado a fazenda. Trocou de roupa e vestiu um jeans, desceu até a cozinha para se juntar a Helen.

– Gostaria de tomar um *old-fashioned**? Precisamos comemorar a sua chegada – disse Helen. Ela preparava dois drinques em copos sobre a mesa de madeira.

---

* Tipo de drinque com receitas variadas. Geralmente entre os ingredientes incluídos estão *bourbon*, água, açúcar, algum tipo de *bitter* como angustura, laranja e cereja ao marasquino. (N.T.)

— É uma ótima pedida. Onde está Susan?

Susan era a filha de oito anos do casal.

— Ela está... bem, está numa espécie de escola de verão. Vão trazê-la por volta das quatro e meia. É uma boa opção para preencher as férias. Eles fazem aqueles horrendos cinzeiros de argila e aquelas carteiras com franjas, você sabe? E depois você precisa fingir que os objetos são uma beleza.

John riu. Deu uma boa olhada em sua tia, pensando que ela ainda continuava muito atraente nos seus... quantos seriam? Trinta e um, ele pensou. Tinha um metro e sessenta e quatro de altura, era esguia, com cabelos crespos de um dourado acobreado e olhos que ora eram verdes, ora azuis. E possuía, além de tudo, uma voz extremamente agradável.

— Oh, muito obrigado — disse John, ao aceitar o drinque. Havia pedaços de abacaxi dentro do copo e, em cima, uma cereja.

— Como é bom ver você, John. Como vai a faculdade? E como está o seu pessoal?

Ambos os itens iam bem. John obteria sua graduação na Ohio State no próximo ano, então faria um curso de pós-graduação em ciência política. Ele era filho único, e seus pais viviam em Dayton, a duzentos quilômetros de distância.

Então John mencionou o gatinho.

— Espero que não seja seu — ele disse, e percebeu imediatamente que o bicho devia pertencer a Lea, porque Helen depôs o copo na mesa e ficou paralisada. De quem mais poderia ser o gatinho, pensou John, uma vez que não havia nenhuma outra casa por perto?

— Oh, Deus! Susan ficará... — Helen saiu correndo pela porta de trás.

John correu atrás dela, diretamente na direção do gatinho, que Helen havia avistado de longe.

— Foi aquele caminhão hoje de manhã — disse Helen. — O assento do motorista é tão elevado que ele não consegue ver o que...

— Eu cuidarei disso – disse John, olhando ao redor em busca de uma enxada ou de uma pequena pá. Encontrou uma pá e retornou, descolando o corpo achatado com gentileza, como se o bichinho ainda estivesse vivo. Ele segurou o corpo com as duas mãos.

— Precisamos enterrá-lo.

— Claro. Susan não deve vê-lo, mas terei que contar a ela. Há um local nos fundos da casa.

John cavou no lugar sugerido por Helen, um ponto próximo a uma macieira atrás da casa. Ele cobriu bem a cova, colocando uns tufos de grama sobre a terra revirada para não dar na vista.

— Quantas vezes eu levei a gatinha para dentro de casa quando chegavam os malditos caminhões! – disse Helen. — Tinha apenas quatro meses, não temia nada, sempre se lançava contra os carros como se eles fossem de brinquedo, sabe?

Ela sorriu nervosamente.

— E nesta manhã o caminhão veio às onze, e eu estava cuidando uma torta no forno, prestes a tirá-la.

John não sabia o que dizer.

— Talvez o melhor fosse você arranjar outro gato para Susan o mais rápido que puder.

— O que vocês dois estão fazendo? – perguntou Ernie, caminhando na direção dos dois, vindo da porta dos fundos.

— Acabamos de enterrar a Beansy* – disse Helen. — Foi pega pelo caminhão hoje de manhã.

— Oh – o sorriso de Ernie se extinguiu. — Isto é terrível. Isto é realmente terrível, Helen.

Na hora do almoço, porém, Ernie já havia recuperado sua alegria e falava das vitaminas e dos antibióticos presentes nas rações de suas galinhas, e de como sua produção chegava a um ovo e um quarto por galinha ao dia. Ainda

---

* O nome "Beansy" seria algo como "Feijãozinho". (N.T.)

que estivessem em julho, Ernie esticava o "dia" das galinhas usando a luz artificial.

— Todas as aves são influenciadas pela primavera — disse Ernie. — Elas põem mais ovos se pensam que a primavera está chegando. As minhas estão no rendimento máximo. Em outubro estarão com mais de um ano e então as venderei e irei em busca de um novo plantel.

John escutava com atenção. Ele iria ficar na fazenda por um mês. Queria ser útil.

— Elas realmente comem, não? Pude perceber que muitas delas chegam a ter os bicos gastos.

Ernie deu uma gargalhada.

— Elas são desbicadas. Caso contrário, se bicariam através das divisórias. Duas delas escaparam ainda na minha primeira criação e praticamente se mataram. Bem, na verdade uma matou a outra. Acredite em mim. De lá para cá eu lhes corto os bicos, seguindo as instruções.

— E a vitoriosa acabou por devorar a outra — disse Helen. — Canibalismo — ela riu com desconforto. — Já ouviu falar de canibalismo entre as galinhas, John?

— Não.

— Nossas galinhas estão loucas — disse Helen.

Loucas. John sorriu discretamente. Talvez Helen estivesse certa. Os sons que elas haviam emitido realmente soaram um tanto incomuns.

— Helen não simpatiza muito com a criação mecanizada — disse Ernie, como que a se desculpar com John. — Está sempre saudosa dos velhos tempos. Mas naquela época não estávamos lá muito bem.

Naquela tarde, John ajudou o tio a levar as cintas transportadoras para dentro do galinheiro. Começou a aprender a operar as alavancas e chaves que colocavam as coisas em movimento. As cintas removiam os ovos e os depositavam gentilmente em caixas de plástico. Já se aproximava das cinco quando John conseguiu se safar. Ele queria dar um alô para sua prima Susan, uma garota cheia de vida e com um cabelo igual ao da mãe.

Assim que John cruzou o pórtico frontal, pôde escutar um choro de criança, e então se lembrou da gatinha. Decidiu ir falar com Susan e, apesar do acontecido, seguiu em frente.

Susan e a mãe estavam na sala de estar – uma sala que dava para a frente da casa, adornada com cortinas de flores estampadas e móveis de cerejeira. Alguns itens novos, como o gigantesco aparelho de televisão, haviam sido adicionados desde sua última visita. Helen estava de joelhos ao lado do sofá ocupado por Susan, que tinha o rosto coberto por um dos braços.

– Olá, Susan – disse John. – Sinto muito pelo que aconteceu à sua gatinha.

Susan ergueu um rosto redondo e banhado em lágrimas. Uma bolha começou a se formar em seus lábios e se rompeu.

– Beansy...

John a abraçou impulsivamente.

– Encontraremos outra gatinha pra você. Prometo. Quem sabe amanhã mesmo, que tal?

Ele olhou para Helen.

Helen concordou, sorrindo de leve.

– Sim. Encontraremos.

Na tarde seguinte, assim que as louças do almoço foram lavadas, John e Helen pegaram a camionete e se dirigiram a uma fazenda que pertencia aos Ferguson, distando uns doze quilômetros de onde estavam. Os Ferguson possuíam duas gatas que freqüentemente davam crias, disse Helen. E eles tiveram sorte na tentativa. Uma das gatas tivera uma ninhada de cinco – um preto, outro branco e três malhados – e a outra também estava prenhe.

– Branco? – sugeriu John. Os Ferguson lhes deram a opção de escolher.

– Malhado – disse Helen. – Com o branco tudo sempre vai bem e com o preto se pode... sei lá, ter má sorte.

Escolheram uma fêmea malhada com os pés brancos.

– Posso bem imaginar que a gatinha vai receber o nome de Bootsy* – disse Helen, rindo.

Os Ferguson eram gente simples, já velhos, e muito hospitaleiros. A sra. Ferguson insistiu que aceitassem um pedaço de bolo de coco recém-saído do forno, junto com um vinho encorpado feito em casa. A gatinha correu pela cozinha, brincando com bolinhas cinzentas de pó que ela arrastara do vão embaixo do armário.

– Bem se vê que não é uma gata de raça! – observou Frank Ferguson, e tomou um bom gole de vinho.

– Podemos ver suas galinhas, Frank? – perguntou Helen. Subitamente, ela deu um tapa no joelho de John. – Frank tem as galinhas mais *maravilhosas*, quase uma centena delas!

– O que elas têm de maravilhosas? perguntou Frank, levantando-se com rigidez. Abriu a porta de tela do fundo. – Você sabe onde elas estão, Helen.

John sentia um agradável torpor provocado pelo vinho enquanto caminhava com Helen em direção ao galinheiro. Ali estavam as Rhode Island Reds, as enormes e brancas Leghorns, galos exibindo seu porte e agitando suas ninhadas, jovens galinhas carijós e muitos pintinhos com cerca de quinze centímetros de altura. O chão estava coberto de cascas de melancia, pequenos potes com grãos e uma mistura pastosa e também, por toda parte, esterco das aves. Uma carroceria sem rodas parecia ser o local favorito das galinhas: três delas estavam sentadas atrás do banco dianteiro, os olhos semicerrados, prontas para porem seus ovos, que certamente iriam quebrar de encontro ao chão da lataria abaixo delas.

---

* Em português, algo como "Botinha", em alusão ao aspecto das patas brancas em contraste com a cor negra do corpo. (N.T.)

– É realmente uma *confusão* maravilhosa! – exclamou John, gargalhando.

Helen estava pendurada na cerca, enlevada:

– São como as galinhas da minha infância. Bem, as nossas também eram assim até que... – Ela sorriu para John. – Você sabe... tudo mudou no último ano. Vamos entrar!

John encontrou o portão da cerca, uma estrutura precária feita com arames fixados em uma estaca. Entraram e fecharam-no ao passar.

Diversas galinhas recuaram, encarando-os com curiosidade, emitindo cacarejos, ruídos de desdém.

– São adoravelmente estúpidas! – Helen acompanhou o voejar de uma galinha até os galhos de um pessegueiro. – Elas podem ver o sol! Podem voar!

– E caçar minhocas... e comer melancias! – disse John.

– Quando eu era pequena, costumava caçar minhocas para das às galinhas, lá na fazenda da minha avó. Eu usava uma pá. Às vezes, eu caminhava sobre o esterco, sabe? Bem, fazia isso de propósito. Adorava enfiar meus dedos na sujeira. Vovó sempre me fazia lavar os pés na torneira do pátio antes de entrar na casa. – Ela sorriu. Uma galinha se esquivou de suas mãos espalmadas com um "Urrr-urrc!". – As galinhas da minha avó eram tão mansinhas que eu podia tocar nelas. Sentir-lhes os ossos, as penas aquecidas pelo sol. Algumas vezes, queria abrir todas as divisórias do galinheiro e deixar que elas fugissem, só para vê-las caminhar uns minutos sobre a grama.

– Me diz uma coisa, Helen: quer comprar uma dessas galinhas e levar para casa?

– Não.

– Quanto custou a gatinha? Eles cobraram alguma coisa?

– Não. Deram de graça.

Susan aninhou a gatinha nos braços, e John pôde perceber que a tragédia de Beansy logo seria esquecida. Para desapontamento do rapaz, Helen perdeu toda a alegria durante o jantar. Talvez porque Ernie tivesse passado o tempo inteiro falando de lucros e prejuízos – não de prejuízos de verdade, mas sim de despesas. Ernie estava obcecado, percebeu John. Esta era a razão para o aborrecimento de Helen. Ernie trabalhava duro agora, independentemente do que houvesse dito sobre as máquinas fazerem tudo. Rugas lhe sulcavam o rosto, os cantos da boca e certamente não eram fruto das risadas que dava. Ernie começava a se tornar um sujeito corpulento. Helen dissera a John que no último ano o marido havia dispensado seu ajudante, Sam, que estivera com eles por sete anos.

– Me diga – falou Ernie, demandando a atenção de John –, o que você acha da idéia? Começar um novo criadouro de galinhas quando você terminar a faculdade, e contratar *um homem* para gerenciá-lo. Você poderia ter outro trabalho em Chicago, Washington, onde quer que fosse, e garantiria, por outro lado, uma fonte de renda segura e *independente*.

John ficou em silêncio. Jamais passara pela sua cabeça montar um criadouro de frangos.

– Qualquer banco lhe daria crédito... mediante a palavra de Clive, é claro.

Clive era o pai de John.

Helen estava cabisbaixa, olhando para o prato, pensando, talvez, em outra coisa.

– Não combina muito com meu estilo de vida, acho – John respondeu por fim. – Embora eu saiba que é uma atividade rentável.

Depois do jantar, Ernie seguiu para a sala de estar para fazer suas contas, como ele dizia. Ele fazia cálculos quase todas as noites. John ajudou Helen com as louças. Ela colocou uma sinfonia de Mozart no toca-fitas. A música era agradável, mas John queria conversar com Helen. Por outro lado, o que exatamente ele poderia dizer? *Entendo por que você está chateada. Sei que você preferiria estar alimentando os porcos e jogando milho para as galinhas, galinhas de verdade, como antigamente.* John sentiu um desejo de enlaçar seus braços ao redor do corpo de Helen assim que ela se curvou sobre a pia, de fazer com que o rosto dela se voltasse para o seu para que pudesse beijá-la. O que ela pensaria se ele fizesse isso?

Foi com sofreguidão que naquela noite John se deteve sobre as brochuras que Ernie lhe dera sobre como conduzir um criadouro mecanizado.

> ... As galinhas são criadas com tamanho menor para que comam menos, raramente pesando mais do que um quilo e meio... As galinhas jovens são submetidas a uma exposição programada de luz com o objetivo de enganá-las e fazer com que o dia tenha seis horas a mais de duração. O objetivo da criação mecanizada é aumentar as naturais seis horas diárias com um progressivo aumento, a cada semana, da exposição à luz artificial. O período de primavera artificial é mantido ao longo dos dez meses de vida de cada plantel... Não haverá nenhuma queda na produção de ovos no sentido comum, muito embora as galinhas não ponham a mesma quantidade de ovos perto do fim... [Por que, John se perguntava. E "não ponham a mesma quantidade" não queria dizer exatamente o mesmo que "queda na produção?] No décimo mês, a galinha é vendida por cerca de sessenta centavos o quilo, dependendo da situação do mercado....

Abaixo seguia:

> Richard K. Schultz, de Poon's Cross, Pa., escreve: "Estou mais do que satisfeito e minha vida mudou com a modernização e transformação de

minha fazenda num criadouro mecanizado, operado com o equipamento da Muskeego-Ryan Electric. Meus rendimentos quadruplicaram em um ano e meio e já alimentamos esperanças ainda maiores para o futuro...".

Escreve Henry Vliess, de Farnham, Kentucky: "Minha velha fazenda estava quase quebrada. Eu criava galinhas, porcos, vacas, o que é de costume. Meus amigos riam da ineficácia do meu trabalho e do meu esforço. Até que eu...".

John teve um sonho. Ele voava como se fosse o Super-Homem dentro do galpão de Ernie, e as luzes brilhavam ofuscantes. Muitas das galinhas aprisionadas olhavam para ele, os olhos refletindo um brilho prateado, cegas. O barulho que faziam era fantástico. Queriam escapar, mas já não podiam ver, e o galpão inteiro tremia com o esforço que faziam para se libertar. John voou tomado de frenesi, procurando a alavanca que abriria os compartimentos, as portas, todos os liames, mas não conseguia encontrá-la. Então ele despertou, surpreso por se encontrar na cama, apoiado sobre um dos cotovelos. Sua testa e seu peito estavam lavados em suor. A luz da lua invadia o quarto vigorosamente através da janela. Na calada da noite, ele podia ouvir o constante tom agudo do piar das centenas de galinhas no galpão, muito embora Ernie houvesse dito que o galinheiro tinha um perfeito isolamento acústico. Talvez fosse "dia" para as galinhas naquele instante. Ernie disse que elas tinham mais três meses de vida.

John tornou-se mais familiarizado com as maquinarias do galinheiro e com os rápidos relógios artificiais, mas, desde seu sonho, não conseguia mais enxergar as galinhas do mesmo modo que no primeiro dia. De fato, evitava ao máximo olhar diretamente para elas. Certa feita, Ernie apontou para uma que estava morta, e John a removeu. Seu peito, ensangüentado pelo contato com os limites do compartimento, se encontrava tão dilatado que provavelmente ela devia ter comido até morrer.

Susan havia dado o nome de "Bibsy"* à gatinha, porque tinha uma mancha ovalada no peito semelhante a um babeiro.

– Beansy e agora Bibsy – Helen disse a John. – Você deve estar achando que a Susan só pensa em comida!

Numa manhã de sábado, Helen e John foram até a cidade de carro. O tempo estava instável, variando períodos de sol e chuva, e os dois caminhavam colados debaixo do guarda-chuva quando começava a pingar. Compraram carne, batatas, detergente, tinta branca para pintar uma prateleira na cozinha, e Helen comprou para si mesma uma blusa com listras rosas e brancas. Em uma loja de animais, John adquiriu uma cesta com um travesseiro para Bibsy, para dar de presente a Susan.

Quando chegaram em casa, havia um carro comprido, cinza-chumbo, estacionado em frente à porta.

– O que está acontecendo? Este é o carro do médico – exclamou Helen.

– Será que ele não está apenas de visita? – perguntou John, sentindo-se no mesmo instante um idiota, porque alguma coisa devia ter acontecido a Ernie. Uma carga de grãos havia sido entregue esta manhã, e Ernie sempre queria ver se tudo corria perfeitamente.

Havia outro carro, verde-musgo, ao lado do galpão, que Helen não reconheceu. Helen e John entraram na casa.

Era Susan. Ela jazia sobre o chão da sala de estar, tapada por um cobertor quadriculado, com apenas um pé, calçado com sandália e meia amarela, à mostra. O dr. Geller estava lá, mais um homem que Helen não conhecia. Ernie estava parado junto à filha, enrijecido e em estado de choque.

---

* Diminutivo de *bib*, que significa "babeiro". (N.T.)

O dr. Geller se aproximou da mãe e disse:

– Sinto muito, Helen. Susan já estava morta quando a ambulância chegou aqui. Assim, mandei que viesse o legista.

– *O que aconteceu?* – Helen começou a tocar o corpo de Susan, e instintivamente John impediu que ela continuasse.

– Querida, não consegui vê-la a tempo – disse Ernie. – Ela estava perseguindo aquela maldita gata debaixo do contêiner bem no momento em que ele era baixado.

– Sim, o contêiner a atingiu bem na cabeça – disse um homem robusto de macacão, um dos responsáveis pela entrega. – Ernie disse que ela tentou sair correndo. Meu *Deus*, sinto muito, sra. Hanshaw!

Helen respirou com dificuldade e então cobriu o rosto com as mãos.

– Vai precisar de um sedativo, Helen – disse o dr. Geller.

O médico aplicou uma injeção no braço da mulher. Helen não disse nada. Sua boca estava entreaberta e seus olhos encaravam fixamente o vazio à sua frente. Outro carro chegou e levou o corpo numa maca. O legista tomou suas notas e também se retirou.

Com a mão trêmula, Ernie serviu uísques.

Bibsy saltitava pela sala e foi dar uma fungada na mancha vermelha sobre o tapete. John foi até a cozinha para buscar uma esponja. Era melhor tentar removê-la, pensou John, enquanto os outros estavam na cozinha. Logo teve que voltar para buscar uma panela com água, retornando, em seguida, para a tarefa de limpar a abundante mancha vermelha. Sua cabeça tinia, e a muito custo conseguia manter o equilíbrio. Na cozinha, bebeu seu uísque de um só gole, sentindo imediatamente as orelhas incandescerem.

– Ernie, acho melhor eu me retirar – disse o homem das entregas, de modo solene. – Você sabe onde me encontrar.

Helen subiu até o quarto que dividia com Ernie e não desceu à hora do jantar. De seu quarto, John ouvia os tabuões estalarem sutilmente, indicando o ir e vir de Helen na peça. Gostaria de entrar e falar com ela, mas tinha medo de que não fosse capaz de dizer a coisa certa. Ernie devia estar com ela, pensou.

John e Ernie fritaram tristemente alguns ovos, e John foi perguntar a Helen se ela queria descer ou se ela preferia que ele trouxessem algo. Ele bateu à porta.

– Entre – disse Helen.

Ele adorava a voz dela, e de algum modo ficou surpreso ao encontrá-la igual a antes, como se não tivesse acabado de perder a filha. Ela estava deitada na cama de casal, ainda com a mesma roupa, fumando um cigarro.

– Não quero comer, obrigada, mas gostaria de um uísque.

John desceu às pressas, ansioso por trazer algo que ela queria. Ele trouxe gelo, um copo e a garrafa numa bandeja.

– Você só quer dormir? – perguntou John.

– Sim.

Ela não havia acendido nenhuma luz. John beijou-lhe a face, e por um instante ela lhe enlaçou o pescoço com um braço e também lhe deu um beijo no rosto. Depois, ele deixou a peça.

No andar de baixo, os ovos haviam passado do ponto, e John mal conseguiu engoli-los, mesmo com a ajuda de goles de leite.

– Meu Deus, que dia – disse Ernie. – Meu Deus. – Ele, evidentemente, tentava dizer alguma coisa. Olhou para John com um esforço, tentando manter a polidez e a intimidade.

E John, como Helen, viu-se olhando para o prato, sem palavras. Finalmente, sentindo-se miserável com o silêncio, John se levantou com seu prato e deu um tapinha tímido no ombro do tio.

– Sinto muito, Ernie.

Abriram uma nova garrafa de uísque, uma das duas que ainda restavam no armário da sala de estar.

– Se eu soubesse que isso iria acontecer, jamais teria começado esse maldito criadouro. Você sabe disso. Pretendia ganhar algo para minha família... escapar dessa luta inglória em busca do sustento ano após ano.

John percebeu que a gatinha havia encontrado a nova cesta e que já dormia dentro dela, sobre o chão da sala de estar.

– Ernie, você provavelmente deseja conversar com a Helen. Estarei de pé no horário de sempre para lhe dar uma mão.

Isto significava sete da manhã.

– Está bem. Estou meio confuso esta noite. Desculpe, John.

Por aproximadamente uma hora, o rapaz ficou na cama sem conseguir pegar no sono. Ouviu Ernie se dirigir em silêncio para o quarto do outro lado da parede, mas não escutou voz alguma, sequer um murmúrio depois disso. Ernie não era muito parecido com Clive, pensou. O pai de John provavelmente teria dado vazão às lágrimas por um minuto, teria praguejado. Para seu pai, tudo estaria então resolvido, exceto a tarefa de confortar a esposa.

John foi despertado por um som roufenho, que se erguia e sumia. As galinhas, com certeza. Que diabos era isso agora? O alarido das aves estava mais alto do que nunca. Deu uma olhada pela janela da frente. Na penumbra que precede a aurora, pôde ver que a porta da frente do galpão estava aberta. Então as luzes no galinheiro foram acesas, espalhando reflexos pela grama. John calçou os tênis sem amarrá-los e saiu correndo em direção ao hall.

– *Ernie!... Helen!* – gritou diante da porta do quarto do casal.

John correu para fora da casa. Um mar de galinhas brancas escorria por entre a porta principal do galpão. O que estaria acontecendo?

— Voltem! – ele gritava para as galinhas, balançando os braços.

As pequenas galinhas deviam estar cegas ou então não conseguiam ouvi-lo no meio de seus próprios cacarejos. Elas continuavam saindo, voejando de dentro do galinheiro, algumas flutuando sobre as outras, para depois novamente mergulhar no mar branco.

John colocou as mãos em concha ao lado da boca.

— *Ernie!* As *portas!* – gritava para dentro do galinheiro, pois lá deveria estar o tio.

John se lançou sobre as galinhas e fez um novo esforço para fazer com que recuassem. Foi inútil. Desacostumadas a caminhar, as aves cambaleavam como se estivessem bêbadas, trombando umas nas outras, lançando-se para frente, caindo sentadas, imersas, porém, num fluxo contínuo, muitas transportadas nas costas daquelas que caminhavam. As que estavam próximas a John davam-lhe bicadas nas canelas e, para ganhar o caminho em direção à porta do galpão, o rapaz era obrigado a enxotá-las aos chutes. A dor, contudo, provocada pelas bicadas na parte inferior das suas pernas, ainda que os bicos estivessem serrados, tornou-se insuportável, e ele viu-se obrigado a parar. Algumas galinhas tentavam voar para atacá-lo, mas não tinham a força necessária nas asas. *Estão todas ensandecidas*, John percebeu. Subitamente assustado, correu para a área vazia ao lado do galpão e então em direção à porta dos fundos. Sabia como abri-la. Tinha uma tranca com segredo.

Helen estava parada num dos cantos externos do galinheiro com seu roupão e foi sendo imediatamente avistada por John, assim que ele chegou. A porta traseira estava fechada.

— O que está *acontecendo*? – gritou John.

— Eu abri as divisórias – disse Helen.

— Abriu? Como assim? Por quê?... Onde está o Ernie?

— Está lá dentro. – Helen estava estranhamente calma, como se estivesse em uma crise de sonambulismo.

— Bem, mas o que ele está *fazendo*? Por que ele não fechou a porta principal?

John sacudia Helen pelos ombros, tentando acordá-la. Largou-a e correu em direção à porta dos fundos.

— Tranquei-a novamente – disse Helen.

John tentou abrir a tranca usando as combinações o mais rápido que podia, mas mal conseguia enxergar os números.

— Não faça isso! Você quer que elas venham para o lado de cá?

Helen, repentinamente, mostrava-se alerta, arrancando as mãos de John da combinação da tranca.

Então John compreendeu. Ernie estava sendo morto lá dentro, bicado até a morte. Era o que Helen queria. Mesmo que o tio estivesse gritando, não conseguiriam ouvi-lo.

Um sorriso aflorou no rosto de Helen.

— Sim, ele está lá dentro. Acho que elas darão um jeito nele.

John, sem conseguir escutar o que ela dissera, em função da algazarra das galinhas, leu-lhe os lábios. Seu coração batia ligeiro.

Então Helen teve um colapso, e John a recolheu em seus braços. Ela sabia que era tarde demais para salvar Ernie. Passou por sua cabeça que a essas alturas Ernie também já havia deixado de gritar.

Helen se recuperou e se pôs de pé.

— Venha comigo. Vamos vê-las – ela disse, e arrastou John de maneira débil, ainda que determinada, ao longo da fachada lateral do galinheiro até a porta principal.

A lenta caminhada dos dois pareceu quatro vezes mais longa do que seria de se esperar. Ele agarrou o braço de Helen.

— Ernie está lá *dentro*? – perguntou John, sentindo que sonhava ou que talvez estivesse prestes a desmaiar.

– Lá dentro – Helen sorriu novamente para ele, com os olhos semicerrados. – Fui até a porta dos fundos e abri a tranca. Depois, retornei para casa e acordei o Ernie. Eu disse: "Ernie, alguma coisa errada está acontecendo no criadouro, é melhor você dar uma olhada". Ele desceu e foi até a porta dos fundos... e então eu abri as divisórias com a alavanca. E então... eu puxei o controle que abria a porta da frente. Naquela altura, ele já estava bem no meio do galpão, porque eu tinha, na primeira vez, posto fogo no chão.

– Fogo? – e então John notou uma frágil nuvem de fumaça se erguer da porta principal.

– Não havia muito para queimar ali dentro... apenas os grãos – disse Helen. – E, de qualquer modo, há bastante coisa para elas comerem do lado de fora, você não acha? – e deu uma gargalhada.

John a arrastou com pressa até a porta da frente do galinheiro. Não parecia haver ali muita fumaça. Naquele momento, o gramado inteiro estava coberto de galinhas, e elas se espalhavam em direção à cerca branca junto à estrada, bicando, cacarejando, piando, um exército lento e desgovernado. Era como se a terra tivesse sido coberta de neve.

– Vamos até a casa! – disse John, chutando umas galinhas que atacavam os tornozelos de Helen.

Eles seguiram até o quarto de John. Helen ajoelhou-se diante da janela da frente e ficou assistindo. O sol erguia-se à sua esquerda e banhava de luz o telhado avermelhado do galpão. Uma fumaça cinzenta se erguia do batente da porta frontal. As galinhas paravam, permanecendo estupidamente sob o vão até que fossem empurradas pelas que vinham atrás. As aves pareciam menos confusas com a luz do sol – a luz artificial era mais brilhante – do que com a imensidão de espaço que agora as circundava. John nunca vira até então nenhuma galinha esticar o pescoço para cima a fim de olhar para o céu. Ele se ajoelhou ao lado de Helen, envolvendo-lhe a cintura com o braço.

– Todas irão... fugir – disse John, sentindo-se curiosamente paralisado.

– Deixe que fujam.

O fogo não se espalharia a ponto de atingir a casa. Não havia vento, e o galpão ficava a pelo menos 25 metros de distância. John sentiu-se um tanto enlouquecido, como Helen, como as galinhas, e ficou surpreso com a racionalidade de seu pensamento sobre o alastrar do fogo.

– Está tudo acabado – disse Helen, quando aparentemente as últimas galinhas saíram cambaleando do galpão. Ela puxou John para junto de si pelas barras do casaco do pijama.

John a beijou com delicadeza nos lábios, e então com progressiva firmeza. Era estranho e ao mesmo tempo muito mais intenso que qualquer beijo que já dera em uma garota, ainda que curiosamente vazio de desejo. O beijo parecia apenas uma afirmação de que ambos estavam vivos. Ajoelhados, face a face, os dois se abraçaram. Os gritos das galinhas já não eram mais terríveis, soavam apenas excitados e confusos. Era como o concerto de uma orquestra em que alguns músicos parassem e outros seguissem tocando, produzindo um acorde contínuo e sem divisão de tempo. John não teve noção de quanto tempo ficaram assim, mas por fim seus joelhos doeram, e ele se ergueu, puxando Helen consigo. Ele olhou através da janela e disse:

– Acho que não sobrou nenhuma lá dentro. E o fogo também não aumentou. Não deveríamos... – mas a obrigação de saber o estado de Ernie parecia algo distante, algo que de nenhum modo pesava sobre sua consciência. Era como se ele tivesse sonhado com essa noite ou com esse alvorecer, e o beijo de Helen assemelhava-se em fantasia com seu vôo de Super-Homem dentro do galpão. Tinha mesmo as mãos de Helen entre as suas agora?

Ela se deixou cair novamente, queria simplesmente sentar-se sobre o tapete. Assim, ele a deixou e vestiu um *jeans* sobre a calça do pijama. Retornou ao celeiro, entrando com cuidado pela porta da frente. A fumaça tornara o interior nebuloso, mas quando ele se curvou, pôde ver o que seriam umas cinqüenta ou mais galinhas bicando o que só poderia ser o corpo de Ernie estendido no chão. Galinhas mortas, sufocadas pela fumaça, como se fossem pequenas nuvens brancas, também jaziam no solo, sendo bicadas por outras aves ainda vivas, que as atacavam direto nos olhos. John se moveu na direção de Ernie. Pensava estar preparado para o que ia ver, mas logo percebeu estar enganado: uma coluna caída de sangue e ossos, à qual ainda estavam presos alguns restos do tecido do pijama. John saiu correndo para fora, bem depressa, pois quando tentara respirar, quase fora intoxicado pela fumaça.

De volta ao seu quarto, Helen estava murmurando alguma canção e tamborilando os dedos no parapeito da janela, observando as galinhas que restaram sobre o gramado. As aves tentavam ciscar na grama e acabavam escorregando, caindo de lado e na maior parte das vezes de costas, uma vez que haviam sido criadas no piso inclinado do galinheiro, tendo que ciscar para não cair para frente.

– Olhe! – disse Helen, rindo tanto que chegava a ter lágrimas nos olhos. – Elas não têm idéia do que seja um gramado! Mas pelo visto gostaram!

John pigarreou e disse:

– O que você vai dizer?... O que nós vamos dizer?

– Oh... dizer. – Helen não pareceu nem um pouco perturbada pela questão. – Bem... diremos que ouvimos Ernie descer e... bem, ele não estava completamente sóbrio, como você poderá atestar. E... talvez ele tenha puxado uma ou duas alavancas erradas... Não parece bastante razoável?

Notas de uma respeitável barata

Tive que me mudar.

Eu morava no Hotel Duke, numa das esquinas da Washington Square. Minha família vivia ali há gerações, e quando digo isso quero dizer pelo menos duzentas ou trezentas gerações. Mas para mim basta. O lugar entrou em decadência. Ouvi da boca da minha tatara-tataravó – retroceda o tempo que quiser, ela ainda estava viva nessa ocasião – um relato sobre os anos dourados, sobre a época em que as pessoas chegavam em carruagens puxadas a cavalo, com malas que cheiravam a couro, pessoas que tomavam o desjejum na cama e que deixavam cair no carpete umas pequenas migalhas para nós. Não de propósito, evidentemente, porque mesmo então conhecíamos o nosso lugar. Vivíamos nos cantos dos banheiros ou lá embaixo na cozinha. Agora podíamos cruzar os carpetes com relativa impunidade, já que os clientes do Hotel Duke estavam tão entorpecidos para nos ver, ou não tinham sequer a energia necessária para nos pisotear caso nos vissem, ou ainda pior: davam apenas uma risada.

O Hotel Duke tem agora um esfarrapado toldo verde que se estende até o meio-fio, tão cheio de buracos que seria incapaz de proteger qualquer um da chuva. Você sobe então quatro degraus de cimento e entra em um *lobby* imundo, cheirando a maconha e uísque de terceira categoria, além de tudo pessimamente iluminado. Por essas e outras é que a clientela atual não faz muita questão de saber quem são os outros hóspedes. As pessoas esbarram umas nas outras no *lobby*, e o que poderia ser a oportunidade de travar conhecimento com alguém acaba na maior parte das vezes resultando em uma troca de insultos. À esquerda do *lobby* há uma sala ainda mais escura chamada de "Salão de baile do dr. Toomuch". Cobram um ingresso de dois dólares, que pode ser adquirido na porta interna do *lobby*. Música de *juke box*. Clientela de vomitar*. Pelo amor de Deus!

O hotel tem seis andares, e eu normalmente pego o elevador, ou *lift*, essa palavra que o pessoal tem usado para chamar o dispositivo ultimamente, imitando os ingleses. Por que escalar aquelas vigas imundas de cimento ou se arrastar degrau após degrau quando posso saltar o insignificante vão de um centímetro entre o elevador e o piso, escapulindo em segurança pelo canto entre o ascensorista e o painel de comando? Posso identificar cada um dos andares pelo cheiro. Há mais de um ano que o quinto andar cheira a desinfetante, porque houve lá um tiroteio e uma enorme quantidade de sangue e vísceras se espalhou por tudo, cobrindo inclusive a parte em frente ao elevador. O segundo andar emana um odor de carpete velho, que é uma mistura de pó com um vago cheiro de urina. O terceiro andar fede a chucrute (alguém deve ter derramado uma conserva no chão – o chão ali é de concreto) e assim vai. Se por algum motivo quero descer no terceiro, por exemplo, e o elevador não pára no andar, só preciso esperar pela próxima subida ou descida. Cedo ou tarde consigo meu objetivo.

Estava no Hotel Duke quando os pesquisadores do Censo americano de 1970 chegaram. Que piada. Todos pegaram seus formulários e todos responderam, às risadas. A maior parte das pessoas ali, só para começar, provavelmente não tinha nenhum tipo de lar, e o Censo

---

* Há aqui um trocadilho intraduzível. No original temos: "Juke box music. Puke box costumers". *Puke box* poderia ser traduzido como "saco de vômito". (N.T.)

perguntava: "Quantos quartos tem a sua casa?" e "Quantos banheiros?" e "Quantos filhos?" e assim por diante. E qual é a idade de sua esposa? As pessoas pensam que as baratas não conseguem entender inglês, ou quaisquer que sejam as gírias faladas na vizinhança. As pessoas pensam que as baratas entendem apenas um acender súbito de luzes, que significa: "Desapareça!". Mas quando se está no mundo o tempo que nós estamos, que é muito antes do *Mayflower* aportar por essas bandas, o idioma das ruas não chega a ser um mistério. Assim, eu estava capacitado a comentar muitas das questões do Censo dos EUA, questões que nenhum dos idiotas no Duke se deu o trabalho de responder. Era divertido me imaginar preenchendo os campos... e por que não? Eu era um residente mais digno dessa classificação, se levarmos em consideração o caráter hereditário, do que qualquer uma das bestas humanas hospedadas neste hotel. Sou (ainda que eu não seja o Franz Kafka disfarçado) uma barata, e não sei a idade da minha esposa, ou, ainda nesse quesito, quantas esposas tive. Na semana passada foram sete, por assim dizer, mas quantas dessas não foram esmagadas com um pisão? Quanto ao número de filhos, eles estão além da conta, respondendo a uma questão que ouvi meus vizinhos bípedes se fazerem, mas se o objetivo for mesmo um resultado, se é isso que de fato eles querem com o Censo (presumo que quanto mais, melhor), aposto que sairei vencedor. Somente na semana passada, lembro que duas cápsulas de ovos estavam prontas para ser depositadas por duas das minhas esposas, ambas no terceiro andar (o do chucrute). Bom Deus, eu mesmo estava no meio de uma grande correria, numa busca desesperada – fico corado só de mencionar – por comida que eu havia farejado e que estimava se localizar a uma distância de noventa metros. Batatas fritas com sabor de queijo, supus. Não gostava de dizer "Olá" e "Adeus" de forma tão rápida às minhas esposas, mas minha necessidade era talvez tão grande quanto as delas, e onde elas estariam, ou melhor, onde nossa raça estaria se eu não conseguisse manter as minhas forças? Um momento depois, vi minha terceira esposa esmagada sob uma bota de caubói (os hippies daqui adotam o estilo do Velho Oeste mesmo estando no Brooklyn). Pelo menos ela não estava depositando nenhum ovo naquele momento, apenas corria cruzando o chão como eu, ainda que em direção oposta. Bem, adeus, pequena! – ainda que eu tenha certeza de que ela não pôde me ver. Sei também que nunca mais verei minhas esposas parturientes, aquelas duas, embora talvez encontre alguns de nossos filhotes antes de deixar o Duke. Quem pode saber essas coisas?

Quando vejo algumas das pessoas hospedadas aqui, fico faceiro em ser uma barata. Eu, pelo menos, sou mais saudável e, de certa maneira, costumo limpar os restos. O que me leva à seguinte questão: os restos por aqui costumavam ser cascas de pão, um canapé que sobrava ocasionalmente de uma festa regada a champanhe. A atual clientela do Hotel Duke não come. Ou se drogam, ou enchem a cara de bebida. Só ouvi falar a respeito da época de ouro por meio dos meus ancestrais mais remotos. Mas acredito neles. Diziam-me que você podia saltar para dentro de um sapato, por exemplo, do lado de fora da porta, e ser levado para dentro de um quarto na bandeja por um criado às oito da manhã, conseguindo assim um belo desjejum à base de farelos de *croissant*. Mesmo os dias em que os sapatos eram polidos agora fazem parte do passado, pois se alguém hoje se aventurar a botá-los do lado de fora da porta não só não terá seus sapatos polidos como ainda os verá roubados. Atualmente, a única coisa que você pode esperar desses monstrengos cabeludos vestidos com suas jaquetas franjadas de camurça e de suas garotas com vestidos transparentes é que de vez em quando tomem um banho, deixando algumas gotas de água na banheira para que eu possa beber. É muito perigoso beber água em um vaso sanitário e, na minha idade, não me arrisco mais.

Contudo, gostaria de falar da minha fortuna recente. Na semana passada, achei que já tinha visto o suficiente, tendo assistido à minha jovem mulher ser esmagada bem diante de meus olhos por um pisão abrupto (ela vinha se mantendo fora do caminho *principal*, eu me lembro) e visto um quarto cheio de *junkies* retardados lambendo – literalmente – a comida do chão numa espécie de jogo. Garotos e garotas, nus, fingindo, por algum motivo estúpido, não terem mãos, tentando comer seus sanduíches como se fossem cachorros, espalhando os pedaços por todos lados, e então se contorcendo em conjunto entre salames, picles e maionese. Havia muita comida dessa vez, mas era muito arriscado se meter entre aqueles corpos que não paravam de rolar. Isso era muito pior do que o risco normalmente oferecido pelos pés. Mas ver aqueles sanduíches era algo excepcional. Não havia mais restaurante, mas metade dos quartos no Hotel Duke eram "apartamentos", ou seja, estavam equipados com geladeiras e pequenos fogões elétricos. Mas o item principal que essas pessoas consumiam que mais se aproximava de algo de comer era o suco de tomate que usavam para misturar com vodca no preparo de bloody Marys. Ninguém fritava sequer um ovo. Bem, para começar, o hotel não fornecia frigideira, panelas, abridores de lata ou mesmo um singelo par de garfo e faca: tudo seria roubado. E nenhum dos charmosos hóspedes gastaria seus cobres nesses utensílios. O máximo que compravam era uma panela para esquentar a sopa. Assim, "as vacas estavam magras", como eles diziam. E isto ainda não era a pior. Vocês não têm idéia do que são as instalações por aqui. A maioria das janelas não fecha completamente, as camas se parecem com a superfície da lua, as cadeiras estão todas desconjuntadas, e as poltronas (se é que se pode chamá-las assim) – quando muito há uma em um quarto inteiro –, podem provocar uma terrível lesão na parte macia do "sentante" com o estouro de uma mola. Os lavabos estavam sempre entupidos, e as descargas ou não funcionavam ou corriam sem qualquer controle de modo maníaco. E os furtos! Eu mesmo testemunhei alguns. Uma das camareiras fornece a alguém a chave-mestra, o larápio entra e sai com uma valise debaixo do braço, com os bolsos cheios ou com uma fronha para dar a impressão de que o que leva é roupa suja.

Seja como for, há uma semana, eu ocupava um quarto vazio no Duke, tentando recolher alguma migalha ou um pouco de água, quando um carregador negro entrou com uma mala que cheirava a *couro*. Foi seguido por um cavalheiro que cheirava a colônia pós-barba, cheiro que vinha evidentemente misturado ao de tabaco, algo bastante normal. Ele desfez a mala, depositou alguns papéis sobre a escrivaninha, tentou fazer correr a água quente e murmurou algo para si mesmo. Na seqüência, procurou dar um jeito na descarga intermitente do toalete, fez um teste no chuveiro, que espirrou água e inundou todo o piso do banheiro, e então ligou para a portaria. Eu conseguia entender quase tudo o que ele estava dizendo. Essencialmente, ele reclamava que pelo preço que estava pagando pela diária, os serviços poderiam ser bem melhores, que talvez eles pudessem mudá-lo de quarto.

Encolhi-me no meu canto, sedento, faminto, mas emocionado, sabedor de que o cavalheiro pisaria em mim caso eu fizesse uma aparição sobre o carpete. Eu sabia muito bem que, se ele me visse, eu seria imediatamente incluído na lista de reclamações. A velha janela, dividida em duas folhas que abriam para dentro, se escancarou (era um dia ventoso) e seus papéis voaram, espalhando-se pelos quatro cantos do quarto. Ele teve que usar o encosto de uma cadeira para fechá-la, para só depois, praguejando, recolher seus papéis.

– *Washington Square!... Henry James deve estar se revirando no túmulo!*

Eu lembrava dessas palavras, proferidas ao mesmo tempo em que deu um tapa na testa, como se matasse um mosquito.

Um funcionário do estabelecimento, com o uniforme marrom surrado, chegou entorpecido e tentou sem sucesso consertar a janela. Pela abertura entrava um ar gelado, numa sucessão de terríveis rajadas, e tudo, até mesmo um maço de cigarros, tinha que ser ancorado ou acabaria por voar da mesa ou da superfície em que estivesse. O funcionário, ao tentar ajeitar o chuveiro, conseguiu apenas se encharcar, anunciando que mandaria vir o "técnico". O técnico do Hotel Duke é uma piada à parte, sobre a qual não me deterei. De qualquer modo, ele não apareceu naquele dia; acredito que graças à gota d'água que foi a má impressão provocada pelo funcionário, o cavalheiro pegou o telefone e disse:

— Você pode mandar alguém sóbrio, se possível, para descer com minha mala? Oh, não se preocupe, fique com o dinheiro. Sim, estou saindo do hotel. E, por favor, consiga-me um táxi.

Foi nesse momento que tomei minha decisão. Enquanto o cavalheiro guardava suas coisas, despedi-me mentalmente de todas as minhas esposas, irmãos, irmãs, primos, filhos, netos, bisnetos e então embarquei na belíssima mala que cheirava a couro. Escalei até um bolso que ficava na parte interna da tampa da mala, enfiando-me entre as dobras de um saco plástico, em que se misturavam as fragrâncias do creme de barbear e da loção pós-barba, e onde eu não seria esmagado quando a mala fosse fechada.

Meia hora depois, encontrava-me em um aposento bem mais aconchegante, onde o carpete era grosso e não cheirava a pó. O cavalheiro tomou o café-da-manhã na cama às sete e meia. No corredor, eu conseguia obter todo tipo de coisa nas bandejas deixadas do lado de fora das portas — inclusive restos de ovos mexidos, além de uma quantidade bem razoável de marmelada e bolinhas de manteiga. Passei por um mau momento ontem, quando um garçom de jaqueta branca me perseguiu por cerca de trinta metros, tentando me pisotear com os dois pés, mas sem conseguir me acertar nenhuma das vezes. Ainda estou no melhor da minha forma, e a vida no Hotel Duke me ensinou bastante!

 Já me aclimatei à cozinha, indo e vindo de lá pelo elevador, evidentemente. Lá é sempre tempo de vacas gordas, muito embora, uma vez por semana, eles detetizem o ambiente. Conheci quatro possíveis novas esposas, todas um pouco enfraquecidas pelas detetizações, mas determinadas a permanecer na cozinha. Para mim, isso não serve. Meu negócio são os andares superiores: nenhuma competição, bandejas de sobra e às vezes até uns lanches na calada da noite. Talvez a essas alturas eu tenha me tornado uma espécie de solteirão, mas ainda tenho bastante vitalidade para o caso de aparecer uma nova esposa. Enquanto isso, considero-me numa situação muito melhor do que a daqueles bípedes lá no Hotel Duke, os quais já vi ingerirem coisas que nem mesmo eu ousaria tocar – ou mencionar. Eles se arriscam e apostam. Apostam! Ora, a vida toda já é um jogo, não é verdade? Então, por que apostar?

As macaquices criminosas de Eddie

O trabalho de Eddie era abrir portas. Anteriormente, chacoalhava coquetéis para um sujeito chamado Hank, um jovem disc-jóquei que, musicando seus versos, não conseguia o suficiente para viver. Assim, não teve como manter Eddie diante da reclamação dos proprietários, passando-o a uma namorada chamada Rose, a quem ele acabara de dizer adeus, antes de assumir um emprego. E Rose conhecia Jane, e Jane era uma ex-presidiária, razão pela qual Eddie agora abria as portas de domicílios de estranhos.

Sendo um macaco-capuchinho* jovem e inteligente, Eddie aprendeu rapidamente seu novo trabalho e freqüentemente se aproximava das portas bailando alegremente e se balançando em objetos localizados nas proximidades, tais como a espalda de uma cadeira, em direção ao seu objetivo: a maçaneta de uma fechadura ao estilo Yale, um botão que liberasse a lingüeta, ou talvez uma corrente e uma lingüeta ao mesmo tempo. Seus dedinhos voavam, abrindo qualquer tranca, ou tateando até que conseguisse sucesso.

Depois deixava entrar a loira robusta chamada Jane, cuja campainha ou batida na porta ele normalmente já teria

---

* No original, o macaco é da espécie *Cebus capucinus*, bastante semelhante e pertencente ao mesmo gênero (Cebus) do nosso macaco-prego (*Cebus apella*), com a diferença de que o capuchinho possui a cabeça e o peito brancos. Em português não costuma haver uma clara diferenciação na denominação das espécies. Segue-se aqui a opção mais literal possível, pois o termo que aparece no original é *Capuchin*. (N.T.)

ouvido. Algumas vezes Eddie conseguia abrir a porta quando Jane ainda estava subindo os degraus ou percorrendo o caminho até a entrada. Ela trazia nas mãos um saco para depositar os pertences roubados. Eddie costumava invadir as casas entrando por uma janela. Jane sempre parava por um momento em frente à porta e murmurava alguma coisa, como se estivesse se dirigindo a alguém no interior da casa. Então ela entrava e fechava a porta atrás de si.

Ca-*blum*! Esta casa em especial era bastante sólida, e tinha um cheiro que agradava a Eddie, porque havia um enorme emaranhado de rosas amarelas num vaso no vestíbulo.

Do bolso de seu casaco frouxo, Jane puxou uma banana que já começava a escurecer na ponta descoberta pela casca. Eddie emitiu um guincho em agradecimento, abriu o resto da casca e a entregou a Jane, que a guardou no bolso. Jane já se dirigia para o fundo da casa, em direção à cozinha e à sala de jantar.

Ela abriu uma gaveta na sala de jantar e um segundo depois achou o que procurava. Imediatamente começou a encher o saco a mancheias de colheres, garfos e facas de prata. Pegou um galheteiro, também do mesmo material, de cima da mesa. Então se dirigiu à sala de estar, seguindo rapidamente até a mesinha do telefone, sobre a qual havia um porta-retrato de prata, que também foi parar no saco. Ali avistou ainda um elegante corta-papel que parecia ter empunhadura de jade. Até aquele momento mal haviam passado três minutos, Eddie terminara de comer sua banana, Jane sussurrou seu nome, abriu o casaco, e ele pulou. Agarrou-se com os vinte dedos, ajudados pela cauda, aos enormes seios da mulher, como se agarrava aos seios da mãe quando era pequeno.

Estavam fora da casa. Para Eddie, o ronco do motor do carro tornou-se perceptível. No instante seguinte, eles se encontravam a bordo. Jane havia se sentado com um baque surdo, e o carro partira. As mulheres conversavam.

— Foi a maior barbada – disse Jane, recuperando o fôlego. – Mas não cheguei nem a dar uma olhada nos quartos.
— Prata?
— Pode apostar! Ha-Ha! Ah, um gole de uísque não viria nada mal!

Rose, mais nova que Jane, dirigia com prudência. Este era o sétimo ou oitavo roubo que elas praticavam nesse verão. Rose tinha 21, era divorciada do primeiro marido e há dois meses conhecera outro homem. Alguém como Jane e um pouco de excitação e loucura eram tudo o que estava precisando. Mas ela não tinha nenhuma intenção de cumprir uma temporada na penitenciária, como Jane fizera, caso pudesse evitar.

— Então? Para a casa dos Ponsonby? – perguntou Rose.
— Sim – respondeu Jane, desfrutando de um cigarro.

Há duas semanas que elas faziam ligações intervaladas para a casa dos Ponsonby, e ninguém nunca atendia. Duas ou três vezes na última semana, Jane e Rose haviam passado em frente ao casarão e não viram nenhum sinal de vida. Tommy, o receptador, não vigiara a casa por falta de tempo, ele argumentou. Jane achava que os moradores estavam de férias. Era julho. Muitas pessoas haviam deixado a cidade, encarregando um vizinho ou uma faxineira de molharem as plantas. Mas não teriam os Ponsonby alguma espécie de alarme antifurto? Era um bairro nobre.

— Talvez devêssemos telefonar mais uma vez – disse Jane. – Tem o número à mão?

Rose tinha. Ela parou o carro no estacionamento de um bar-restaurante de beira de estrada.

— Você fica aqui, Eddie – disse Jane, encobrindo o macaquinho com uma porção de sacos de supermercado e um casaco de chuva que estava no banco traseiro. Golpeou-o ligeiramente com os nós dos dedos para fazê-lo entender que se tratava de uma ordem.

O golpe atingiu Eddie no topo da cabeça. Isso o deixou apenas um pouco chateado. As duas mulheres retornaram logo, antes que ficasse desagradavelmente quente dentro do carro, e dirigiram por mais um tempo, voltando a fazer uma nova parada. Eddie continuava sentado no banco traseiro, quase invisível entre a porção de tralhas acumuladas sobre o assento, exceto pela coroa de tufos brancos que se erguia de sua cabeça. Ele viu quando Rose saiu do carro. Era assim que as coisas sempre funcionavam quando ele tinha trabalho a fazer: Rose saía primeiro, voltava, então Jane o colocava dentro do casaco e o levava para a rua.

Jane murmurava uma canção para si mesma e fumava um cigarro.

Rose voltou e disse:

– Não há nenhuma janela aberta, e as que ficam nos fundos estão trancadas. Não há ninguém em casa, porque toquei a campainha e bati em ambas as portas... Que casa! – Com isso Rose queria dizer que o aspecto era o de uma verdadeira mansão. – Talvez o melhor seja quebrar o vidro de uma das janelas dos fundos. Assim abrimos caminho para o Eddie.

A vizinhança era residencial e luxuosa; os gramados, perfeitos; as árvores, altas. Rose e Jane estavam dentro do carro estacionado, como sempre, um pouco adiante da casa que lhes interessava.

– Algum sinal de vida na garagem? – perguntou Jane. Elas pensavam que podia haver alguma espécie de empregado dormindo lá, sem acesso ao telefone, ou com uma linha diferente da usada pelos Ponsonby.

– É claro que não ou eu teria dito a você – disse Rose. – Você já esvaziou o saco?

Jane e Rose se lançaram à tarefa. Depositaram a prataria e os outros objetos do furto anterior sobre o casaco de chuva cinza, colocando-o depois no banco traseiro, sem abandonar os lugares em que estavam sentadas.

– Por que não tentamos fazer o Eddie descer pela chaminé? – Jane perguntou. – Estamos numa área silenciosa e tranqüila, não me agrada a idéia de ter que quebrar uma janela.

– Mas ele não gosta de chaminés – disse Rose. – Esta casa tem três pisos. Imagine o tamanho das chaminés.

Jane pensou por um momento, então deu de ombros.

– Mas que diabos vamos fazer? Se ele não quiser ir até o final, que faça o caminho de volta, ora.

– E suponha que ele fique lá... em cima do telhado?

– Bem, aí perdemos um bom macaco – disse Jane.

Algumas semanas atrás, elas haviam feito Eddie praticar este tipo de descida numa casa em Long Island que pertencia a uma amiga de Jane. O topo da chaminé ficava a um pouco mais de três metros do chão, pois se tratava de um chalé de um piso. Eddie não gostara da experiência, mas completara a tarefa duas ou três vezes, com Rose encorajando-o no topo de uma escada a e Jane esperando-o com passas e amendoins de recompensa, caso ele conseguisse destrancar a porta da frente. Eddie havia tossido e esfregado os olhos, além de ter emitido uma série de sons simiescos. Tentaram novamente no dia seguinte, desta vez lançando-o sobre o telhado e lhe apontando a chaminé. Passaram-lhe instruções verbais, e o macaquinho acabou obtendo sucesso, descendo e abrindo a porta. Mas Rose se lembrava das rugas de preocupação ao redor de suas sobrancelhas, rugas que lhe davam o ar de um pequeno ancião. Lembrava também de como ele ficara feliz quando ela lhe dera um banho e depois o escovara. Eddie havia lhe dado seu sorriso mais adorável e se agarrara nas mãos dela. Assim, Rose hesitava, receosa da capacidade de Eddie, preocupada consigo mesma e com Jane.

– E então?

– Tchi-tchi – proferiu Eddie, sabendo que algo se passava. Ergueu um ouvido e olhou atentamente para cada uma das mulheres. Ele preferia ouvir a voz de Rose, era mais gentil, embora vivesse com Jane.

Lentamente, as coisas começaram a deslanchar.

Jane e Rose mantiveram um ar de calma. Rose, no caso de uma possível interferência, como alguém perguntando o que ela queria por ali, estava preparada para dizer que viera ali para oferecer seus trabalhos como faxineira por quatro dólares a hora. Se alguém aceitasse, Rose daria um nome falso e agendaria uma data, à qual nunca compareceria. Isto havia acontecido apenas uma vez. Era Rose quem mantinha o registro das casas que já haviam assaltado, e também da única casa em que alguém havia aparecido para atender às batidas na porta, ainda que ninguém tivesse atendido ao telefonema dado há apenas cinco minutos. Após terem roubado uma determinada vizinhança, às vezes três casas em uma hora, elas nunca retornavam ao lugar. No carro de Rose, elas haviam se afastado mais de 250 quilômetros de sua base, que era o apartamento de Jane em Red Cliff, New Jersey. Se tivessem que se separar, por qualquer razão, tinham um ponto de encontro num café de beira de estrada escolhido ao acaso ou então uma loja de conveniência qualquer. Aquela que não possuía carro (Jane) tinha que dar um jeito de chegar até lá de alguma maneira, fosse de táxi, ônibus ou mesmo a pé. Isto também só havia acontecido uma vez, logo no início de suas operações, que já duravam dois meses. Na ocasião, Rose talvez tivesse sido ansiosa demais e arrancara o carro sem necessidade. Agora, o ponto de encontro era o bar-restaurante do qual há pouco tempo elas haviam feito a ligação para a casa dos Ponsonby.

Jane, com Eddie escondido dentro do seu casaco leve de lã, percorreu o caminho deveras imponente que conduzia à mansão dos Ponsonby. Devia haver tantas riquezas lá dentro que Jane sequer conseguia imaginar. Certamente haveria mais bens do que poderia carregar no saco que chamava de sua bolsa de tapeçaria. Tocou a campainha, depois bateu à porta com a aldrava de bronze, sem esperar verdadeiramente que alguém respondesse, mas pronta para circular caso um vizinho a estivesse observando. Finalmente, Jane percorreu o caminho de carros que levava até os fundos da casa, com Eddie ainda agarrado a ela dentro do casaco. Tornou a bater. Tudo estava tranquilo como era esperado, incluindo a garagem, com sua janela fechada acima das portas fechadas.

– Eddie, é a chaminé de novo – sussurrou Jane. – Chaminé, você entende? Agora suba! Está vendo? – Ela apontou. Grandes olmos protegiam-na da visão de qualquer um dos lados. Parecia haver pelo menos quatro chaminés se projetando para além do telhado. – Chaminé e depois a porta! Certo, Eddie? Bom garoto! Ela o soltou sobre um cano de escoamento da calha que corria por um dos cantos da casa.

Eddie se saiu bem, escorregando alguns centímetros aqui e ali, sem ter, no entanto, maiores dificuldades em encontrar apoio nos espaçamentos dos tijolos do revestimento externo. De repente, ele já estava sobre o telhado, e por um segundo sua silhueta pôde ser vista contra o céu, saltitando, e então desaparecendo.

Jane viu o macaquinho pular até uma das chaminés, olhar hesitantemente para dentro dela e depois correr até a próxima. Ela estava com medo de lhe gritar alguma espécie de encorajamento. E se as chaminés estivessem fechadas? Bem, o melhor era esperar para ver. De nada adiantava se preocupar por antecipação. Jane recuou para tentar obter uma visão melhor, mas não conseguiu enxergá-lo, e percorreu o caminho de volta até a porta da frente. Esperava ouvir o estalar da maçaneta e da lingüeta da fechadura, mas não ouviu nada. Bateu na porta timidamente, para salvar as aparências.

Silêncio. Teria Eddie ficado entalado na chaminé?

Um transeunte passou pela calçada, lançou um olhar para Jane e seguiu adiante, um homem de cerca de trinta anos, carregando um pacote. Um carro passou. Rose, dentro do veículo, estava fora de visão, estacionada na esquina mais próxima. Eddie poderia estar preso, supôs Jane, ou então fora de combate sob a ação da fuligem. E os minutos passavam. Deveria ela fazer o que era mais seguro e abandonar a missão? Por outro lado, Eddie era um animal da mais alta utilidade, e havia ainda dois bons meses de verão para suas operações.

Jane foi até os fundos da casa novamente. Olhou para cima, em direção ao telhado, mas não havia nenhum sinal de Eddie. Pássaros chilrearam. Um carro trocou de marchas na distância. Jane foi até a janela da cozinha, e finalmente, de supetão, o macaco saltou sobre a longa bancada de alumínio da pia. Ele estava negro de fuligem, e mesmo o topo de sua cabeça adquirira uma coloração cinzenta. Esfregava os olhos com as costas das mãozinhas. Foi até uma das janelas e deu uma batida, saltitando sobre um pé de cada vez, esperando que ela lhe abrisse.

Por que elas não o haviam treinado para abrir janelas? Bem, agora os dois teriam que dar um jeito. Era apenas uma questão de destravar o mecanismo, que, mesmo de onde estava, Jane podia avistar.

– Porta – disse Jane, apontando em direção à porta da cozinha, porque qualquer porta resolveria a situação, mas o fato era que Eddie estava habituado a se dirigir para as portas da frente.

Eddie pulou para o chão, e logo Jane o ouviu trabalhando na maçaneta.

A porta, no entanto, não se abriu. Jane também tentou pelo lado de fora.

A mulher ouviu o "tchi-tchi-tchi!" que significava que o macaquinho estava incomodado ou frustrado. O mecanismo devia ser duro, supôs Jane, ou então se tratava de uma fechadura de segurança que exigia uma chave do lado interno para ser aberta. Além disso, algumas maçanetas exigiam mais força para serem abertas do que

Eddie era capaz. Jane sentiu-se subitamente tomada de pânico. Dez ou doze minutos haviam se passado. Talvez Rose já tivesse se dirigido até o restaurante na beira da estrada. Jane queria voltar logo para o carro e para Rose. A alternativa era quebrar o vidro de uma das janelas, mas ela tinha medo de fazer muito barulho e ainda assim ter que escapar com Eddie a pé.

Novamente, fazendo um esforço para parecer calma, percorreu o caminho pela pista lateral e depois até a calçada. Na esquina, viu com alívio que Rose continuava esperando dentro do carro.

– Bem – disse Jane –, Eddie não consegue abrir a porta e estou assustada. Vamos dar o fora daqui.

– Como? Onde ele está? Continua lá *dentro*?

– Está na cozinha, nos fundos. – Jane sussurrava através da janela aberta do carro. Resolveu abrir a porta do seu lado e entrar.

– Mas nós não podemos simplesmente abandoná-lo desse jeito – disse Rose. – Você viu se tinha alguém... se alguém a estava observando?

Jane se acomodou e fechou a porta.

– Não vi ninguém, mas vamos andando.

Rose estava pensando que a polícia poderia fazer a conexão entre o macaco e os furtos que elas haviam praticado. Como alguém poderia explicar que um macaco tivesse ido parar dentro de uma casa fechada? Claro, qualquer um que encontrasse Eddie não iria ligar diretamente para a polícia, chamaria primeiro a Sociedade Protetora dos Animais ou o zôo. E se Eddie conseguisse quebrar uma janela e escapar? O que seria, então? Rose percebeu que não estava pensando de modo lógico, mas lhe parecia que tinham a obrigação de tirar Eddie de lá.

– Não podemos quebrar o vidro de uma janela dos fundos? – a mão de Rose já estava na maçaneta da porta.

– Não faça isso! – exclamou Jane com um gesto de contrariedade, mas Rose já havia saído. Jane enrijeceu. Ela levaria a culpa caso alguém visse Rose quebrando o vidro. Rose daria com a língua nos dentes, pensou. E era ela, Jane, quem tinha ficha na polícia.

Rose fez um enorme esforço para passar caminhando calmamente por um casal de jovens que estava de braços dados, conversando e rindo. A casa dos Ponsonby. Era tão majestosa que tinha até nome: Cinco Corujas. Rose seguiu pela pista de carro, ainda calma, mas nem um pouco a fim de executar a encenação do toque na campainha da frente, pois não queria perder um segundo sequer.

Eddie estava na cozinha, encolhido sobre uma mesa (ela o viu através de uma janela lateral), balançando algo que se parecia com um açucareiro de cabeça para baixo, e ela teve a rápida impressão de que havia um objeto quebrado, um prato, espalhado pelo chão de linóleo amarelo. Eddie devia estar desesperado. Quando Rose ultrapassou o canto da casa e chegou aos fundos, Eddie já estava sobre a pia, bem atrás da janela. Rose fez um esforço para erguê-la, mas desistiu. Teve que soltar o fundilho da calça branca que havia ficado preso na roseira. Quase aos seus pés, encontrou uma pedra do tamanho do seu punho e bateu com ela uma vez contra uma das vidraças. Bateu novamente nos cacos que sobraram presos à armação da janela, mas Eddie já havia cruzado para o lado de fora, emitindo guinchos de alegria.

Rose abrigou-o rapidamente dentro da jaqueta e caminhou em direção à pista. Podia sentir Eddie tremendo, talvez de alívio. Quando Rose chegou à esquina, percebeu que o carro havia partido. O carro *dela*. Agora ela teria que achar um táxi. Ou caminhar até o restaurante. Não, ficava muito longe. Um táxi. E ela havia deixado sua bolsinha com o dinheiro no carro. Cristo! Ela apertou o corpo de Eddie para recobrar a confiança e seguiu caminhando, olhando para algum cruzamento promissor em que algum táxi poderia estar passando. Para onde fora Jane? De volta para o apartamento dela? Para o ponto de encontro combinado?

O que diria o motorista de táxi quando soubesse que ela não tinha dinheiro para pagá-lo? Rose não podia dizer ao motorista para levá-la para a casa de alguma de suas amigas porque ela não queria que nenhuma delas soubesse nada a respeito de Eddie, a respeito de Jane, a respeito do que ela vinha fazendo nas últimas semanas.

Não teve sorte em localizar um táxi. Mas conseguiu chegar a um shopping center – supermercado, lavanderia, loja de conveniências etc. – e viu que tinha no bolso de sua jaqueta algumas moedas. Assim, dirigiu-se até a loja de conveniências. Com Eddie colado ao seu corpo debaixo da jaqueta, ela procurou o número de um teletáxi e discou. O shopping se chamava Miracle Buy*. Foi a coordenada que passou.

Cerca de cinco minutos depois, o táxi chegou. Rose estava esperando sobre uma pequena elevação de cimento no estacionamento, com os olhos bastante atentos, porque nem sempre os táxis eram pintados em cores vibrantes em bairros como este.

– O senhor pode ir até Red Cliff, por favor? Esquina da avenida Jefferson com a Mulhouse.

Partiram. No mínimo 25 quilômetros, supôs Rose. Não acreditava que Jane tivesse dirigido até o restaurante, ou mesmo que fosse capaz de localizá-lo. Jane não era uma boa motorista. Mas ela poderia encontrar o caminho de casa, e provavelmente tinha conseguido. Rose tinha uma cópia da chave do apartamento de Jane, mas esta também estava em sua bolsinha.

O táxi chegou à Jefferson com Mulhouse.

– O senhor pode esperar um minuto? Preciso falar com uma amiga e já volto.

– Quantos segundos têm esse seu minuto? – perguntou o taxista, olhando Rose por inteiro. Rose percebeu o que ele pensava: ela está sem carteira, logo não tem dinheiro. – O que você leva aí, um *macaco*?

---

* Algo como "Compra Milagrosa". (N.T.)

Eddie projetara um braço para fora da jaqueta de Rose e depois a cabeça, antes que ela pudesse enfiá-lo novamente para dentro.

– É o bichinho da minha amiga – disse Rose. – Vim devolvê-lo. Assim que fizer isso, desço aqui para pagar a corrida – e desembarcou.

Rose não avistou seu carro. Havia muitos outros estacionados ao longo da calçada. Ela tocou a campainha de Jane, uma das quatro no pequeno prédio de apartamentos. Voltou a tocar, três toques curtos, um longo, que era o código pré-combinado entre as duas, e, para seu grande alívio ouviu o zumbido que liberava a porta. Rose subiu as escadas e bateu numa porta no terceiro andar.

– É Rose – ela disse.

Jane abriu a porta, parecendo um tanto assustada, e Rose entrou.

– Aqui está Eddie. Pegue-o. Preciso de algum dinheiro para o táxi. Dê-me vinte ou trinta... ou alcance a minha bolsa.

– Aconteceu alguma coisa? Alguém a seguiu?

– Não. Onde está o dinheiro? Você subiu com a minha bolsa?

Eddie correu faceiro até o sofá e se sentou sobre uma das guardas, coçando a cabeça cheia de fuligem.

Rose desceu com sua bolsinha e pagou o motorista. Ele disse que o valor da corrida era 27, embora não tivesse ligado o taxímetro, e Rose lhe deu três de dez.

– Muitíssimo obrigada! – disse Rose com um sorriso.

– Ao seu dispor!

O táxi partiu.

Rose não queria subir de volta até o apartamento de Jane, mas sentiu que precisava dizer alguma coisa. Fazer um discurso e pôr um ponto final na história, pensou, e este era o momento mais adequado, e, graças a Deus, o motorista do táxi não havia dito mais nada a respeito de Eddie. Rose tocou a campainha novamente.

– Que fim levou a prataria? – perguntou Rose.

– Tommy acabou de levá-la. Chamei-o imediatamente... Peço desculpas por ter ficado com medo, Rosey querida, mas *fiquei*. Quebrar uma janela é loucura!

Rose sentiu-se aliviada ao saber que Tommy já tinha vindo e partido. Era um sujeito magricelo, ruivo, com um jeito atrapalhado de falar e o aspecto de uma pessoa inábil, mas até o momento ele nunca cometera um erro de que Rose tivesse conhecimento.

– Não se esqueça de dar um banho em Eddie, promete? – disse Rose.

– Eu sei que você gosta de fazer isso. Vá em frente... Não quer tomar um café? Preparo num instante.

– Estou de saída. – Rose não havia se sentado. – Sinto muito, Jane, mas o melhor é eu cair fora. Você mesma disse: cometi um erro hoje quebrando aquela vidraça.

Jane olhou para Rose, apoiando as mãos nos quadris, lançando um olhar para Eddie, que estava no sofá.

Eddie examinava com nervosismo as unhas de sua mão esquerda quase pelada.

– Se aconteceu alguma coisa – disse Jane –, é melhor que você me diga. Sou eu quem tem de encarar os fatos.

– Nada *aconteceu*. Quero apenas sair do negócio e... estou abrindo mão dos ganhos de hoje, obrigada. Eu... Você deixou as chaves no carro? Onde ele está?

– O que aconteceu com o taxista?

– Nada! Paguei a corrida e foi só.

– Ele viu Eddie?

– Bem, sim. Disse que era um animal de estimação que eu estava entregando. Melhor eu ir andando, Jane. Adeus, Eddie. – Rose se sentiu compelida a cruzar a sala e ir até o macaquinho para lhe afagar a cabeça.

Eddie lançou-lhe um olhar tristonho, como se houvesse entendido cada palavra da conversa, e começou a morder as unhas.

Rose tomou a direção da porta.

– Não se esqueça de lhe dar um banho. Ele ficará mais contente.

– Pro *inferno* com esse macaco! – exclamou Jane.

Rose desceu as escadas, tão amedrontada e vacilante quanto ela se sentia ao tocar as campainhas das portas alheias, ou enquanto esperava no carro que Jane fizesse seu trabalho. Tinha que ligar para Hank. Hank White era seu nome, e ele morava em algum lugar no Greenwich Village. Esperava, de algum jeito, que pudesse desencavar o número, porque não acreditava que fosse encontrá-lo na lista, o que a obrigaria a ligar para outra pessoa para consegui-lo. Ele viria, se fosse por Eddie. Nesse instante, percebeu que estava preocupada com o macaquinho. E Hank era a única pessoa a quem poderia falar sobre isso, porque Jane mantinha Eddie escondido das pessoas, mantinha-o num armário fechado quando alguém chegava (inclusive Tommy), espancando-o depois caso ele tivesse emitido guinchos. Rose finalmente encontrou seu carro. As chaves estavam no painel. Ela dirigiu para a sua casa, um apartamento a cerca de doze quilômetros dali.

Jane lavou o rosto e arrumou os cabelos oxigenados e encaracolados, a fim de se sentir melhor, mas não funcionou. Ela pegou um livro e jogou com força contra Eddie, como se rebatesse uma bola de tênis. O livro acertou Eddie no flanco.

– *Ic-Ic*! – ele gritou, saltando alguns centímetros no ar. Voltou uma face conturbada em direção a Jane e se preparou para saltar para qualquer um dos lados, caso ela tentasse acertá-lo novamente.

– Uma noite inteira dentro do armário lhe fará muito bem! – exclamou Jane, avançando em sua direção. – Começando agora!

Eddie escapuliu com facilidade por entre suas mãos esticadas, saltando sobre a moldura de um quadro em cima do sofá.

A pintura despencou, e Eddie aterrissou novamente no sofá, pegando uma bolsa térmica que estava jogada ali há muito tempo. Lançou o objeto contra Jane. O arremesso saiu curto.

– *Tchi-tchi-tchi-tchi-tchi*! – Eddie guinchava de modo intermitente, e seus olhos redondos estavam esbugalhados, expondo o interior rosado de suas pálpebras.

Jane estava determinada a capturá-lo e a escondê-lo. E se os policiais por alguma razão de repente batessem à porta? Ou a arrombassem? Que tipo de pistas não teria deixado para trás aquela estúpida da Rose? A seu favor, a comparsa só tinha mesmo um rostinho bonito e um carro veloz. Jane pegou a ponta da manta de algodão que cobria o sofá, tencionando lançá-la sobre ele para aprisioná-lo, mas Eddie saltou para o centro da sala. Jane puxou toda a manta e a estendeu bem, avançando na direção do macaco.

Eddie jogou um cinzeiro a curta distância que atingiu em cheio uma das faces de Jane. O cinzeiro caiu e se partiu no chão.

Jane tomou-se de fúria.

Agora Eddie estava sobre a bancada da cozinha americana, brandindo uma faca. Guinchando e chiando, ele pegou metade de um limão e jogou na mulher.

– Seu *inseto* miserável! – Jane murmurou, vindo em sua direção com a capa. Agora ela o havia encurralado.

Eddie se lançou para a frente, com as quatro patas, sobre o braço esquerdo de Jane e mordeu-lhe o polegar. Ele havia deixado a faca cair.

Jane gritou. Seu dedo estava ferido, o sangue escorrendo e pingando. Ela pegou uma cadeira. Ia matar o pequeno demônio!

Eddie desviou-se da cadeirada e, de súbito, atacou as pernas de Jane por trás, cravando-lhe os dentes num dos calcanhares e afastando-se logo na seqüência.

– Ai! – gritou Jane, mais de surpresa do que de dor.

Ela não havia sequer visto como ele fora parar às suas costas. Olhou para o machucado, mas percebeu que a ferida ainda não começara a sangrar. Daria um jeito *nele*! Fechou a única janela aberta para que ele não pudesse escapar e se dirigiu para a faca que estava no chão. Sentia-se suficientemente inspirada para lhe enterrar a faca no pescoço.

Eddie aproveitou para pular sobre as costas da mulher enquanto ela estava abaixada e dali até a nuca, fazendo com que Jane perdesse o equilíbrio e desabasse. Ela machucou de leve o cotovelo e, antes que pudesse ficar de pé, Eddie lhe aplicou uma mordida no nariz. Jane passou os dedos pelo local para se certificar de que seu nariz ainda continuava ali.

E Eddie se lançou em direção à maçaneta. Equilibrou-se numa das pernas traseiras e trabalhou na tranca principal, fazendo girar a trava interna da maçaneta. Se ele conseguisse girar a parte exterior ao mesmo tempo, poderia abrir a porta com um puxão. Teve, porém, que abandonar seu esforço ao ouvir os passos de Jane se aproximarem atrás de si. Eddie se abaixou bem no momento em que a ponta da faca se chocou contra a porta de metal.

– *Tchi-tchi*!

Jane perdera a faca. Eddie a pegou, subiu correndo pela cintura e pelo ombro de Jane e acertou-a na bochecha com a ponta da faca. Usou a faca como já vira as pessoas usarem, algumas vezes às estocadas, outras talhando, e então, subitamente, jogou a faca longe e saltou do ombro de Jane para uma estante de livros, chiando e guinchando. Eddie sentiu cheiro de sangue, e isto o assustou. Tomado de nervosismo, jogou um livro contra Jane, que não a atingiu.

Jane percebeu o sangue que lhe escorria pescoço abaixo. Era um absurdo que não conseguisse agarrar a pequena fera! Por um instante, sentiu como se não conseguisse respirar, que desmaiaria, então respirou profundamente e reuniu suas últimas forças.

Plof! Um livro acertou Jane no peito.

Bem, bem! Uma cadeirada dará um jeito no nosso Eddie!

Jane foi atrás da cadeira que havia caído ao seu lado. Quando havia se posicionado para aplicar o golpe, Eddie já abandonara a estante. Jane sentiu os pezinhos do macaco escalarem suas costas e, quando começou a se virar, viu de relance que Eddie estava com a manta nas mãos, e que já lhe ultrapassava a cabeça com ela. Jane perdeu o equilíbrio e caiu, chocando-se contra a cadeira que ela própria sustentava no ar.

Eddie saltava de um lado a outro do corpo estendido no chão, puxando a fina manta sobre sua inimiga. Pegou o objeto mais próximo – uma concha que estava próxima à entrada do apartamento – e agarrou-a firmemente com as duas mãos. Aproximou-se com o objeto e bateu no ponto em que a cabeça da mulher se movia sutilmente debaixo do pano. Eddie saltitava e dava cambalhotas, mas mantinha seus dedos aferrados à curva da concha, e voltou a aplicar mais um golpe. O *crac* era um som que enchia Eddie de satisfação. *Crac! Crac!* Ouviu um gemido surdo que vinha do corpo enrolado.

Então, sem nenhuma razão aparente, do mesmo modo com que havia largado a faca, Eddie largou a concha sobre o tapete e aplicou-lhe um chute nervoso com a pata traseira. Permitiu-se alguns guinchos e olhou ao redor, procurando por mais alguém que estivesse com ele na sala.

Escutou apenas o tique-taque do relógio do quarto para além do hall. Novamente, tomou consciência do cheiro de sangue e manteve certa distância da manta. Eddie suspirou, exausto. Pulou até a janela, tentou abri-la por um instante, mas desistiu. Ela teria que ser erguida e era pesada demais para ele.

Escurecia.

O telefone tocou. Acorreu à mente de Eddie a imagem familiar de Jane ou outra pessoa atendendo ao telefone, falando ao aparelho. Certa vez, havia sido ordenado a Eddie que atendesse uma chamada, ou lhe fora permitido, e ele havia derrubado o telefone, fazendo as pessoas rirem. Agora se sentia amedrontado e hostil em relação ao aparelho, ao corpo amontoado sobre o chão. Ele continuava a observar o embrulho para ver se se mexia, mas não. Eddie estava sedento. Saltou até a pia e procurou por um copo d'água ou algum recipiente que contivesse líquido, que sempre cheirava antes de beber, mas não encontrou nada que prestasse. Usando ambas as mãos, abriu a torneira e bebeu, com o auxílio de uma das mãozinhas em concha. Fez um esforço para fechar a torneira, que não foi muito bem-sucedido, e a deixou pingando.

O telefone parou de tocar.

Então Eddie abriu o refrigerador – sentindo-se um tanto desconfortável porque já havia sido repreendido e surrado por isso – e, sem enxergar nenhuma fruta no interior iluminado, pegou uma mão cheia de feijões cozidos que estavam em uma tigela e começou a mordiscá-los, fechou a porta com um golpe de sua pata traseira e com as outras três deu um salto. Sentiu-se repentinamente cansado, deixou cair os feijões por terra e pulou para uma cadeira de balanço, para dormir.

Quando a campainha da porta tocou, Eddie estava enrolado sobre o assento da cadeira de balanço. Ele ergueu a cabeça. O quarto estava mergulhado em trevas.

Subitamente, quis fugir. O cheiro de sangue se tornara terrivelmente forte. Ele podia abrir a porta da frente e sair, percebeu, a não ser que a mulher houvesse acionado a tranca especial, que exigia um molho de chaves tilintantes para ser aberta. Ela mantinha as chaves escondidas. Eddie apenas uma vez tivera sucesso com uma chave, por diversão, em algum lugar com Jane e Rose. As chaves geralmente eram muito duras para que ele conseguisse virá-las.

Buzz-buzz.

Era a campainha da porta de entrada do edifício, diferente da do apartamento, que fazia *ding*. Eddie não estava interessado na campainha, queria simplesmente dar o fora dali. Ele saltou de novo até a maçaneta e agarrou o pino central com a mão esquerda. Conseguiu fazê-la girar, mas a porta não se abriu. Tentou novamente, virando a maçaneta com o apoio dos pés. Então empurrou a trava da porta e ela se abriu em sua direção. Eddie saltou para o chão e escapuliu silenciosamente escada abaixo, balançando-se e usando como suporte o corrimão a cada curva entre os andares. A porta de entrada seria mais fácil – pensou –, e ele também poderia aproveitar para escapar quando a próxima pessoa entrasse.

Eddie pulou sobre a maçaneta branca e redonda, escorregou, e então tentou girá-la com o corpo esticado, os dois pés apoiados no chão. A porta se abriu.

– Eddie! Ed-die! O que está...

Eddie conhecia aquela voz.

– *Tchi-tchi!* – Eddie saltou nos braços de Hank, aconchegou-se no peito do homem, guinchando loucamente, sentindo que tinha uma longa e desesperadora história para lhe contar. – *Aieeee!* – Eddie estava até mesmo inventando novas palavras.

– O que está acontecendo, hein? – disse Hank suavemente, entrando no prédio. – Onde está Jane? – Deu uma olhada para o lance de escadas, fechou a porta atrás de si, aninhou Eddie com maior segurança entre sua jaqueta de couro e o suéter e subiu a escada avançando dois degraus de cada vez.

A porta de Jane estava semi-aberta e não havia luz no interior.

– Jane? – ele chamou, batendo uma vez. Então entrou. – Jane?... Onde fica a luz por aqui, pequeno Eddie? – Hank andou às apalpadelas e, após alguns segundos, encontrou o interruptor. Ouviu passos vindos do andar de cima e instintivamente fechou a porta. Alguma coisa estava errada. Olhou ao redor da sala, tomado de espanto. Ele já havia estado ali uma vez. – O que diabos aconteceu? – sussurrou para si mesmo. O lugar estava de cabeça para baixo. Um furto, pensou. Deixaram as coisas empilhadas no meio do chão e pretendiam voltar mais tarde.

Hank se moveu em direção ao enorme embrulho. Puxou a manta devagar.

– Minha Nossa Senhora!... Minha Nossa Senhora!

Eddie colou seu corpo ao de Hank e fechou os olhos, terrificado e desejando apenas se esconder.

– Jane? – Hank tocou-lhe o ombro, pensando que talvez ela tivesse apenas desmaiado. Tentou virá-la, e percebeu que o corpo estava bastante enrijecido e não de todo quente. Seu rosto e seu pescoço estavam cobertos por um sangue escuro. Hank piscou e se empertigou. – Há mais alguém aqui? – exclamou em direção ao quarto ao lado, aparentando mais coragem do que na verdade sentia.

Sabia que não havia mais ninguém ali. Aos poucos, foi se dando conta de que Eddie havia matado Jane com seus pequenos dentes, talvez com... Hank olhava para a faca de cozinha bem próxima ao corpo. Então viu a concha rosa e perolada.

– Desça, Eddie – ele sussurrou. Mas Eddie não queria de jeito nenhum largar o suéter.

Hank pegou a faca e depois a concha. Lavou ambas na pia da cozinha americana e observou o filete de um rosa esmaecido escorrer de dentro da concha. Virou-a de ponta-cabeça e fez com que a água que estava no interior dela saísse por completo. Secou-a muito bem com um pano de prato. Fez o mesmo com a faca. Jane deve ter atacado Eddie. Não fora isso que Rose havia suspeitado?

– Estamos de saída, Eddie! Sim, senhor! Sim, senhor!

Então Eddie ouviu o som reconfortante do zíper da jaqueta de Hank sendo fechada até em cima. Estavam descendo a escada agora.

Hank não se esquecera de limpar as maçanetas ao deixar o apartamento de Jane, e certificou-se de que a porta ficara bem fechada às suas costas, com um aspecto de perfeita normalidade. Hank pensara em chamar logo a polícia, enquanto ainda estava no apartamento de Jane. Na seqüência, porém, achou que era melhor deixar Eddie em casa em segurança para depois ligar. A verdade é que não fez nenhuma ligação. Não iria nem mesmo telefonar para Rose. Rose não queria tomar parte nessa história, e Hank sabia que ela ficaria de bico calado. O corpo logo seria encontrado, era a opinião de Hank, e ele não queria que Eddie levasse a culpa. A polícia, se ele tivesse ligado, iria questioná-lo a respeito do acontecido e, de um jeito ou de outro, descobriria alguma coisa sobre Eddie, mesmo que Hank tentasse escondê-lo. Assim Hank decidiu matar o tempo na rua Perry, no Greenwich Village, onde dividia o apartamento com outros dois jovens.

Dois dias depois, leu no jornal uma notícia que dava conta de que Jane Garrity, 42 anos, secretária desempregada, fora encontrada morta em seu apartamento em Red Cliff, New Jersey, vítima de um ataque perpetrado por um assaltante (ou assaltantes), ou até mesmo por um grupo de crianças, uma vez que os ferimentos e os machucados não haviam sido graves. A verdadeira causa da morte havia sido um ataque cardíaco.

Logo a polícia levantaria a ficha criminal de Jane, pensou Hank, e chegaria ao círculo que freqüentava. Eles que se preocupem. Hank se repreendeu por ter dado Eddie a Rose, mas ela se apaixonara pelo macaco-capuchinho, e Hank se sentira um tanto culpado quando rompeu com ela. Mas agora ele tinha Eddie de volta, e desta vez ficaria com ele. Eddie não mostrou mais interesse em abrir portas, pois estava feliz naquele lugar. Tinha um pequeno quarto só para si, com cordas para se balançar, um cesto que lhe servia de cama, liberdade total, e um dos amigos de Hank, um escultor, construíra para Eddie algo que se assemelhava a uma árvore e que ficava na sala de estar. Hank começou a escrever um longo poema épico sobre Eddie, no qual a história de sua vida seria mascarada, metamorfoseada, recontada de forma alegórica. *O macaco conquistador*. Apenas Hank e Eddie sabiam toda a verdade.

Hamsters versus Websters

As circunstâncias sob as quais Julian e Betty Webster e seu filho de dez anos, Laurence, adquiriram uma casa no campo, um cachorro e vários hamsters foram um tanto repentinas e inesperadas para a família, e, no entanto, todas se deram ao mesmo tempo.

Uma tarde, em seu escritório climatizado na cidade de Filadélfia, John sofreu um ataque cardíaco. Sentiu a pontada, desabou no chão e foi removido para o hospital. Ao se recuperar, cinco dias depois, seu médico teve uma conversa das mais sérias com ele. Julian teria que parar de fumar, reduzir sua jornada de trabalho para cinco ou seis horas diárias, e uma atmosfera campestre seria bem melhor para ele do que viver num apartamento em Filadélfia. Julian ficou chocado. Fez notar ao médico que tinha apenas 37 anos.

– Você não percebe o que vem fazendo com seu organismo? – replicou o médico, calmo e sorridente. – Conversei com sua mulher. Está ansiosa para fazer essa mudança. Ela se preocupa com sua saúde, mesmo que você não o faça.

Julian, evidentemente, teria que ceder. Amava Betty e podia perceber que o conselho do médico era razoável. E Larry estava pulando de alegria. Eles iriam ter uma verdadeira casa no campo, com terra, árvores, espaço – muito melhor do que o *playground* sem graça de cimento do prédio, que era o único lugar no qual Larry tinha consciência de ter morado, uma vez que sua família se mudara para lá quando ele tinha cinco anos.

Os Webster encontraram uma casa de dois andares, branca, com quatro gabletes, e um terreno de mais de meio hectare, a 27 quilômetros de Filadélfia. Julian sequer teria que dirigir até seu escritório. A firma na qual trabalhava mudara seu trabalho de gerente de vendas para consultor de vendas, que Julian entendeu como um eufemismo para caixeiro-viajante. Mas seu salário se manteve o mesmo. A Olympian Pool constrói piscinas em todos os tamanhos, formatos e cores, com ou sem aquecimento, além de prover dispositivos de aspiração e filtragem da água, purificadores, sistemas de jato e produção de bolhas, sem falar em todo tipo de trampolins. E Julian, de acordo com seu próprio juízo, causava boa impressão como homem de vendas. Suas visitas eram agendadas de acordo com as respostas às malas-diretas enviadas anteriormente. Assim, tinha a certeza de que seria recebido. Julian não era um sujeito nervoso. Seus modos eram tranqüilos e sinceros, não se importava com as dificuldades que aparecessem no meio do percurso nem com despesas não-planejadas de início. Julian mordia o bigode ruivo, ponderava e expressava sua opinião com o ar de um homem que estivesse expressando seus próprios pensamentos em voz alta.

Agora, Julian se levantava às oito, dava uma volta por seu jardim em fase de cultivo, tomava um desjejum que consistia em chá e um ovo cozido em vez de café e cigarros, dava uma olhada no jornal e fazia as palavras cruzadas – tudo de acordo com as recomendações médicas – antes de partir no seu carro, por volta das dez. Voltava para casa lá pelas quatro da tarde, e seu expediente estava encerrado. Nesse meio tempo, Betty media as cortinas das janelas, comprava mais tecidos e alegremente tomava conta dos detalhes necessários para transformar a nova casa, bem maior que o apartamento, num verdadeiro lar. Larry havia mudado de escola e não vinha enfrentando problemas. Era março. Larry queria um cachorro. E havia um criadouro de coelhos nos limites da propriedade. Por que eles não poderiam ter alguns?

– Coelhos dão muitas crias – disse Julian. – O que podemos fazer com elas a não ser vender? E não queremos começar um negócio desse tipo. Vamos ficar com o cachorro, Larry.

Os Webster foram até a loja de animais da cidadezinha mais próxima com a idéia de descobrir um canil onde pudessem comprar um terrier ou um filhote de pastor alemão, mas na loja havia uns filhotinhos de bassês tão esplendorosos que Betty e Larry deram por encerradas suas buscas.

– Ele é muito saudável! – disse a mulher da loja, aninhando nos braços um filhote orelhudo, mesclado de marrom com branco.

Isto era óbvio. O filhote arreganhou os dentes, babando e se remexendo com sua pele enrugada, pronto para se desenvolver com a ajuda dos biscoitos caninos, rações e suplementos vitamínicos que Julian comprara na loja.

– Veja só isso, papai! – disse Larry, apontando para alguns hamsters que estavam na gaiola. – São menores que coelhos. Poderiam viver nos pequenos *quartinhos* que nós temos.

Julian e Betty concordaram em comprar dois hamsters. Apenas dois, duas criaturinhas adoráveis com seus pêlos limpos e macios, seus olhinhos inocentes e inquisitivos, seus narizinhos frenéticos.

– Todo aquele espaço deve ser um pouco preenchido! – disse Betty. Ela estava tão feliz quanto Larry com as compras do dia.

Larry prestou atenção no que a mulher da loja lhe disse a respeito dos hamsters. Eles deviam ficar abrigados do frio durante a noite, alimentavam-se de cereais e grãos de todo tipo, além de verduras como cenoura e couve-nabo. Eram animais noturnos e não gostavam da luz direta do sol. Larry instalou seus dois bichinhos num dos cubículos do criadouro de coelhos. Eram ao todo seis cubículos, três em cima, três embaixo. Providenciou água e uma tigela com pão, além de um potinho com milho doce que ele achou numa lata na cozinha. Encontrou uma caixa vazia de sapato, que encheu com velhos retalhos, e esta, ele esperava, seria a cama dos hamsters. Como iria chamá-los? Tom e Jerry? Não, afinal eram macho e fêmea. Jack e Jill? Muito juvenil. Adão e Eva? Larry achou que o melhor era deixar os nomes para depois. Ele sabia dizer qual era o macho por uma mancha preta na cabeça que o bichinho tinha entre as orelhas.

E ainda havia o cachorrinho. Na primeira noite o filhote comeu, fez xixi, dormiu e então, às duas da manhã, acordou para brincar. Todos acordaram, porque o cachorrinho saiu de sua caixa junto ao aquecedor e começou a arranhar a porta de Larry.

– Eu o *amo*! – disse Larry, semi-adormecido, rolando pelo chão de pijamas e com o cachorrinho nos braços.

– Oh, Julian – disse Betty, jogando-se nos braços do marido. – Que dia maravilhoso! Isto não é muito melhor do que morar na cidade?

Julian sorriu e beijou a mulher na testa. Era melhor. Julian estava feliz. Mas não queria expressar isso por meio de um discurso. Estava enfrentando a dureza de largar o cigarro e agora começava a ganhar peso. Se não era uma coisa, era a outra.

Larry, no quarto enorme e todo seu, foi dar uma pesquisada sobre hamsters na *Enciclopédia Britânica*. Descobriu que eles pertenciam à ordem *Cricetus frumentarius*, da família *Muridae*. Cavavam tocas que podiam chegar a um metro e oitenta de profundidade, verticais e sinuosas. No fundo, em três ou quatro câmaras, os hamsters estocavam os grãos que lhes serviriam de alimento no inverno. Machos, fêmeas e suas crias dormiam em divisões separadas. Quando estas últimas atingiam apenas três semanas, eram expulsas da toca paterna para que tratassem de cavar as suas. Uma fêmea podia parir até doze crias por vez, e de 25 a 50 durante os oito meses do ano em que passava fértil. A partir da sexta semana de vida, a fêmea já estava pronta para engravidar. Por quatro meses do ano, ou durante o inverno, os hamsters hibernavam e se alimentavam dos grãos que haviam armazenado em suas tocas. Entre seus inimigos estavam as corujas e os homens que, nos tempos remotos, escavavam suas tocas a fim de obter os grãos que os hamsters haviam estocado.

– Uma dúzia de bebês de uma tacada só! – disse Larry para si mesmo, assombrado. Passou-lhe rapidamente pela cabeça a idéia de vendê-los para seus camaradas da escola, mas foi apenas um pensamento passageiro. Era mais agradável sonhar com uma dúzia de pequenos hamsters cobrindo o chão do criadouro de um metro por um metro onde agora estava o casal. Provavelmente conseguiriam encher os seis compartimentos do criadouro antes que chegasse a época da hibernação.

Mal haviam passado seis semanas quando Larry olhou através da portinhola gradeada do criadouro e viu dez hamsters pequenininhos mamando ou tentando mamar na barriga da fêmea que Larry batizara de Glória. O garoto acabara de chegar da escola no ônibus amarelo. Ele deixou a pasta com os livros cair no chão e pressionou a face contra as grades.

– Deus do céu! Dez... não, *onze*! – Larry saiu correndo para contar a novidade. – Ei, mamãe!

Betty estava no andar de cima, fazendo a barra de uma manta para o sofá na máquina de costura. Ela desceu para admirar os bebezinhos e assim agradar Larry.

– Eles não são adoráveis? Parecem ratinhos brancos!

Na manhã seguinte, havia apenas nove filhotinhos no criadouro, que Larry cuidadosamente forrara com jornal para que não escapassem pelo espaço entre as grades. Onde tinham ido parar os outros? Então ele se lembrou, com um calafrio de horror, que a *Enciclopédia Britânica* informava que a mãe dos hamsters freqüentemente comia as crias mais fracas ou inferiores. Larry supôs ser esta a explicação para o desaparecimento.

Julian chegou em casa às quatro e meia, e Larry o arrastou para lhe mostrar os pequeninos.

– Eles não perdem tempo, não é verdade? – disse Julian.

Não estava, de fato, muito surpreso, uma vez que os hamsters eram parentes dos coelhos, mas queria dizer a coisa certa para seu filho. A cabeça de Julian naquele momento estava ocupada pela idéia de uma piscina, e ele saiu caminhando com a valise debaixo do braço para dar mais uma olhada no gramado.

Larry o seguiu, pensando que o gramado poderia oferecer uma área enorme para que os hamsters cavassem suas tocas quando o inverno chegasse – embora ainda faltasse muito tempo. Certamente seria melhor para os hamsters hibernarem nas profundezas da terra do que no ambiente artificial do criadouro. Tinham que ter o direito de enterrar seus suprimentos de grãos, como dizia na enciclopédia. O bassê saiu pulando para se juntar a Larry, que lhe afagou a cabeça enquanto tentava prestar atenção ao que seu pai dizia.

– ... ou uma piscina azul-clara, pequeno Larry? De que formato? Rim? Bumerangue? Trevo?

– Bumerangue – respondeu Larry, porque gostara do som da palavra.

Julian queria encomendar logo a piscina junto à companhia. A Olympian Pool estava sempre cheia de pedidos nos meses de primavera e verão, e, longe de conseguir prioridade por ser funcionário, Julian estava ciente de que teria que esperar um bocado de tempo. A Olympian se gabava de fazer uma piscina em uma semana. Julian esperava que pudesse obter a sua antes do final do verão.

Larry havia trazido alguns de seus camaradas da escola até sua casa para um leite com biscoitos e para lhes mostrar os seus hamsters. Os filhotinhos eram a grande atração do momento. Um par de colegas quis pegar as crias na mão, o que Larry permitiu, depois de separá-las da mãe. Larry agarrou a hamster pelo cangote, como aconselhavam os livros.

– Sua mãe não se importa com os bebês? – perguntou Eddie Carstairs, num tom defensivo.

– Por que? – perguntou Larry. – Os bichinhos são meus. Eu é quem cuido deles.

Eddie olhou de soslaio por cima do ombro para ver se a mãe de Larry não estava vindo.

– Posso lhe dar mais uns quantos se você quiser. Meus pais querem que eu me livre deles. Mas o velho não tem coragem de afogá-los, sabe? Bem... se você quiser ficar com eles...

Imediatamente acertaram tudo. Na tarde seguinte, Eddie veio em sua bicicleta por volta das quatro da tarde, com uma caixa de papelão presa ao guidão. Tinha dez bebês hamsters para Larry, de duas ninhadas diferentes, por isso não tinham a mesma idade, mais três hamsters adultos, dois dos quais tinham manchas alaranjadas, que Larry considerou belíssimas, já que introduziam uma nova coloração ao seu criadouro. Eddie agia furtivamente.

– Você não precisa se preocupar – disse Larry. – Minha mãe não se importa.

– É o que você pensa. Espere e verá – disse Eddie, recusando polidamente o convite de entrar para uma torta de maçã e um copo de leite.

Larry soltou dois dos hamsters adultos no jardim e assistiu com prazer o modo como eles mexiam os narizes, farejando sua nova liberdade, cheirando as íris, mordiscando a grama, seguindo em frente. Então, Sr. Johnson, o bassê, chegou pulando e começou a perseguir um dos hamsters que, de súbito, desapareceu no meio de um arbusto de lavanda, deixando o Sr. Johnson desconcertado. Larry gargalhou.

Alguns dias mais tarde, Betty percebeu que havia novos bebês em compartimentos até então vazios do criadouro.

– De onde vieram esses?

Larry sentiu que havia na voz da mãe um tom levemente reprovador.

– Ah, uma das crianças da escola. Eu disse que tinha espaço. E... bem, você sabe, sou bom em cuidar dos bichinhos.

– Isto é verdade. Agora, escute, Larry. Dessa vez, passa. Mas nós não queremos muitos deles, certo? Você sabe que todos esses irão se reproduzir.

Larry concordou educadamente. Seus pensamentos voavam. Seu status crescera na escola desde que se tornara um criador e um conhecedor de hamsters, e possuía um criadouro equipado de verdade para as necessidades dos animais e não uma caixa de papelão improvisada ou uma velha caixa de madeira. Outro pensamento que ocupava a mente de Larry é que ele podia soltar os adultos ou mesmo os hamsters mais jovens, a partir de três semanas de idade, para brincar no jardim quando ele quisesse. Por ora, pretendia fazer do seu criadouro uma espécie de pensão para os hamsters dos seus amigos. Pelo menos outros quatro colegas mantinham hamsters e já enfrentavam problemas com a proliferação.

Certa tarde, três homens chegaram junto com seu pai para dar uma olhada no gramado a fim de planejar o espaço para a piscina. Larry os acompanhou à distância, vigiando as saídas de certas tocas de hamster que ele havia escondido com folhas e galhos. Algumas saídas, porém, eram bem visíveis, e ele ouvira o pai dizer à mãe certa vez: "Malditas *toupeiras!*". Seu pai deveria dar duas voltas correndo ao redor do gramado, todas as manhãs, mas nem sempre o fazia.

Agora um operário com um macacão azul e uma fita métrica afundou o pé até o tornozelo num dos buracos e riu.

– As toupeiras nos ajudarão um pouco, não acha, Julian? Parece que elas já fizeram metade do trabalho por aqui!

– Ã-hã! – concordou Julian, sendo amigável. Enquanto isso, falava com outro operário sobre o formato de bumerangue, dizendo-lhe em que ponto queria posicionar o arco superior. – E não se esqueça de que eu e minha mulher queremos aproveitar a terra que vai ser deslocada para criar uma espécie de pequena colina, quem sabe um pequeno jardim com pedras, você sabe. Mais ou menos lá – e apontou para um ponto entre ele e uma pereira. – Sei que tudo isso está no projeto, George, mas fica bem mais claro quando você pode ver a terra diante dos olhos.

Isto se deu no final de maio. Larry já tinha agora uma segunda ninhada dos seus hamsters originais. O outro hamster que ficou no criadouro era uma fêmea, e logo ela teve uma ninhada com o macho original, a quem Larry dera o nome de Pirata por causa de uma mancha negra que se assemelhava a um tapa-olho. Larry acreditava que se mantivesse a população de seu criadouro em cerca de vinte exemplares – três adultos e uma dúzia de filhotinhos – seus pais não iriam reclamar. Uma vez que os hamsters são animais noturnos, ninguém via os que viviam no jardim durante o dia, nem mesmo Larry. Mas ele sabia que os bichos estavam cavando túneis e que estavam a pleno vapor, porque era possível ver as saídas das tocas em vários lugares ao longo do gramado e do jardim, além de acompanhar o desaparecimento das sementes, dos grãos de milho e dos amendoins que ele deixava à tarde. Larry agora tinha uma bicicleta, não precisava mais pegar o ônibus para a escola, e assim gastava quase toda sua semanada de três dólares em comida para os hamsters, comprada numa mercearia que tinha uma seção de produtos para animais.

Tudo estocado em algum lugar! Ou então devorado de uma só vez, pensou Larry, porque certamente era muito cedo para começar a estocar para o inverno. Ele sabia que o jardim estava infestado pelos hamsters de três semanas de idade. Larry sentia-se tentado a cobrar 25 centavos por cada hamster que recebia dos seus camaradas na escola e dez centavos pelos bebês, para ajudar a pagar a comida, mas hesitava. Na sua fantasia, imaginava-se uma espécie de protetor universal dos hamsters, o benfeitor que lhes dava uma vida mais feliz do que haviam tido até então, quando viviam em caixas apertadas.

"O paraíso dos hamsters!", dizia Larry para si mesmo, à medida que julho avançava. Era época de férias. Duas novas ninhadas haviam acabado de nascer no criadouro. E outras estariam nascendo no subsolo? Larry acreditava que sim. Imaginava as tocas de acordo com a descrição da enciclopédia: com dois metros de profundidade e bastante tortuosas. Como era fascinante imaginar que o mesmo chão que ele pisava estava sendo usado por famílias inteiras como abrigo e depósito de comida, quartos seguros – um *lar*! E ninguém podia dizê-lo vendo da superfície. Que coisa boa seu pai ter parado de correr, pensou Larry, porque mesmo ele, Larry, afundava o pé de vez em quando na entrada de uma toca por descuido. Seu pai, sendo mais pesado, afundaria ainda mais e pensaria logo em se livrar dos hamsters – ainda que ele achasse se tratar de toupeiras. Larry se parabenizou pelo fato de que sua maneira um tanto furtiva de alimentar os animais que viviam no gramado estar dando certo.

No entanto, este mesmo fato obrigou Larry a contar uma mentira, que lhe pesava um pouco na consciência. Eis como se deu a cena.

Uma tarde, quando estava na cozinha, sua mãe fez a seguinte observação:

– Até que os bichinhos não se multiplicaram tanto como eu havia imaginado. Para lhe ser bem sincera, Larry, estou muito contente. Não tive nenhum trabalho...

– Dei alguns para os garotos da escola – disse Larry, interrompendo-a e sentindo-se imediatamente péssimo.

– Ah, agora entendo. Pensei que alguma coisa fora do comum estivesse acontecendo com eles – sorriu Betty. – Estive lendo a respeito deles, e parece que eles lutam contra as toupeiras... e as destroem. Seria uma boa idéia se colocássemos alguns deles no jardim. O que você acha, Larry? Pode dar um jeito de separar um casal?

A face levemente sardenta de Larry se abriu num sorriso.

– Acho que os hamsters vão adorar.

Depois disso, em questão de dez dias, as coisas avançaram na velocidade da luz, ou assim pareceu a Larry. Por um momento, estava deitado na cama, lendo livros, apoiado num travesseiro, sob a deliciosa luz do sol. Seus hamsters no criadouro estavam gordos e faceiros. O pai de Larry esperava ansiosamente pela última semana de julho e as duas primeiras de agosto, seu período de férias. Larry soubera que não iriam viajar nesse verão, afinal havia um rio não muito distante em que se podia pescar, e Julian, por conselho do médico, faria um bom exercício dedicando-se à jardinagem. Tudo estava no seu lugar, até que os homens da piscina chegaram na última semana de julho.

Chegaram cedo, por volta das sete da manhã. Larry acordou com o barulho dos dois enormes caminhões e assistiu a tudo de sua janela. Eles estavam entrando no gramado com uma escavadeira! Larry ouviu o pai e a mãe conversando no corredor em frente ao seu quarto, e então Julian desceu as escadas e correu em direção ao gramado. Larry viu tudo acontecer: o pé esquerdo de seu pai afundou de repente, e ele caiu de mau jeito.

Em seguida, ouviu-se Julian gritar de dor.

Um dos operários ergueu Julian gentilmente pelos ombros. Julian ficou sentado na grama. Betty correu. Julian não estava se erguendo. Betty correu de volta para a casa.

Então o médico chegou. Julian estava estirado sobre o sofá do primeiro piso, o rosto contraído e empalidecido pela dor.

– O senhor acha que houve fratura? – perguntou Betty ao médico.

– Acho que não, mas é melhor batermos uma chapa. Tenho umas muletas lá no carro. Vou lá buscá-las, e se o seu marido conseguir pelo menos me acompanhar até o meu carro...

A escavadeira já estava no gramado: roncando, gemendo, escalavrando. Larry estava mais preocupado com as tocas dos seus hamsters do que com o próprio pai.

Julian estava de volta em menos de duas horas, apoiado em muletas, o pé esquerdo enfaixado e imobilizado, com um suporte de metal na sola para caminhar quando seu tornozelo melhorasse. E ele voltara de péssimo humor.

– Aquele gramado está todo perfurado! – disse Julian a Betty e também a Larry, que estava na cozinha tomando um segundo café-da-manhã com leite e rosquinhas. – Os operários disseram que são hamsters e não toupeiras!

– Bem, querido, a escavação... a escavação pelo menos expulsará alguns deles – disse Betty, de modo cauteloso.

Julian focou o olhar sobre o filho.

– Está perfeitamente claro, Larry, que você andou colocando os hamsters para viverem diretamente no jardim. Você não nos disse nada. Ou seja, você *mentiu* para a gente. Você jamais devia ter...

– Mas eu não *menti* – interrompeu Larry, tomado de pânico, uma vez que para seu pai a palavra "mentira" estava entre as piores do vocabulário. – Ninguém me perguntou sobre os... os... – Larry estava de pé, tremendo.

– Você levou sua mãe a pensar, o que é o mesmo que estar mentindo, que os dois que você soltou recentemente no gramado eram os únicos. Isto é uma mentira deslavada, pois o gramado está cheio de buracos e túneis e Deus sabe bem por quê!

– Querido, não se altere – disse Betty, temendo um novo ataque cardíaco. – Há sempre solução para tudo... Mesmo que haja muitos buracos e outras coisas mais. Podemos chamar os desratizadores.

– Você está certa! – exclamou Julian. – E vou fazer isso agora mesmo! – Saiu caminhando com o amparo das muletas em direção ao telefone.

– *Deixa* que eu ligo pra eles – disse Betty. – Vá descansar. Na certa, você ainda está com muita dor.

Julian não seria dissuadido. Larry assistia a tudo, respirando com dificuldade. Nunca vira o pai tão furioso. *Desratizadores.* Isto significava o uso de um veneno provavelmente mortal. Talvez os homens ficassem lá fora com tacos e matassem os hamsters a pauladas quando saíssem de suas tocas. Larry mordeu os lábios. Deveria tentar espantar alguns agora e recolhê-los colocando-os de volta no criadouro onde era seguro? Quantas tocas povoadas de filhotinhos não estavam sendo destruídas pelos homens da piscina neste momento?

Larry olhou através da janela da cozinha. A escavadeira já fizera uma das asas do formato de bumerangue e agora trabalhava na segunda asa, como se estivesse delimitando a área. Mas, apesar disso, não se avistava nenhum hamster. Larry olhou para todos os lados, mesmo para os limites do jardim. Imaginou seus hamsters mergulhando ainda mais nas profundezas da terra, perguntando-se o que estaria causando toda essa reverberação. Mas eles só podiam estar a um metro e oitenta de profundidade, enquanto que a piscina em certos lugares certamente chegaria a quatro metros.

– Cambada de desgraçados! – esbravejou Julian, batendo o telefone.

Larry suspendeu a respiração e ficou escutando.

– Querido, um deles disse que talvez pudesse vir amanhã. Por que não o chamamos? – perguntou Betty.

Larry escapou pela porta da cozinha, pretendendo acompanhar o trabalho dos operários e, se possível, salvar alguns hamsters. Por essa razão, fez um desvio na sua trajetória e passou na despensa em busca de uma caixa de papelão. Chegou ao local da escavação bem a tempo de ver a enorme lâmina dentada se erguer com um bocado de terra, bem num ponto em que ele sabia haver a saída de uma das tocas. Larry tomou-se de uma fúria inútil. Queria gritar e mandar que parassem. Por sorte, lembrou-se de que os hamsters sempre tinham uma saída secundária.

Foi breve sua sensação de conforto. Quando olhou para dentro do buraco que estava sendo produzido pela escavadeira, viu parte de um túnel exposto, com tamanha nitidez que parecia um daqueles cortes longitudinais dos diagramas da enciclopédia. E lá, no fundo do buraco, estavam três ou quatro pequeninos – expostos, praticamente a um metro de profundidade, contorcendo-se! Onde estavam os pais deles?

– Pare! – gritou Larry com uma voz aguda, gesticulando com os braços para o homem no comando da escavadeira laranja. – Há animais *vivos* ali!

O homem na escavadeira provavelmente não o ouviu. A grande lâmina desceu novamente e atingiu um ponto abaixo da câmara em que estavam os bebês.

– Qual é o problema, garoto? – perguntou um outro operário que se aproximara de Larry. – Há muito mais desses espalhados por toda parte. Pode ter certeza!

– Mas são bichinhos de estimação!

O homem meneou a cabeça.

– Seu pai está de saco cheio desses bichos, você sabe. O gramado está infestado! Dê uma olhada. Agora, não chore, garoto! Se matarmos alguns, ainda restarão centenas para você espalhados por aí!

Antes que Larry pudesse se recompor e assegurar ao homem que não estava chorando, este já havia se afastado.

O resto do dia foi uma carnificina. Julian foi novamente para o telefone durante o intervalo do almoço dos operários. Larry saiu com sua caixa de papelão para tentar resgatar alguns hamsters, adultos ou bebês, mas não encontrou nenhum. Betty fez um almoço simples, e Julian, que continuava emburrado demais para comer, mal tocou na comida. Ele falava em acabar com os hamsters com as próprias mãos, enfiando pedaços de madeira em chamas nos buracos, do mesmo modo que os fazendeiros de Massachusetts, onde ele fora criado, costumavam fazer com as toupeiras.

– Mas Julian, os desratizadores... – Betty lançou um olhar para o filho. – Provavelmente terão um horário para daqui a alguns dias. Sexta-feira, eles disseram. Você não deve ficar assim nervoso por causa de uma bobagem. Isto faz mal para a sua saúde.

– Ah, diabos, um cigarro agora cairia tão bem! – disse Julian. Ergueu-se, deixou cair uma muleta, juntou-a e percorreu o caminho até a mesa do telefone, onde sempre havia um maço de cigarros.

Betty reduzira o número de cigarros para cinco por dia, sempre fumados quando Julian não estava perto dela. Agora ela suspirou e olhou para Larry, que tinha os olhos cravados no prato.

A principal razão da fúria de seu pai, pensou Larry, residia no fato de ter sido proibido pelo médico de fumar nos próximos meses, além da orientação para reduzir sua jornada de trabalho – coisas desse tipo. Como alguém poderia ficar tão irritado só por causa dos hamsters? Era um absurdo. Larry pediu licença e deixou a mesa.

Subiu as escadas e se jogou na cama. Sabia que não iria durar muito, mas sentiu-se bem dando vazão ao pranto. Sentia-se quase mergulhado no sono, quando o som da escavadeira o despertou. Eles iriam atacar novamente. Seus hamsters! Larry desceu correndo os degraus, com a idéia de tentar novamente resgatar os desabrigados com sua caixa de papelão. Quase trombou com Julian, que se chegava à porta da cozinha.

— Betty, você não vai acreditar! – disse Julian para sua esposa, que estava junto à pia. — Não há um palmo sequer do maldito gramado que não esteja infestado! Larry... Larry, você como demolidor de propriedades é imbatível! Conseguiu destruir a sua *própria*!

— Julian, por favor! – pediu Betty.

— Não consigo entender como você não percebeu! – disse a ela Julian. – Se eu pegar uma dessas muletas e apoiar sobre o gramado, sabe o que vai acontecer? Ela vai afundar!

— Bem, não saio por aí espetando muletas no chão! – retrucou Betty, mas ela estava mesmo era se perguntando se poderia oferecer um dos seus tranqüilizantes (dos antigos; havia pelo menos dois anos que ela não tomava uma pílula) a Julian, ou deveria simplesmente ligar para o médico, para o médico da família? E se ele tivesse outro ataque? — Querido, você não quer tomar um calmante?

— Não! – gritou Julian. — Não tenho tempo! – Retomou as muletas e saiu.

Larry também saiu timidamente, dirigindo-se para o seu criadouro, sentindo uma alegria calorosa ao ver Gloria e Pirata se alimentando no potinho de grãos de trigo, e sete ou oito jovens hamsters dormindo sobre a palha.

— Ei, Larry! – chamou seu pai. — Você poderia juntar alguma lenha? Gravetos! Ache por aí!

Larry respirou profundamente, odiando tudo aquilo, odiando seu pai. O velho tentaria fazer fumaça para espantar os hamsters até a superfície. Larry obedeceu, fazendo uma espécie de operação tartaruga, recolhendo gravetos que estavam debaixo de arbustos. Uns cinco minutos depois, Julian gritou para ele que andasse mais depressa. A mãe de Larry saíra também da casa, e o menino a ouviu protestar de modo um tanto vago, e logo ela também foi recrutada por Julian para o terrível trabalho. Betty foi buscar estacas na despensa, estacas, Larry sabia, que seriam usadas na plantação de tomates.

Enquanto avançava em direção à churrasqueira no terraço, Larry deparou-se com uma imagem que o fez primeiro congelar e depois sorrir. Um par de hamsters, parados sobre as patas traseiras, junto aos louros, parecia conversar de um modo ansioso.

– Larry, leve os gravetos até a churrasqueira! – Julian gritou, e Larry retomou o que estava fazendo.

Quando voltou a olhar para o local, os hamsters haviam desaparecido. Teria sido apenas sua imaginação? Não. Ele os tinha visto.

Car-rumpf! A escavadeira retirou mais um pedaço do terreno.

Betty se uniu a Larry junto à janela, despejou um pouco de óleo sobre o carvão e acendeu um fósforo. Larry adicionou penosamente seus gravetos à churrasqueira.

– Alcance-me as estacas, querido – disse Betty.

O menino obedeceu.

– Ele não vai atacar os bichinhos com as estacas, vai? – perguntou Larry, quase chorando. Queria enfrentar o pai com os próprios punhos. Se pudesse enfrentá-lo em um combate de homem para homem, certamente não estaria, como um covarde, próximo às lágrimas.

– Oh, não, querido – disse a mãe em seu tom macio e artificial, que sempre denotava a iminência de uma crise. – Ele só vai expulsá-los com a fumaça. Então você poderá apanhá-los e colocá-los de volta no criadouro.

Larry não acreditou em uma palavra do que foi dito.

– E quanto aos pequenininhos? Os que estão debaixo da terra? Sem os pais?

Betty apenas suspirou.

Com um ar feroz, Larry observou seu pai enfiar no solo a ponta de uma de suas muletas. Sabia que ele havia encontrado uma toca de hamster e que tentava alargá-la, de modo que os gravetos em chamas pudessem chegar até o fundo.

– Leve estes para seu pai, querido – disse Betty, alcançando a Larry dois pedaços de madeira incandescentes com pelo menos um metro cada. – Não importa se eles apagarem. Apenas os mantenha afastados de você.

Larry cruzou o gramado com as duas "tochas".

– Rá! – sorriu um dos operários. – Você precisará de bem mais do que isso.

Larry fingiu não ouvir. Alcançou os pedaços de madeira para Julian sem olhá-lo na cara.

– Obrigado, meu garoto – disse Julian, e enfiou uma das ripas fumegantes em um buraco com dez centímetros de diâmetro. A ripa como que desapareceu, deixando apenas uns poucos centímetros visíveis acima do solo. – Ah, mas que beleza! – disse Julian num tom de satisfação. – Pegue este outro. Siga-me.

Larry pegou uma das ripas na qual o fogo já se apagara, mas cuja fumaça fez o menino fechar os olhos por um instante. Seu pai havia encontrado dois buracos, o outro a apenas um metro de distância. A segunda ripa entrou nesse último.

– Esplêndido. Traga mais madeira, Larry!

O menino caminhou de volta para o terraço. O buraco em forma de bumerangue estava bastante avançado, já se assemelhando ao seu formato final, e Larry fez questão de passar longe dele. Não se sentia em condições de olhá-lo, de ver os lares dos hamsters destruídos. Mas os dois hamsters que ele avistara sobre a terra o haviam confortado: talvez todos tivessem conseguido escapar a tempo, antes de serem asfixiados. Larry carregou mais ripas para seu pai, seis, oito, talvez doze. O sol começava a se pôr. A escavadeira recuou e baixou sua lâmina dentada, como se pretendesse descansar pelo resto da noite.

— Vamos, hamsters! Saiam! – disse Larry em voz alta. – Logo tudo estará escuro! Será *noite*! – Ainda devia haver alguns buracos por onde pudessem escapar, pensou.

O grande gramado retangular fumegava em uma dúzia de pontos, mas Larry estava maravilhado ao ver que duas ou três ripas não haviam produzido nenhuma fumaça visível acima da linha do solo. Ele havia reacendido diversas madeiras para seu pai. O cachorrinho, Sr. Johnson, havia se retirado para dentro de casa, incomodado pela fumaça.

Julian trazia um sorriso amplo quando se aproximou da churrasqueira do terraço, que Betty continuava alimentando. Os operários haviam partido.

— Isto lhes dará algo com que se ocupar! – ele disse, ao observar a extensão do terreno. – Larry, meu garoto, você pode ir até lá e recolher as ripas que se apagaram?

— Deixa que eu vou, Julian – disse Betty. – É melhor você entrar e descansar, querido. Tenho certeza de que você não devia estar zanzando por aí com o tornozelo desse jeito. O médico não ia gostar nem um pouco do seu comportamento.

— Rá, rá! – disse Julian.

Larry evitava olhar para o pai. Tinha a nítida impressão de que diante das circunstâncias a gargalhada de seu pai parecia a de um homem louco. Larry permaneceu num dos cantos do terraço, apertando os olhos para ver se algum hamster saía do subsolo. Mas e os bebês!? Eles nasciam cegos, e algumas das pobres criaturinhas sequer seriam capazes de enxergar uma possível rota de fuga.

Betty retornou com três pedaços de madeira dos quais a fumaça e o fogo haviam se extinguido completamente, colocando-os de novo em contato com os carvões.

— Um pouco mais de óleo – disse Julian. – Estou começando a achar que conseguiremos!

— Não é bom para as rosas todo esse calor e essa fumaça, Julian – disse Betty.

Julian virou ele mesmo o óleo, deixando cair a lata, o que o obrigou, junto com a mulher, a dar um salto para trás a fim de escapar das chamas que se ergueram rapidamente. Não havia muito combustível na lata. Julian deu uma nova risada. Betty ficou mais nervosa e um bocado irritada.

– Basta, Julian. Vamos encerrar as coisas por aqui. Larry e eu levaremos as ripas até os buracos. Está tão escuro que quase não dá para ver mais nada.

– Vou acender a luz do terraço – disse Julian, manquejando em direção à casa e acendendo o interruptor. A luz do terraço, no entanto, fez somente com que o gramado parecesse mais escuro. Julian encontrou uma lanterna. Era difícil para ele segurar a lanterna e também as muletas, mas sua idéia era iluminar o caminho para que Betty e Larry pudessem encontrar as tocas dos hamsters que ainda precisavam ser fumegadas.

Os três se engajaram na missão. Larry cerrou os dentes, tentando conter sua raiva e suas lágrimas, que ameaçavam transbordar. Mal respirava. Em parte por causa da fumaça, em parte porque prendia a respiração. Ele avistou um hamster, um exemplar adulto que não foi capaz de reconhecer, que o encarou com olhinhos aterrorizados e então desapareceu entre os arbustos. Larry, num acesso de fúria, cravou as pontas flamejantes das ripas que portava no gramado. As duas se partiram, extinguindo o fogo.

– O que você está fazendo aí, Larry? – gritou-lhe o pai. – Junte-as imediatamente!

– *Não!* – exclamou Larry.

– É graças a você que estamos enfrentando essa situação! – bradou Julian, movendo-se na direção do filho. – Faça o que estou lhe mandando ou vai levar a pior surra da sua vida!

– Julian, *por favor*, querido! – implorou Betty. – Nós já terminamos. Vamos todos para dentro de casa!

– Você irá juntá-los... – Julian tropeçou e caiu. Uma das muletas afundara completamente no terreno.

Larry estava muito próximo a ele, mas recuou na escuridão, evitando um dos bastões que estavam cravados na grama.

— Oh, meu Deus! — gritou Betty, correndo (em curva por causa do formato da escavação) em direção a Julian, cuja bandagem branca que lhe envolvia o tornozelo era a parte mais visível na escuridão. Uma nuvem de fumaça vinda de algum lugar lhe invadira o pulmão, fazendo com que tossisse.

Larry ouviu os gritos da sirene de um caminhão de bombeiros, ou talvez de um carro de polícia. Sob a proteção da noite, Larry removeu todas as ripas cujas pontas podia avistar, jogando-as sobre o gramado. A grama, um tanto seca, ardia em alguns pontos. Larry prendeu a respiração nas áreas mais esfumaçadas, respirando apenas onde o ar estava mais limpo. Viu que Julian estava novamente de pé. Seu pai gritava com ele.

Larry não se importou. Agora as sirenes dos bombeiros se faziam ouvir, lancinantes. Bom! Um pedaço de madeira carbonizada entrou dentro de seus tênis, e ele teve que removê-lo, tirar o pedaço e desamarrar os cadarços para calçá-lo de novo.

Agora os bombeiros já estavam ao redor da casa! Com uma mangueira! Larry podia vê-los à luz do terraço. Dois ou três bombeiros posicionavam a mangueira.

"*Êba*!", pensou Larry, mas também não queria que seus hamsters morressem afogados. Ele ia pedir aos bombeiros que não despejassem muita água e lançou-se em direção ao terraço.

Betty gritou do gramado:

— Os hamsters! Estão *mordendo*! — Três ou quatro deles lhe atacavam os tornozelos.

Julian golpeou um hamster com a ponta de sua muleta.

— *Malditos*! — Eles haviam cercado o casal. Julian tentou outro golpe, mas perdeu o equilíbrio e caiu. Um dos bichos correu em direção ao seu rosto e o mordeu. Outro lhe cravou os incisivos no antebraço. Ele conseguiu se pôr em pé com dificuldade, apesar do fato de o hamster continuar atracado a seu pulso. – Betty!... *Diga aos bombeiros...*

Neste momento um jato d'água, como se fosse um aríete, pegou Julian bem na altura do abdômen, e, de súbito, ele estava estirado de costas no chão sem conseguir respirar. Imediatamente, meia dúzia de hamsters se lançou sobre ele.

– Julian, onde você está? – chamou Betty. Ela se dividia entre tentar achar Julian ou ir falar com os bombeiros, que deviam estar pensando que o gramado inteiro se encontrava em chamas! Ela decidiu correr em direção aos bombeiros. – Cuidado! – gritou na direção deles. – Tomem cuidado, meu marido está sobre a grama!

– O quê? – perguntou um homem? que estava atrás da torrente de água.

Betty se aproximou mais e gritou, quase sem ar.

– Não é um incêndio! Tentávamos expulsar uns hamsters usando fumaça!

– Usando fumaça no *quê*?

– *Hamsters*! Desligue a mangueira! Não é necessária!

Larry ficou assistindo, parado no escuro, próximo ao terraço. A água da mangueira criara ainda mais fumaça.

A grande mangueira de lona foi murchando aos poucos, como se resistisse, até voltar ao seu formato original.

– O que está acontecendo, madame? Há uma quantidade horrorosa de fumaça! – disse um imenso bombeiro, trajando um casaco negro de borracha e um esplêndido capacete vermelho.

Nos poucos segundos de silêncio, todos ouviram Julian gritar, um grito doloroso e já exausto, como se não fosse o primeiro dado.

Mais de uma dúzia de hamsters, enlouquecidos pela fumaça, perturbados pelos jatos da mangueira, atacava Julian como se ele fosse a causa de suas aflições. Julian tratava de se defender com suas mãos, punhos e uma das muletas, que ele golpeava a esmo, segurando-a pelo meio. Havia torcido novamente o tornozelo – a dor era terrível – e desistira de tentar se pôr de pé. Seu principal objetivo era manter os dentes dos hamsters afastados de sua própria carne, de suas panturrilhas, de seus antebraços, com os quais se abraçava em uma posição quase fetal sobre a grama fumegante.

– Socorro! – gritou Julian. – Alguém *me* ajude!

E um bombeiro estava vindo, graças a Deus. Ele portava uma lanterna consigo.

– Ei, mas que diabos é isso? – disse o bombeiro, chutando com sua bota grossa um par de hamsters.

Larry correu em direção ao brilho da lanterna. Agora o menino podia ver muitos hamsters, dezenas deles, e seu coração bateu como se tivesse avistado uma miríade de soldados para suas hostes. Estavam vivos! Vivos e em boas condições! O bombeiro havia deixado seu pai cair, após tê-lo erguido um pouco acima do solo. O que estava acontecendo?

O bombeiro perdera sua capacidade de apoio ao ter uma das mãos severamente mordida por um hamster. As pequenas feras tentavam escalar suas botas, escorregavam, mas não desistiam.

– Ei, Pete! Nos ajude aqui! Traga o *machado*! – gritou o bombeiro em direção ao terraço. Então ele começou a aplicar pisões ao seu redor, tentando proteger o homem que estava caído dos hamsters que vinham de todos os lados. O bombeiro gritou uma praga irlandesa qualquer. Ninguém iria acreditar nessa história quando ele a contasse!

– Tire esses monstros de cima de mim... tire! – murmurou Julian com uma das mãos sobre a face. Ele havia sido mordido no nariz.

Larry observava a tudo da escuridão. E percebeu que não se importava. Não dava a mínima para a sorte de seu pai! Era quase como assistir a um programa de televisão. Ou melhor, ele se *importava*. Queria que os hamsters vencessem. Queria que seu pai fosse derrotado, que perdesse, e não sentiria nada se o pai caísse no buraco da piscina – mas ele estava a uma distância considerável da escavação. Os hamsters tinham o direito de lutar por sua terra, por seus lares, por suas crias. Larry começou a correr e deu um soco no ar, numa silenciosa comemoração. Então deu vazão verbal ao seu sentimento.

– Vamos lá, *hamsters*! – gritou Larry e passou por sua mente a idéia de libertar Pirata e Glória para que pudessem se juntar aos outros... Na verdade, não seria necessário. Havia tantos hamsters!

Agora um segundo bombeiro chegava correndo com um machado. Os dois bombeiros conseguiram erguer Julian passando os braços dele ao redor de seus pescoços. A cabeça de Julian tombou para frente.

Quando o trio chegou ao terraço iluminado, Larry viu que os hamsters que os acompanhavam de perto retornaram para a escuridão do gramado. As calças claras de seu pai e sua camisa estavam empapadas de sangue.

E a face de sua mãe estava absolutamente lívida. Um instante depois, Larry pôde perceber, sua mãe desabou sobre o piso do terraço. Ela havia desmaiado. Um dos bombeiros a recolheu e a levou para a sala de estar, que estava plenamente iluminada, pois os bombeiros tinham acendido todas as luzes.

– Precisamos levar esse aqui para o hospital – disse o maior dos dois. – Ele está perdendo sangue.

Havia uma piscina rubra no piso, abaixo dos pés pendentes de Julian.

Larry não sabia o que fazer e roía uma unha.

– Vamos levá-lo no caminhão.

– Acha que é o melhor?

– Como poderíamos ajudá-lo nessas condições?
– Ele está perdendo sangue no corpo inteiro!
– Vamos colocá-lo no caminhão! A maca, Pete!
– Não há tempo para isso! Vamos carregá-lo assim mesmo!

Betty recobrou os sentidos quando Julian estava sendo carregado em direção à estrada onde ficara estacionado o caminhão dos bombeiros. Alguns vizinhos haviam se aproximado e, naquele momento, faziam perguntas, perguntas sobre o incêndio. E o que tinha acontecido a Julian?

– Hamsters! – respondeu um dos bombeiros. – Hamsters por todo o gramado!

Os vizinhos ficaram espantados.

Betty queria ir com Julian para o hospital, mas um dos bombeiros a demoveu. Duas mulheres da vizinhança ficaram com ela.

A jugular de Julian havia sido rompida em dois lugares, e ele já havia perdido uma quantidade enorme de sangue no momento em que entrou no hospital. Os médicos aplicaram-lhe torniquetes e lhe fizeram suturas. Foram feitas transfusões. O processo era lento demais. O sangue que entrava não dava conta do que saía. Julian morreu em uma hora.

Betty, sob o efeito de sedativos naquela noite, só foi notificada na manhã seguinte sobre o ocorrido. Agindo como adulta, Betty mentalmente se deu dois dias para se recuperar do choque, sabendo desde o início que teria de vender a casa e se mudar para outro lugar. Larry, percebendo o que realmente havia acontecido, não se deixou levar completamente pelo aspecto emotivo da morte de seu pai. Sabia que sua mãe não queria nunca mais ver um hamster na frente. Assim, planejou libertar em um território onde pudessem ter chance de sobreviver aqueles que conseguisse recolher. Fez três ou quatro expedições de reconhecimento em sua bicicleta, levando uma caixa de papelão carregada com hamsters bebês e adultos. Havia um bosque não muito longe, coberto de árvores, arbustos e nem uma casa no raio de um quilômetro.

Então seu pai estava morto, deu-se conta Larry, finalmente. Morto simplesmente porque fora mordido por hamsters. Mas, por um lado, não fora seu pai quem pedira por isso? Não poderia ele ter encontrado um modo de salvar os hamsters na área do bumerangue e ainda seguir com a construção da piscina? Por mais que Larry amasse seu pai e soubesse que deveria amá-lo – que na medida do possível havia sido um ótimo pai, Larry percebeu –, continuava, de alguma maneira, do lado dos hamsters. Por causa dos sentimentos de sua mãe, Larry sabia que teria de se livrar também de Pirata e de Glória. Estes, junto com seus bebês, foram os últimos a ser transportados pela manhã na caixa de papelão da bicicleta de Larry. Mais uma vez Larry conteve as lágrimas ao soltar o casal que ele mais amava. Mas conseguiu manter os olhos enxutos e sentiu que finalmente começava a se tornar um homem.

Harry: o furão

Harry, um furão de idade incerta, talvez um ou dois anos, era o motivo de orgulho de Roland Lemoinnier, um garoto de quinze anos. Não havia dúvida de que Roland tinha mesmo quinze. Ficava muito faceiro ao revelar a todos sua idade, pois considerava quinze anos um grande passo à frente em relação aos catorze. Ter catorze era pertencer ao universo infantil, mas ter quinze significava entrar no mundo adulto. Roland se deixava levar pelo prazer de sua nova e grave voz e se olhava no espelho a cada manhã antes de escovar os dentes para ver se mais alguns pêlos haviam aparecido onde deveria haver um bigode e também abaixo das suíças. Ele se barbeava cuidadosamente com sua própria lâmina, mas apenas uma vez por semana, já que ver os pêlos no rosto lhe dava mais prazer do que estar bem escanhoado.

A sua nova condição de "homem" lhe havia causado problemas em Paris, pelo menos na opinião de sua mãe. Ele começara a sair com garotos e garotas bem mais velhos do que ele, e a polícia o havia detido junto com mais seis outros jovens, todos na casa dos dezoito, encontrados em posse de maconha. Sendo alto, Roland podia passar tranqüilamente por dezoito, o que de fato ocorreu. Sua mãe ficara tão chocada com o episódio envolvendo a polícia que seguiu o conselho que, por sua vez, sua mãe lhe dera, com o qual naquela ocasião estava de perfeito acordo: mudarem-se para sua casa no interior, próxima a Orléans. Os pais de Roland haviam se divorciado quando ele tinha cinco anos. Junto com Roland e a mãe, foram dois serviçais: Brigitte, empregada e cozinheira; e Antoine, o motorista mais velho e uma espécie de factótum, que já estava com a família antes de Roland nascer. Brigitte e Antoine não eram casados um com o outro, e ambos eram solteiros. Antoine era tão velho que acabava sendo motivo de chacota para Roland, algo remanescente de algum século passado e misteriosamente ainda vivo, torcendo o nariz em sinal de desaprovação aos *jeans* que Roland usava na mesa do almoço e ao fato de o jovem andar de pés descalços sobre o tapete e o chão encerado de Le Source. Era verão, e Roland estava livre do Lycée* Lamartine, a oito quilômetros de distância, onde estava estudando desde que haviam se mudado de Paris, dois meses antes.

Na verdade, Roland havia considerado a vida no campo por demais tediosa até o dia em que, no final de junho, acompanhou a mãe até um viveiro para comprar plantas para o jardim. O viveirista, um sujeito velho e amigável, dotado de senso de humor, tinha um furão que, explicou a Roland, havia capturado no fim de semana enquanto caçava coelhos. Roland ficou fascinado pelo furão engaiolado, que podia assumir uma forma bem curta e depois se esticar, parecendo ter três vezes o tamanho anterior, como se fosse o fole de um acordeão. O furão era preto, marrom claro e creme, e para Roland parecia uma mistura de rato e de esquilo, além de ter um aspecto deveras malicioso.

– Cuidado! Ele morde! – disse o viveirista, quando Roland colocou o dedo nos arames da gaiola.

O furão havia mordido Roland com seu dente semelhante a uma agulha, mas o garoto tratou de esconder o dedo ensangüentado em um lenço que trazia no bolso.

– Você me venderia o bicho? Com gaiola e tudo?

– Por quê? Você caça coelhos? – perguntou o viveirista, sorrindo.

---

* "Liceu." Em francês no original. (N.T.)

– Cem francos novos. Cem não, 150 – disse Roland. Era a quantia que tinha nos bolsos.

A mãe de Roland examinava de perto umas camélias, a alguns metros de distância.

– Bem...

– Você precisa me dizer do que ele se alimenta.

– Um pouco de grama, é claro. E sangue – ele acrescentou, aproximando-se de Roland. – Dê-lhe um pouco de carne crua de vez em quando, porque agora ele já se acostumou a comê-la. E ponha uma coisa na cabeça: jamais o deixe ficar solto dentro de casa, porque você não conseguirá mais pegá-lo. Trate de mantê-lo aquecido, como neste momento. Ele mesmo cavou aquele túnel.

O furão havia se enfiado entre as palhas e se voltado sobre si mesmo, revelando na superfície apenas sua face vívida, com suas orelhas abaixadas e semelhantes às de um rato, os olhos negros cravados em um dos cantos da gaiola, olhos que lhe davam um ar pensativo e um quê de melancolia. Roland tinha a impressão de que o furão acompanhava a conversa dos dois esperando pela oportunidade de ir embora com ele.

Roland puxou uma nota de cem e uma de cinqüenta.

– Que tal? A gaiola incluída?

O viveirista olhou para os lados, como se a mãe de Roland pudesse interferir na negociação.

– Se ele morder, meta-lhe na boca uma cebola. Ele não o morderá depois de morder uma cebola.

Margaret Lemoinnier ficou surpresa e ao mesmo tempo incomodada com o fato de Roland ter comprado um furão.

– Você vai ter que manter a gaiola no jardim. Está proibido de levar esse negócio para dentro de casa.

Antoine não disse nada, mas sua face, de um rosa muito claro, mostrou um azedume maior do que o usual.

Cobriu com várias folhas de jornal o banco traseiro do Jaguar, assim a gaiola não tocaria o estofamento de couro.

Em casa, Roland pegou uma cebola na cozinha e foi até o gramado que ficava atrás da casa, onde havia deixado a gaiola. Abriu levemente a porta, a cebola posicionada, mas o furão, após hesitar um instante, lançou-se por entre a porta em direção à liberdade. Seguiu até as árvores que ficavam num dos lados da propriedade e desapareceu. Roland tentou se manter calmo. Levou a gaiola, com a porta aberta, até a entrada do bosque e então correu para dentro de casa, pela porta dos fundos. Sobre uma tábua na cozinha estava o que ele procurava: um grande pedaço de carne crua. Cortou um naco e voltou apressado para o bosque.

Entrou devagar na mata, com a intenção de cumprir uma trajetória circular e pressionar o furão a fazer o caminho de volta. Um animal como esse provavelmente também conseguiria escalar árvores. Roland havia visto suas garras afiadas quando o furão estava enjaulado no viveiro. Tinha pequenas patas que se assemelhavam a mãos humanas, com minúsculas digitais e dedos que se articulavam livremente. Então o coração de Roland deu um salto quando avistou o animal a apenas alguns metros de distância, farejando a grama, ereto. A brisa soprou em direção ao furão, e Roland percebeu que ele sentira o cheiro do sangue. Roland se inclinou e expôs a carne crua.

Cautelosamente, voltando-se a todo momento e só então avançando um pouquinho, o furão se aproximou, os olhos perscrutando todas as direções, como se vigiasse a aproximação de possíveis inimigos. Roland ficou perplexo com o modo repentino com que o furão se lançou à carne, cravando-lhe os dentes e a levando consigo. O animal mastigou sua presa combinando movimentos de cabeça e pescoço, os pêlos castanhos e negros em suas costas eriçando-se à medida que retraía seu corpo maleável. O pedaço de carne já se fora, e o furão olhou para

Roland, a pequena língua rosa exposta, lambendo o rosto com satisfação.

O primeiro impulso de Roland foi correr de volta à cozinha em busca de mais um naco. Pensou, porém, que era melhor se mover devagar, a fim de não alarmar o furão.

– Espere! Ou venha comigo – ele disse suavemente, pois queria que o bicho voltasse para a gaiola. Logo seria noite, e Roland não queria perdê-lo.

O furão acompanhou-o até o limite do bosque com o gramado e esperou. Roland foi até a cozinha e cortou mais um pedaço, então gentilmente espremeu o papel que estava embaixo da carne, recolhendo a quantidade equivalente a uma colher de sangue, que colocou num pratinho, levando-o consigo. O furão continuava no mesmo lugar, uma das patas erguidas, um olhar cheio de expectativa. O furão se aproximou do pratinho, onde também estava a carne, mas escolheu beber o sangue primeiro, passando a lambê-lo, como se fosse um gatinho bebendo em um pires de leite. Roland sorriu. Então o furão olhou para ele, lambendo novamente a face, prendeu a carne entre os dentes e a carregou por uma rota incerta sobre o gramado, até que avistou a gaiola e seguiu em linha reta portinhola adentro.

Roland ficou muito satisfeito. A cebola, ainda no bolso do rapaz, não seria necessária. E o furão estava em segurança, de volta à gaiola, e por iniciativa própria. Roland fechou a portinhola.

– Creio que vou chamá-lo de Harry. O que você acha? *Harry.* – Roland estava estudando inglês e sabia que Harry era um tratamento informal para Henry, e que também havia outra palavra nesse idioma que era "hairy"*, pronunciada da mesma maneira, fazendo com que o nome fosse ainda mais apropriado. – Venha conhecer o meu quarto. – Roland apanhou a gaiola.

---

* Peludo. (N. T.)

Na casa, Roland encontrou Antoine, que naquele momento descia a escada.

– Sr. Roland, sua mãe disse que não queria que o animal entrasse dentro de casa – disse Antoine.

Ronald se empertigou um pouco. Não era mais uma criança para ouvir da boca de um criado o que devia ou não fazer.

– Sim, Antoine. Mas falarei com minha mãe a respeito – disse o rapaz, engrossando a voz.

Roland colocou a gaiola no chão, bem no meio do seu quarto, e foi até o telefone que ficava no corredor. Ligou para o número do seu melhor amigo, Stefan, em Paris. Teve que falar primeiro com a mãe do rapaz, e só então Stefan atendeu.

– Tenho um novo amigo – disse Roland, forçando um sotaque estrangeiro na voz. – Ele tem garras e bebe sangue. Adivinha o que é?

– Um... um vampiro? – perguntou Stefan.

– Está ficando quente. Escuta, minha mãe está chegando e não posso mais falar agora – disse Roland com afobação. – É um *furão*. O nome dele é Harry. E tem sede de sangue! Um verdadeiro assassino! Talvez eu possa levá-lo para Paris! Tchau, Stefan!

A sra. Lemoinnier havia subido as escadas e falava com Roland do corredor.

– Roland, Antoine me disse que você trouxe aquele animal para dentro de casa. Eu não disse que você só podia ficar com ele se o mantivesse no jardim?

– Mas... o viveirista me disse para evitar que o animal ficasse no frio. Faz frio à noite, mamãe.

Sua mãe entrou alguns passos para dentro de seu quarto. Roland a acompanhou.

– Veja só! Ele vai dormir na sua toquinha. É um bicho totalmente limpo, mamãe. Ele vai ficar na gaiola. Que mal pode ter nisso?

– Você na certa vai deixá-lo sair. Conheço você, Roland.

– Prometo que não. – Roland, no entanto, estava jurando em falso e sabia que sua mãe sabia disso.

Um minuto mais tarde, Roland, com relutância, carregava Harry, naquele momento submerso nas palhas, escada abaixo em direção ao jardim. Harry provavelmente dormia feito pedra, pensou Roland, lembrando-se do que lhe dissera o viveirista sobre o modo como os furões pegavam no sono, muitas vezes junto às suas vítimas, aproveitando-se do calor de seus corpos, após já lhes terem sugado o sangue. O primitivismo de tal comportamento deixava Roland excitado. Quando sua mãe voltou para dentro da casa (ela o estivera observando junto à porta da cozinha), Roland abriu a gaiola e ergueu um pouco da palha, expondo Harry, que levantou a cabeça com um ar de sono. Roland sorriu.

– Vamos lá, você pode dormir comigo em meu quarto. Vamos nos divertir a valer – sussurrou Roland.

Roland pegou Harry e colocou a palha de volta no lugar. Harry aceitou pacatamente ser apanhado pelas mãos de Roland, que abriu um botão de sua camisa, meteu o furão para dentro e a abotoou com rapidez. Fechou a porta da gaiola e passou a tranca.

De volta ao quarto, Roland pegou uma mala vazia de cima do armário, forrou com alguns blusões e colocou Harry dentro, deixando a tampa entreaberta pela manga de um dos blusões. Então pegou um cinzeiro limpo da mesa do corredor, encheu com água no banheiro e pôs dentro da mala.

Roland, por fim, se deitou, acendendo um dos cigarros que escondia na prateleira, e abriu um livro do James Bond que já havia lido duas ou três vezes. Pensava nas coisas que poderia ensinar a Harry. O furão, certamente, poderia aprender a ser transportado em um bolso de jaqueta, saindo sob um comando. Harry também poderia ter uma coleira e uma correia, e a coleira, ou talvez um arreio, teria que ser feita sob medida, uma vez que Harry era muito pequeno. Roland se imaginava encomendando o trabalho para um artesão de Paris, especializado em objetos em couro, pagando um belo preço pelo item. Ótimo! Causaria grande assombro em Paris – e até mesmo em Orléans – a aparição de Harry, emergindo de seu bolso com uma correia, comendo, por exemplo, um pedaço de carne do prato de Roland num restaurante.

Na hora do jantar, Roland, sua mãe e um amigo dela, que era um negociante de antigüidades da vizinhança e também um sujeito terrivelmente maçante, foram interrompidos por Brigitte, que sussurrou ao ouvido da sra. Lemoinnier:

– Senhora, peço desculpas pela interrupção, mas Antoine acaba de ser mordido. Ele está bastante nervoso.

– Mordido? – perguntou a sra. Lemoinnier.

– Ele disse que foi o furão... lá no quarto do sr. Roland.

Roland controlou-se para não rir. Antoine havia ido arrumar a cama, e Harry o atacara.

– Um *furão*? – perguntou o antiquário.

A mãe de Roland olhou na sua direção.

– Será que poderia levantar-se, Roland, e ir lá pegar o animal para levá-lo de volta ao jardim?

Ela estava furiosa e na certa teria dito muito outras coisas se não tivessem visita.

– Com licença, por favor – disse Roland. Foi até o corredor e viu a figura alta de Antoine no pequeno lavatório que ficava defronte à porta. Antoine se curvou para segurar uma toalha molhada contra o tornozelo. Sangue, pensou Roland, fascinado com a idéia de que Harry houvesse feito sangrar aquele velho diabo do Antoine, que, de fato, parecia mesmo não ter nenhum sangue correndo nas veias.

Roland galgou os degraus, vencendo dois por vez, e encontrou seu quarto em desordem. Antoine obviamente havia abandonado a idéia de arrumar a cama no meio da tarefa, uma poltrona estava torta, na certa por ter sido arrastada pelo mordomo enquanto procurava por Harry, ou talvez tivesse sido deslocada numa tentativa de se defender. Mas a cama em desordem significava mais para Roland que uma simples crise de nervos: Antoine não teria deixado a cama naquelas condições a menos que estivesse pronto para a extrema-unção. Roland olhou ao redor em busca de Harry.

– Harry? Onde você está?

Procurou nas longas cortinas, que Harry certamente poderia escalar, no guarda-roupa, debaixo da cama.

A porta do seu quarto havia sido fechada. Evidentemente, Antoine quisera evitar que Harry escapasse. Então Roland olhou para os lençóis sobre a cama onde nada, no entanto, se movia.

– Harry?

Roland levantou o lençol. Foi quando viu que algo se movia entre o lençol e o cobertor. Harry estava entre as duas cobertas, e saiu e se sentou, olhando para Roland cheio de uma ansiedade desesperada. Roland percebeu mais uma coisa maravilhosa a respeito de Harry: todo o seu torso adquirira uma coloração bege e a pelagem, um aspecto macio, desde seu pequeno queixo negro até o lençol sobre o qual estava sentado, e uma fina linha marrom, dava a impressão de uma faixa, que transformava Harry numa espécie de bola de pelúcia bifurcada, escondendo o começo e o fim de suas patas traseiras. As delicadas mãos de Harry se agarravam em ambos os lados a uma curva do lençol, não para manter seu equilíbrio, que era perfeito; mas por nervosismo, como fariam as mãos de uma pessoa extremamente atormentada. E talvez Harry estivesse perguntando: "Quem era aquele gigante que tentou me enxotar, assustar e capturar?". Mas à medida que Roland mantinha os olhos fixos na expressão de Harry, essa parecia já não guardar tanto terror. Harry curvou-se e avançou um pouco. Agora, era como se dissesse: "Estou tão feliz em vê-lo! O que está acontecendo?".

Roland estendeu uma das mãos sem pensar, e Harry escalou seu braço e entrou pela abertura da camisa – o colarinho estava desabotoado – e se aninhou com suas pequenas presas na cintura de Roland. O rapaz se pegou com os olhos cheios d'água sem saber exatamente o motivo. Seria uma espécie de orgulho pelo fato de Harry ter vindo até ele? Ou raiva pelo fato de Harry ter de passar a noite no jardim? Lágrimas, explicáveis ou não, tinham um valor poético, pensou Roland. Significavam que havia ali alguma coisa importante.

Roland tirou Harry de dentro da camisa e o colocou sobre a cortina. O furão escalou rapidamente o pano até o teto. Roland pegou a aba da cortina com as mãos e fez uma espécie de escorregador para Harry, que desceu deslizando. Roland deu uma gargalhada, baixou novamente a cortina, e Harry a escalou novamente. O bicho parecia se divertir. Roland o pegou ao fim da cortina e o enfiou dentro da mala.

– Volto num minuto! – Dessa vez, Roland tratou de fechar e firmar bem a tampa da mala com o auxílio de uma cadeira.

Roland pretendia voltar para a sala de jantar até que a refeição estivesse terminada, para então pedir a Brigitte um pedaço de carne antes de levar Harry de volta ao jardim. Mas a refeição parecia já ter se encerrado. A sala estava vazia. O antiquário sentara-se na sala de estar, onde uma bandeja com café já estava servida, e Roland ficou escutando a voz de sua mãe e a de Antoine na sala imediatamente oposta à ocupada pelos outros. A porta não estava bem fechada.

– ... me desobedeceu – dizia Antoine, com sua voz tremente de velho. – Além de ter desobedecido à *senhora*!

— Ora, você não deve levar isso tão a sério, meu caro Antoine — respondeu a mãe de Roland. — Tenho certeza de que ele manterá o animal no jardim...

Roland retirou-se de má vontade. Cavalheiros jamais bisbilhotam a conversa alheia. Mas lhe causava profunda irritação ouvir Antoine dizer: "O senhor Roland me desobedeceu". Desde quando Antoine achava que podia controlá-lo? Roland hesitou diante da porta de entrada da sala de estar, onde o antiquário esparramara-se no sofá, fumando e contemplando o espaço e com as pernas, cobertas pela calça branca, cruzadas. Roland queria café, mas não valia a pena enfrentar tamanho aborrecimento por uma xícara, pensou. Roland atravessou a sala de jantar em direção à cozinha.

— Brigitte, será que eu poderia arranjar alguma carne para o furão? De preferência crua — disse Roland.

— Sr. Roland, Antoine está muito chateado, sabia? Um furão é uma *bête sauvage**. O senhor tem que se dar conta disso.

Roland replicou de modo cortês:

— Eu sei, Brigitte. Sinto muito pelo fato de Antoine ter sido mordido. Levarei o furão para o jardim. Na gaiola. Neste exato momento.

Brigitte balançou a cabeça e tirou uma peça de vitela do refrigerador, cortando um pedaço a contragosto.

Não estava sangrento, mas estava cru. Roland subiu correndo pela escada até seu quarto, abriu gentilmente a tampa da mala, e de súbito Harry se pôs de pé, como se fosse um boneco de mola. O furão aceitou a oferta que lhe trazia Roland com as duas patas e com os dentes, mastigando e virando o pedaço para que pudesse dar conta de todos os cantos.

Roland estendeu a mão sem receio, dizendo:

— Desculpe, mas você vai ter que dormir no jardim essa noite.

---

* "Fera selvagem." Em francês no original. (N.T.)

Harry esgueirou-se pelo punho aberto da camisa de Roland e subiu pelo ombro, indo aninhar-se novamente em sua cintura. Roland segurou-o dentro da camisa e, com a outra mão apanhou a gaiola, marchando como se fosse um soldado.

Estava escuro lá fora, mas Roland conseguia ver alguma coisa graças à luz que vazava da cozinha. Enfiou Harry dentro da gaiola e fechou a portinhola com a pequena tranca. Harry tinha um pequeno potinho com água que seria suficiente para a noite.

– Vejo você amanhã, meu amigo Harry!

Harry ficou de pé sobre as patas traseiras, as pequenas palmas cor-de-rosa levemente depositadas sobre as grades da gaiola, o nariz negro farejando o que ainda restava do cheiro de Roland, que não parava de olhar para trás enquanto cruzava o gramado.

Na manhã seguinte, um domingo, Brigitte serviu o chá no quarto para Roland às oito, um ritual que o rapaz começara algumas semanas antes. Isto fazia com que se sentisse mais adulto, pois em sua fantasia se imaginava incapaz de sentir-se devidamente desperto sem que alguém lhe trouxesse uma bebida quente na cama.

Então Roland enfiou os *jeans*, calçou os tênis, vestiu uma velha camisa e desceu para ver Harry.

A gaiola havia desaparecido. Ou pelo menos não estava no mesmo lugar. Roland olhou em todos os cantos do jardim, atrás dos tulipeiros à direita, depois próximo à casa. Foi até a cozinha, onde Brigitte preparava a bandeja com o café-da-manhã de sua mãe.

– Alguém tirou a gaiola do furão do lugar, Brigitte. Sabe onde ela está?

Brigitte se curvou sobre a bandeja.

– Antoine a levou, sr. Roland. Não sei para onde.

– Mas... ele saiu com o carro?

– Não sei, sr. Roland.

Roland foi até a garagem dar uma olhada. O carro estava lá. Roland deteve-se e olhou em volta. Poderia

Antoine ter levado a gaiola para o quartinho das ferramentas? Roland abriu a porta da pequena peça. Não havia nada além do cortador de grama e de umas ferramentas para jardinagem. O bosque. Antoine bem podia ter sido aconselhado pela mãe de Roland a levar Harry para o bosque e a soltá-lo por lá. Franzindo o cenho, Roland partiu apressado.

Parou quando alguns espinhos se prenderam à sua camisa, rasgando-a. O velho Antoine não teria ido tão longe mata adentro, pensou Roland. Não havia qualquer tipo de rastro.

Roland ouviu um gemido. Ou teria sido sua imaginação? Não tinha certeza de onde vinha o som, mas lançou-se no caminho pelo qual seguira até então. Na seqüência, ouviu uns galhos se partirem e outro gemido. Era sem dúvida Antoine quem estava gemendo. Roland avançou.

Ele viu uma mancha negra por entre as árvores. Antoine usava calças negras, geralmente acompanhadas por uma jaqueta verde-escura. Roland estancou. A mancha escura estava se erguendo, a uns quatro metros de distância. Mas havia tantas folhas atrapalhando a visão! Roland viu uma luz dourada escorrer da esquerda em direção à forma vaga que era Antoine, ouviu mais uma vez a sua lamúria precária – frágil, quase como o choro de um bebê.

Roland aproximou-se, um pouco assustado. Agora ele podia ver a cabeça e o rosto de Antoine, e o sangue que jorrava de um dos seus olhos. Então viu Harry saltar sobre o corpo do mordomo, usando como apoio sua cintura, para lançar-se à sua garganta ou face, independente dos esforços que Antoine fazia para deter o movimento. O velho cambaleou e caiu.

Tinha obrigação de ajudá-lo, pensou Roland, apanhar um galho e afugentar Harry. Porém, estava enfeitiçado e não conseguia se mover. Viu Antoine tentar um golpe contra Harry, mas o galho que segurava acabou indo de encontro a uma árvore e se partindo. Antoine voltou a cair.

De certo modo, era um castigo justo, pensava Roland.

Antoine se levantou atordoado e jogou qualquer coisa contra Harry, provavelmente uma pedra. Roland podia ver o sangue escorrer e empapar a parte da frente da camisa branca do velho. E Harry lutava como uma espécie de projétil misterioso que, vez após vez, atingia Antoine vindo de diferentes direções. Naquele momento, a impressão que se tinha era de que Antoine queria fugir. Dirigia-se cambaleando em direção a uns arbustos à esquerda. Roland viu Harry saltar sobre a mão esquerda de Antoine e aparentemente aferrar-se a ela com os dentes. Ou teria sido um raio de sol? Roland perdeu Antoine de vista, pois este caíra novamente.

Roland respirou profundamente. Não estivera respirando há muitos segundos, e seu coração batia acelerado como se também estivesse participando da luta. Agora o rapaz se forçava a seguir em direção ao lugar em que imaginava que Antoine tivesse caído. Tudo estava em silêncio, exceto pelos passos de Roland sobre as folhas e gravetos no chão. O rapaz avistou as roupas do velho, o preto, o branco e o verde, e então o rosto de Antoine coberto de sangue. Antoine estava deitado de costas. Ambos os olhos sangravam.

E Harry estava atracado à garganta do velho!

A cabeça do furão não podia ser vista, encoberta pelo queixo de Antoine, mas seu corpo e rabo desciam pelo peito do homem – como uma estola de pele no pescoço de alguém.

– *Harry*! – gritou Roland com a voz embargada.

Harry talvez não tivesse ouvido.

Roland pegou um galho.

– Harry, saia daí! – disse entre os dentes.

Harry saltou para o outro lado da garganta de Antoine e voltou a morder.

– Antoine? – Roland avançou, o galho a postos.

Harry ergueu a cabeça e recuou até a lapela da jaqueta verde de Antoine. Seu estômago estava visivelmente maior. Estava cheio de sangue, percebeu Roland. Antoine não se movia. Ao ver Roland, Harry avançou um pouco, quase se pondo de pé sobre as patas traseiras, mas voltou à posição horizontal e, vacilando por causa do peso do estômago, deixou-se cair sobre as folhas ao lado do braço inerte de Antoine, deitou-se e baixou a cabeça, como se fosse dormir. Harry escolhera um local ensolarado.

Roland sentia-se consideravelmente menos assustado agora que Harry estava imóvel, mas amedrontado com a possibilidade de que Antoine estivesse morto, e a simples idéia disso já lhe dava calafrios. Chamou novamente pelo empregado. O sangue estava secando e escurecendo em seus globos oculares. Seus olhos haviam desaparecido, ou ao menos haviam sido quase que inteiramente consumidos. O sangue que se espalhava por tudo, pelas roupas de Antoine, que lhe banhava a face, era agora escuro e crestado e parecia já não correr mais, o que era um sinal de que o coração parara de bater, pensou Roland. Antes que pudesse se dar conta do que estava fazendo, curvou-se e chegou bem perto de Harry, que dormia, e pegou o pulso de Antoine tentando sentir algum batimento. Roland aguardou por vários segundos por um pulsar. Então afastou sua mão tomado de horror e se ergueu.

Antoine devia ter morrido de um ataque cardíaco, pensou Roland, e não apenas devido ao ataque de Harry. Mas percebeu que o furão seria levado embora, se não caçado e morto, se alguém descobrisse o que tinha acontecido. Roland olhou para trás, em direção a La Source, depois novamente para o morto. A coisa a ser feita era esconder o corpo de Antoine. Roland sentiu repulsa do mordomo, principalmente porque ele estava morto, percebeu. Mas por Harry sentia afeto e desejo de protegê-lo. Harry, afinal, não fizera mais do que se defender, e Antoine havia sido um seqüestrador gigante, além de um possível assassino.

Olhou para o relógio de pulso e viu que recém havia passado das nove e meia.

Roland pegou a rota de retorno através do bosque, evitando o caminho dos arbustos. No limite do gramado de La Source, parou, porque Brigitte estava jogando uma tina d'água sobre as flores nos fundos da casa. Quando ela retornou para dentro, Roland foi até o quartinho das ferramentas, pegou um forcado e uma pá e se embrenhou novamente no bosque.

Começou a cavar ao lado do local onde jazia o corpo de Antoine, que parecia um ponto tão bom quanto qualquer outro para abrir uma cova. Era um trabalho fatigante, mas de certo modo lhe afastava parte do pânico. Harry continuava dormindo junto a Antoine, no lado oposto ao que Roland estava cavando. O rapaz trabalhava como um possesso, e sua energia parecia crescer com o passar do tempo. Percebeu que estava aterrorizado com a presença do corpo de Antoine: o que fora um fóssil vivo, quase parte da mobília da casa de Paris e de La Source, era agora um cadáver. Roland como que ainda esperava que o velho fosse se erguer e se aproximar, ameaçando-o de alguma maneira, como faziam os fantasmas e os mortos nas histórias que havia lido.

Roland começou a cansar e diminuiu o ritmo, mas manteve a mesma determinação. O trabalho tinha que estar pronto até o meio-dia, disse para si mesmo, ou sua mãe e Brigitte poderiam ir em busca de Antoine na hora do almoço. Roland tentava elaborar o que iria dizer.

A cova estava suficientemente profunda. Cerrou os dentes e puxou Antoine pela jaqueta e por uma das pernas da calça, fazendo com que rolasse para dentro. O velho caiu com a face voltada para a terra. Harry, tirado de sua tranqüilidade pelo deslocamento do braço de Antoine, pôs-se de pé sobre as quatro patas, ainda sonolento. Roland começou a despejar a terra sobre o corpo, respirando com dificuldade. Ele socava bem o solo para fazer com que ficasse bem compacto, mas ainda assim havia muita terra que teria que esconder se não quisesse fazer com que a cova desse na vista de quem entrasse no bosque. Então, usando o forcado, puxou galhos e folhas sobre o terreno revolto, para que se parecesse com o resto do solo da floresta.

Depois disso, exausto, pegou Harry. O animal estava pesado – tão pesado quanto uma pistola, pensou Roland. Os olhos do furão estavam novamente fechados, mas não chegara a dormir. A cabeça erguia-se sobre o pescoço retesado, e quando Roland o levou ao nível dos olhos, Harry abriu os seus e olhou para o rapaz. Harry jamais o morderia. Roland tinha certeza, porque sempre lhe trouxera carne. De certo modo, ele trouxera Antoine para Harry. Roland retornou com o animal sobre o braço em direção à casa, viu a gaiola no meio do bosque e, quando fez menção de pegá-la, decidiu momentaneamente deixá-la por ali. Depositou Harry sobre uma pedra banhada pelo sol não muito longe do gramado.

O rapaz colocou as ferramentas de volta em seu lugar. Lavou as mãos da melhor forma que pôde sob a água gelada da torneira do quartinho. Então, pensando que Brigitte pudesse estar na cozinha, entrou em casa pela porta da frente. Subiu as escadas e se lavou de modo mais adequado, trocando a camisa. Ligou o rádio portátil para não ficar em silêncio. Sentia-se estranho, já não exatamente assustado, mas como se só fosse capaz de fazer coisas desengonçadas – derrubar ou trombar nos objetos, tropeçar na escada –, embora não tivesse feito nada disso.

Sua mãe bateu à porta. Conhecia o jeito dela de bater.

– Entre, mamãe.

– Por onde você andou, Roland?

Roland estava deitado na cama, o rádio ao lado. Desligou o aparelho.

– No bosque. Fui dar uma caminhada.

– Não viu o Antoine, por acaso? Ele ficou de ir buscar Marie e Paul para o almoço.

Roland se lembrou. Pessoas viriam almoçar.

– Vi Antoine lá no bosque. Ele disse que ia tirar o dia de folga, que ia para Orléans ou algo assim.

– Sério? Ele já havia soltado o furão?

– Sim, mamãe. Vi a gaiola vazia lá no bosque.

Sua mãe parecia preocupada.

– Sinto muito, Roland, mas você sabe que não era um bicho de estimação adequado. E pobre do velho Antoine... temos que pensar nele também. O coitado morre de medo de furões. E acho que ele realmente tem suas razões.

– Sei disso, mamãe. Não faz mal.

– Bom menino. Mas o Antoine sair assim... Bom, na certa foi ver um filme em Orléans e volta ao entardecer. Ele não foi com o carro, foi?

– Ele disse que ia pegar o ônibus para Orléans. Estava bastante chateado comigo. Disse que talvez ficasse fora por alguns dias.

– Isso não faz nenhum sentido. Mas é melhor agora eu ir buscar Marie e Paul. Viu quanta confusão você arrumou com esse animal, Roland!

A mãe lhe sorriu brevemente e saiu.

Roland conseguiu guardar um pedaço de carne no jantar e saiu para levá-lo por volta das dez e meia, quando Brigitte já havia ido dormir e sua mãe já estava recolhida em seu quarto. Sentou-se sobre a pedra na qual havia deixado Harry mais cedo naquele dia, e, após sete ou oito minutos, o furão apareceu. Roland sorriu, quase gargalhou.

– Carne, Harry! – disse o rapaz, num sussurro, embora estivesse a uma distância segura da casa.

Harry, novamente esguio, aceitou o pedaço malpassado de carneiro, ainda que não com sua voracidade habitual, uma vez que já havia comido muito naquele dia. Roland acariciou a cabeça de Harry pela primeira vez. Imaginou-se vindo ao bosque durante o dia, treinando

Harry para permanecer dentro de seu bolso, ensinando-lhe certos comandos. Harry não precisava de uma gaiola.

Depois de dois dias, a sra. Lemoinnier enviou um telegrama à irmã de Antoine que morava em Paris, pedindo a gentileza de lhe telefonar. A irmã ligou e disse não saber notícia alguma de Antoine.

Era curioso, pensou a sra. Lemoinnier, que Antoine tivesse partido assim, deixando para trás todas as suas roupas, até mesmo seu casaco e sua capa de chuva. Pensou que o melhor seria notificar a polícia.

A polícia veio e fez perguntas. Roland disse que na última vez em que vira Antoine este se dirigia para a estrada de Orléans, onde pretendia pegar o ônibus das onze. Antoine era velho, disse a sra. Lemoinnier, um pouco excêntrico, um cabeça-dura. Havia deixado o talão de cheques para trás, e a polícia iria até o banco para saber se ele aparecera para fazer alguma retirada ou para pegar um novo talão. A polícia foi até o local que Roland lhes indicou como sendo o ponto em que haviam se encontrado. Acharam a gaiola vazia que Antoine havia carregado bosque adentro, a portinhola aberta. A estrada para Orléans ficava para a direita, direção oposta ao local onde o corpo fora enterrado. Aparentemente, acreditaram na versão de Roland.

Todas as noites em que conseguia sair despercebido, ele dava comida a Harry e comumente o fazia também uma vez durante o dia. Nas poucas noites em que Harry não aparecia, Roland supunha que o furão estivesse caçando coelhos ou toupeiras. Harry era um animal selvagem, embora não totalmente selvagem; domesticado, embora não de modo confiável. E Roland sabia disso. Assim como se deu conta de que não valia a pena pensar demais sobre aquilo que Harry havia feito. Preferia pensar que Antoine morrera de um ataque cardíaco. Ou, se lhe ocorria de ver Harry como um assassino, sempre o fazia no plano da fantasia, colocando-o lado a lado com os assassinos dos livros que costumava ler: reais, embora irreais. Não era verdade que ele e Harry fossem culpados de alguma coisa.

O que Roland mais gostava era de imaginar Harry como sua arma secreta, muito melhor do que um revólver. Secreta porque ninguém sabia nada a respeito do bicho, ainda que ele pretendesse contar tudo a Stefan. Roland alimentava a fantasia de usar Harry para matar um certo professor de matemática do *lycée*, que ele detestava. Roland tinha o hábito de escrever cartas a Stefan, e, numa dessas, escreveu, em forma de ficção, a história do assassinato de Antoine cometido por Harry. "Você não vai acreditar nessa história, Stefan", escreveu Roland ao final, "mas juro que é verdade. Se quiser checar com a polícia, verá que Antoine desapareceu!"

Stefan escreveu de volta: "Não acredito em uma palavra da sua história sobre o furão, obviamente inspirada no fato de Antoine ter ido embora. E quem não iria, tendo que trabalhar para você? Contudo, a história é razoavelmente divertida. Tem mais alguma para me mandar?".

O passeio de bode

Billy, o bode, era a atração principal do parque de diversões Playland, e o próprio Billy era quem mais se divertia – não as crianças ou seus pais, que catavam nos bolsos moedinhas a não mais poder, depois de terem eles mesmos pagado um dólar e cinqüenta para entrar e 75 centavos por criança. O Playland de Hank Hudson não era barato, mas era o único parque de diversões nas redondezas.

Gritos e aplausos se ouviam quando Billy, puxando uma carreta dourada e branca, fazia sua entrada todas as noites por volta das sete. Qualquer presidente dos Estados Unidos se sentiria contagiado por uma platéia tão calorosa, e era óbvio que Billy se deixava incendiar. Com os músculos retesados sob o grosso pêlo branco, penteado à perfeição por Mickie, Billy começava o galope, passando rente a uma cerca branca contra a qual se aglomeravam "grandes" e "pequenos", lançando "urras" de encorajamento e "Oohs" de admiração. O galope servia tanto para gastar um pouco da energia de Billy, como para alertar a multidão de que o bode estava pronto para a ação. De volta ao início do circuito, Billy parava deslizando os cascos polidos, com a respiração quase inalterada, embora bufando para causar algum efeito. O passeio custava 25 centavos para adultos e crianças, e a carreta puxada por Billy comportava quatro crianças, ou dois adultos, mais Mickie que a dirigia. Mickie, um garoto ruivo por quem o bode tinha afeição, guiava a carroça sentado em um banquinho na boléia.

— Eia! – diria Mickie, estalando as rédeas no lombo de Billy, que daria a partida, primeiramente cabisbaixo, até que a carroça entrasse em movimento, depois de cabeça erguida e trotando, olhando para todos os lados em busca de uma brincadeira ou de alguma mão que lhe oferecesse um sorvete ou pipocas carameladas, delícias pelas quais sempre estava disposto a fazer uma parada. Mickie carregava um pequeno chicote cenográfico que não fazia a Billy nenhum mal. O bode entendia que quando Hank gritava com Mickie era para que o rapaz prosseguisse com o passeio e possibilitasse que uma nova leva de pagantes também desse sua volta. O percurso do passeio de bode seguia ao redor da galeria de tiro, cortava a multidão entre o carrossel e as banquinhas de pipoca e sorvete e contornava ainda o balcão de onde as pessoas lançavam suas bolas em busca de prêmios, formando a figura de um grande oito que Billy cobria duas vezes. Se o chicote de Mickie não funcionava, Hank entrava em ação e aplicava um pontapé no traseiro de Billy, para afastá-lo de algum saco de pipoca ou amendoim. Billy revidava, mas seus coices sempre acertavam a carroça e não Hank. Ainda assim, muito raramente Billy se sentia cansado, mesmo ao final de uma semana de trabalho duro. E se o dia seguinte era um daqueles em que o parque permanecia fechado, e se ele estivesse amarrado à sua estaca sem nada em que bater com os chifres, nenhuma multidão para aplaudi-lo, Billy enfiava os cornos no gramado do qual se alimentara anteriormente. Possuía o corno esquerdo afiado, o que lhe permitia perfurar o solo, algo que lhe enchia de satisfação.

Certo domingo, Hank Hudson e outro homem se aproximaram do local de partida do passeio de bode, e Hank fez um sinal com as mãos para que Mickie parasse tudo. O homem trazia consigo uma garotinha que saltitava de excitação. Hank conversava e deu um tapa nas costas de Billy, mas a garotinha não ousou tocar no bode até que seu pai tivesse um dos chifres do animal entre as mãos.

Normalmente, Billy teria chacoalhado a cabeça, porque as pessoas adoravam rir e se desequilibrar antes de serem lançadas ao chão. Mas naquele momento Billy estava curioso e continuou ruminando os restos de uma casquinha crocante de sorvete, enquanto seus olhos, de um azul cinzento com pupilas horizontais, acompanhavam placidamente a garotinha que lhe acariciava a cabeça. As quatro crianças na carroça clamaram para que o passeio começasse.

Hank recebeu uma enorme quantidade de cédulas do homem. O dono do parque permaneceu de costas para o público e contou o dinheiro com cuidado. Hank Hudson era um homem alto com uma enorme barriga e uma bunda larga e chata, que Billy já havia golpeado uma ou duas vezes. Vestia chapéu e botas de caubói, e calças marrons cuja cintura descia abaixo de sua pança. Tinha uma boca úmida e rosada com dois enormes incisivos que lembravam os dentes de um coelho e pequenos olhos azuis. Agora sua mulher, Blanche, juntara-se ao grupo e estava observando. Era gorducha e tinha um cabelo de um ruivo amarronzado. Billy nunca lhe dera muita bola. Quando Hank embolsou o dinheiro, disse para Mickie continuar com o passeio, e Billy entrou em movimento. Billy cumpriu com seus costumeiros doze ou quinze passeios naquele entardecer, mas à hora de fechar não foi recolhido de volta ao estábulo.

Mickie o desvencilhou da carroça próximo ao portão de entrada, e Billy foi tocado até uma picape cuja porta da caçamba estava aberta.

– Vamos, Billy! Entre de uma vez – gritou Hank, dando um chute no bode para mostrar que falava sério.

Mickie o puxava pela frente.

– Vamos, Billy! Adeus, meu velho amigo!

Billy subiu pela prancha de madeira que haviam usado como rampa, e a porta da caçamba foi fechada às suas costas. O carro partiu, e o percurso, sobre uma estrada esburacada, foi longo mas Billy conseguiu manter facilmente o equilíbrio. Olhava para um lado e para o outro na escuridão, as árvores que passavam zunindo, as poucas casas que conseguia divisar sob o brilho de alguns postes de luz. Finalmente o carro parou junto ao acesso de um casarão, e Billy foi desamarrado e puxado – teve que pular – até o chão. Uma jovem mulher saiu da casa e afagou Billy, sorrindo. Ato contínuo, o bode foi levado – na verdade deixou-se levar, movido pela curiosidade – em direção a uma espécie de meia-água na garagem. Ali havia uma tigela com água, e a mulher trouxe outra com uma saborosa mistura de alface e outros vegetais.

Billy gostaria de dar uma galopada, apenas para conhecer as dimensões do lugar, além de provar a grama do local, mas o homem o havia amarrado. O homem falava de modo gentil, acariciou-lhe o pescoço e entrou na casa, onde as luzes logo se extinguiram.

Na manhã seguinte, o homem saiu de carro, e então a mulher e a garotinha apareceram. Billy foi levado, conduzido pela corda, para uma caminhada tranqüila. Billy corcoveou e saltitou, cheio de energia, sem se importar em ser guiado pela corda, até o momento em que percebeu que a mulher o levava de volta para a barraca. Billy lançou-se para frente, com a cabeça baixa, sentindo que a corda escapava das mãos da mulher, e então passou a galopar e lançou os cornos, não com muita força, contra o tronco de uma pequena árvore.

A garotinha gritou de alegria.

A corda de Billy prendeu-se nas pernas de um banco de ferro, e ele passou a fazer movimentos circulares ao redor do banco até que não tivesse mais nenhuma folga na corda. A seguir, deu uma cabeçada no banco, virando-o e chacoalhando a cabeça. Gostava de fazer o seu sino soar, e olhou cheio de alegria para a mulher e a garotinha que corriam atrás dele.

A mulher agarrou a corda. Parecia sentir um pouco de medo dele. Então, para arruinar o prazer do bode, ela o amarrou a uma estátua de pedra. A estátua, que parecia um garotinho gordo comendo alguma coisa, ficava sobre uma pequena fonte. Billy estava sozinho. Olhou ao seu redor, comeu um pouco de grama, que era deliciosa, mas que havia sido cortada muito rente. Ele estava entediado. Não havia ninguém ao alcance da vista, nada se movia, exceto um pássaro, ocasionalmente, e um esquilo, que o encarava por um momento e então desaparecia. Billy forçou a corda, mas ela estava bem amarrada. Sabia que podia mastigá-la, mas a tarefa lhe parecia penosa demais. Assim, começou a correr a uma boa velocidade, afastando-se da estátua, mas, quando a corda chegou no limite da sua extensão, foi puxado de volta e lançado ao chão. Billy levantou-se imediatamente, se empinando mais alto do que nunca, enquanto tentava resolver o problema.

Decidiu tentar uma nova corrida, e dessa vez quis dar tudo de si, a barbicha raspando o terreno. Sentiu um forte peso sobre o peito – ele estava usando arreio e às suas costas ouviu um *crac!* e depois um *plop!* quando a estátua caiu dentro d'água. Billy começou a galopar, mal sendo atrasado pela estátua que arrastava atrás de si, arrancada de dentro da fonte. Seguiu adiante passando por arbustos e trilhas de pedra, sobre as quais a estátua fazia ainda mais *cracs!* e se tornava mais leve atrás de si. Encontrou algumas flores e fez uma pausa para descansar. A essa altura, escutou passos apressados que vinham em sua direção e voltou a cabeça para ver a aproximação da mulher da casa e de um garoto que devia ter mais ou menos a idade de Mickie.

A mulher parecia bastante chateada. O garoto desamarrou o que restava da estátua, e Billy foi conduzido com firmeza de volta à barraca. Então a mulher alcançou um espigão de ferro ao garoto, que o enterrou no chão com um martelo. Ato contínuo, a corda de Billy foi amarrada ao espigão.

O garoto sorriu e disse:

– Aí está, Billy!

E as duas pessoas se foram.

Mais um dia se passou, e Billy ficou ainda mais entediado. Mastigou parte de sua corda, mas abandonou o projeto, dando-se conta de que seria amarrado novamente se fosse pego andando livremente por aí. Billy estava bem alimentado, mas preferia mil vezes mais estar entre o barulho e o agito do parque de diversões Playland, puxando sua carroça com quatro passageiros mais o Mickie, do que estar amarrado a um espigão sem fazer nada. Uma vez o homem havia posto a garotinha montada sobre as costas de Billy, mas o homem segurou a corda com tão pouca folga que aquilo não permitiu o mínimo divertimento para o bode. Billy teve que travar diante de alguma coisa, e a garotinha escorregou e caiu – e isto parecia ser o fim de seus passeios com ela.

Certa tarde, um enorme cachorro negro entrou saltitando no gramado, viu Billy e começou a latir e a lhe mostrar os dentes. Isso o enfureceu, porque o cachorro parecia estar rindo da sua cara. Billy curvou a cabeça e se lançou para frente, disposto a arrancar o espigão do chão, mas a corda se rompeu, o que foi ainda melhor. Agora o cachorro estava em fuga, e Billy se lançou em seu encalço à velocidade máxima. O cachorro fez uma curva junto à estufa. Na mesma curva, Billy veio rente demais, acertando em cheio uma das vidraças. Cego pela fúria, começou a atacar a estufa sem nenhum motivo – com exceção, talvez, do som agradável dos vidros se partindo.

Crash!... Bang!... Clang! E de novo *crash!*

O cachorro mordeu o calcanhar de Billy, latindo, e este tentou um coice, sem sucesso. O bode se lançou sobre o cachorro, seus cascos trovejando sobre o solo. O cachorro, como um raio negro, desapareceu da propriedade e seguiu na direção da rua. Billy continuou no seu encalço, mas parou após alguns metros, sentindo que havia expulsado o inimigo. Billy derrubou um cercado que estava próximo apenas pelo prazer de fazê-lo, bufou e se balançou com vigor, de modo que seus sinos parecessem uma grande orquestra. Então trotou pela rua com a cabeça erguida, seguindo em direção ao seu próprio gramado. Mas algumas flores junto a um portão o atraíram. Foi quando de uma das casas partiu um grito. O bode, subitamente, pôs-se em movimento.

Novos gritos e urros.

Em seguida o apito de um policial. Billy foi rudemente agarrado pelo policial, que o puxou pelos cornos e pelo arreio, aplicando-lhe um golpe de cassete no lombo. Em retaliação, Billy deu com os cornos na barriga do policial e teve o prazer de ver o homem rolar no chão agonizante. Na seqüência, quatro ou cinco rapazes se lançaram sobre Billy, fazendo com que ele caísse de lado. Após muito barulho, gritos e puxões, o bode estava de volta ao gramado onde estavam o espigão e a estufa estilhaçada. Billy permaneceu altivo, respirando com dificuldade, encarando a todos.

Naquela noite, o homem da casa colocou Billy novamente na picape, amarrado com tão pouca folga que sequer podia se deitar. Billy reconheceu à distância a música alegre do carrossel, com seus estalares de pratos e rufares de tambores. Estavam de volta ao Playland!

Mickie veio correndo.

– Ei, Billy! De volta ao lar!

Hank não estava sorrindo. Conversava com um aspecto muito grave com o homem, puxando o lábio inferior e balançando a cabeça. O homem também mantinha um aspecto triste, enquanto se afastava em direção ao carro. Naquela mesma noite, Billy foi atrelado à sua carroça e fez aproximadamente uns doze passeios antes de o parque fechar. À hora de ser levado ao estábulo para dormir e receber comida, Mickie e Hank estavam bastante faceiros. Àquela altura Billy já estava bastante estufado com os cachorros-quentes e pipocas que comera.

– *Billy!... Billy* está de volta! – Os gritos da multidão continuaram ecoando nos ouvidos do bode até o momento em que adormeceu em seu leito de palha. *Algumas* pessoas no mundo gostavam dele.

Billy mergulhou na sua velha rotina, que não era de todo má, pensou. Ao menos não era entediante. Durante o dia, cinco vezes por semana, ele podia vagar pelo chão batido onde não havia muita grama, mas abundavam restos de cachorros-quentes e sacos de amendoim descartados, geralmente ainda com alguns dentro. Tudo de acordo com os conformes. Por isso, Billy foi surpreendido ao ser desatrelado de sua carroça por Mickie numa noite agitada e arrastado por Hank em direção a um automóvel, equipado com um compartimento traseiro grande o suficiente para transportar um cavalo.

Billy sabia o que estava acontecendo. Hank o estava levando para outro lugar. O bode endureceu as pernas e teve que ser erguido até a rampa por Hank e um outro homem usando um chapéu de caubói bastante similar ao que o próprio Hank usava, enquanto um terceiro lhe puxava pelos cornos para dentro do compartimento. Billy revirou o corpo, desvencilhando-se, pôs-se sobre as patas e se lançou em direção à liberdade.

Liberdade! Mas para onde iria? O lugar era todo cercado, exceto pelo portão de entrada, e foi para lá que se dirigiu. Dois homens tentaram bloquear o seu caminho, mas pularam para o lado como coelhinhos medrosos quando Billy arremeteu contra eles. O bode acabou se chocando contra a lateral de um carro que não fora percebido na penumbra, praticamente nocauteando a si próprio. Os ocupantes do carro gritaram. Dois homens enormes caíram sobre Billy e o mantiveram colado ao chão. Depois, três homens o carregaram de volta ao carro com o compartimento para cavalo. Desta vez, suas patas foram amarradas aos pares, e foi o próprio Hank quem lhe aplicou um golpe, fazendo com que caísse de lado. Billy coiceou no vazio. Odiou Hank naquele momento. Na verdade, nunca gostara dele, e agora a hostilidade que sentia dentro de si em relação ao seu dono se assemelhava a uma explosão. Mais uma vez pôde acompanhar de sua posição horizontal Hank recebendo uma grande quantidade de cédulas do homem que era dono do compartimento para cavalos. Ele enfiou o dinheiro no bolso de suas calças largas. Então a porta do compartimento foi fechada.

Desta vez o percurso foi bem mais longo, em direção aos rincões mais remotos. Billy podia saber pelo cheiro de feno fresco e pelo aroma de terra úmida. Havia também o cheiro de cavalos. O homem desamarrou as patas do bode e o colocou num estábulo onde havia palha e um balde com água. Billy aplicou uma patada poderosa – *tat-tat* – contra a madeira do estábulo, apenas para mostrar a todos, e para si mesmo, que ainda dispunha de muita força interior para seguir lutando. Depois soltou o ar tremelicando os beiços e se balançou com vigor, fazendo soar seus sinos, saltando de lá para cá.

O homem deu uma gargalhada e partiu.

No dia seguinte, foi amarrado a uma estaca de madeira no meio de um amplo campo de pastagem. Agora estava preso a uma corrente, não a uma corda. Os cavalos o tratavam com indiferença, embora Billy tivesse tentado se lançar contra um que havia relinchado e que parecia assustado. O cavalo escapou do homem que lhe segurava a rédea, mas logo parou com um jeito dócil, e o homem o pegou novamente. Billy considerou a manhã extremamente entediante, mas o capim crescia grosso, e começou a pastar. Uma sela para crianças lhe foi atrelada, mas não havia nenhuma criança por perto. Havia três homens no lugar, ao que parecia. Um homem, montado a cavalo, levou Billy para trotar ao redor de uma área circular e cercada. Quando o cavalo trotava, Billy galopava. O homem parecia satisfeito.

Essa rotina se seguiu por alguns dias, acompanhada de atividades mais complicadas para os cavalos. Eles tinham que caminhar com estilo, ajoelhar-se e galopar de lado de acordo com uma música de um toca-fitas, operado por um dos homens do outro lado da cerca. Tentaram fazer com que Billy aprendesse um truque com uma fita cuja ponta estava equipada com um pedaço de metal. O bode não entendeu o que queriam e começou a comer a fita, depois do que os homens se viram obrigados a puxá-la de dentro de sua boca. Um dos homens lhe deu um chute no lombo, para ver se ele prestava atenção, e tentou ensinar o truque novamente. A verdade é que Billy não estava se esforçando nem um pouco.

Alguns dias mais tarde, todos foram junto com os cavalos para um lugar onde havia a maior multidão que Billy jamais vira. Grande parte da platéia estava disposta em círculo, deixando um espaço livre no meio. Billy estava usando sua sela. Um dos homens montou num cavalo e conduziu o bode – por entre uma quantidade de homens e mulheres montados – duas vezes ao redor da arena, numa grande parada. Música e aplausos. Então foi conduzido até os limites do picadeiro, e um homem ficou de pé sobre suas costas. Estavam próximos a uma passagem, o que era uma coisa boa, porque tinham que usá-la quando um cavalo selvagem, empinando-se e disparando coices, aproximava-se muito deles e jogava longe o cavaleiro que Billy tinha sobre as costas. Naquele momento, Billy e o homem estavam numa espécie de curral sem cobertura, as pessoas se curvavam sobre as muradas acima de suas cabeças, e alguém deixou cair o que parecia ser uma salsicha quente nas costas de Billy. O homem retirou o alimento das costas do animal e tratava de esmagar a sujeira com os pés quando o bode disparou com um terrível *bang!*

Billy lançou-se com a velocidade de um raio e subitamente estava no meio da arena. Gritos de alegria partiram da multidão. Um homem vestido de palhaço esticou os braços para detê-lo ou fazer com que desviasse. Billy mirou sua trajetória bem no meio do palhaço, que pulou todo desajeitado para dentro de uma lata de lixo, e os cornos do bode acertaram-na em cheio, produzindo um *clang!*

e fazendo com que ela rolasse por vários metros com o palhaço dentro. As pessoas vibravam com empolgação e isso o excitou. Então um homem grande, com ar resoluto, correu em direção a Billy, agarrando-lhe os cornos quando este atacou, e ambos acabaram indo ao chão. Mas as patas traseiras do bode estavam livres, e ele as coiceou com toda força de que ainda dispunha. O homem emitiu um urro de dor e o soltou, e Billy seguiu trotando triunfante.

Bang!

Alguém havia disparado uma arma. Billy mal percebeu. Tudo fazia parte do espetáculo. Olhou ao redor em busca de novos alvos, partiu para cima de um homem a cavalo, mas foi distraído por dois sujeitos a pé que corriam em sua direção vindos de posições diferentes. Billy não sabia em qual mirar, decidiu-se pelo que estava mais próximo e tomou velocidade. Acertou o homem na altura da bacia, mas, um instante depois, uma corda lhe enlaçava o pescoço.

Billy avançou contra o laçador, mas um terceiro homem ainda se jogou sobre ele e se agarrou ao seu corpo. O bode se contorceu, atacando com seu corno esquerdo, inclusive atingindo o braço do homem, mas este não o soltou. Uma outra pessoa golpeou a sua cabeça, atordoando-o. Billy mal teve consciência de ser carregado para fora do picadeiro, entre os aplausos contínuos dos espectadores.

Ca-plop!

Billy foi jogado para dentro de um dos compartimentos para cavalo. O homem que na maior parte do tempo era seu tratador lhe amarrava as patas. Seu braço estava sangrando, e ele resmungava de um modo nada simpático.

Quando todos voltaram ao rancho naquela noite, o homem foi até Billy com um chicote. O animal estava amarrado a um dos estábulos. O homem seguia gritando com ele. Tratava-se de um chicote longo e robusto, e os golpes doíam – um pouco. Outro homem assistia. Billy, furioso, deu uma cornada contra uma das laterais do estábulo e, no rebote, se lançou contra o homem que o chicoteava. Este recuou, saltando para trás, e estava fechando a porta do estábulo quando os cornos de Billy a acertaram. A seguir, o homem foi embora. Levou uma quantidade de tempo enorme até que o bode se acalmasse, antes que começasse a sentir na carne os efeitos das chicotadas. Naquela noite, odiava todo mundo.

Pela manhã, os três homens escoltaram Billy até um dos compartimentos, muito embora ele tivesse colaborado de imediato com a missão. Billy queria ir para qualquer lugar que fosse um outro lugar.

Mais uma vez foi um percurso longo. Então Billy ouviu o som peculiar que as rodas dos carros produziam ao passar sobre a ponte de ferro em frente ao parque de diversões Playland. Pararam, e Billy ouviu a voz de Hank. Billy foi descarregado e estava muito satisfeito. Hank, no entanto, não parecia nem um pouco contente. Cerrava o cenho, olhava para o chão, para Billy. Logo os homens se foram em seu carro, assim que eles partiram Hank disse algo a Billy e gargalhou. Com uma das mãos, agarrou-o pelo arreio e o levou para a parte mais gramada do parque, à qual pessoas e carros não tinham acesso. Mas Billy estava agitado demais para comer. Suas costas doíam terrivelmente, e sua cabeça latejava, talvez pelo golpe que recebera na arena.

Onde estava Mickie? Billy olhou em volta. Talvez fosse um daqueles dias em que o menino não vinha.

Ao entardecer, Billy tinha certeza de que esta era uma das noites em que ninguém vinha ao parque de diversões Playland, nem mesmo Mickie. Foi quando Hank acendeu as luzes, ou a maior parte delas, e atrelou Billy à sua carroça. Isto era estranho, pensou Billy. Hank nunca dera um passeio sozinho.

– Vamos lá, Billy, vamos lá, garoto – dizia Hank num tom macio.

Billy, porém, sentiu que havia medo na voz do homem. O peso de Hank fez a carroça estalar, como se estivesse lotada.

– Eia, Billy. É fácil – disse Hank, puxando as rédeas como Mickie sempre fazia.

Billy entrou em movimento. Era bom poder descontar um pouco da sua raiva na tarefa de puxar a carroça. O trote de Billy logo se transformou num galope.

– *Ô, ô, Billy!*

O comando de Hank fez o bode disparar. Ele bateu contra uma árvore, fazendo a carroça perder uma das rodas. Hank gritou para que parasse. Então o homem saltou do veículo, e Billy fez uma curva e parou, olhando para trás. Hank estava sentado no chão, e o bode se lançou sobre ele. Hank acabara de se pôr de pé quando foi atingido, caindo novamente.

– *Ô, ô, Billy!* – dizia ele, com a voz macia, como se ainda estivesse segurando as rédeas do bode. Dirigiu-se até Billy, vacilando, uma mão pressionando o joelho e a outra, a cabeça.

No instante seguinte, Billy viu Hank claramente mudar de idéia, seguindo em direção à barraquinha de pipocas para se proteger, e voltou à carga. Hank correu do melhor jeito que pôde, mas Billy lhe deu uma cornada bem no meio de seu convidativo traseiro. *Whoof!* Hank se dobrou para trás sob a ação do golpe e caiu todo desajeitado no chão.

Billy passou a trotar em círculos, esquecido da carroça destruída que ainda puxava atrás de si. Hank começou a se erguer com o rosto coberto de sangue. Billy baixou a cabeça e atacou a massa que agora não passava da sua altura. Um corno curvo e um corno afiado acertaram o homem sabe Deus onde, e Hank rolou sobre as próprias costas. Billy aplicou um golpe de baixo para cima, afastou os cornos, retrocedeu um pouco e voltou a atacar Hank.

Puf! O corpo de Hank parecia cada vez mais macio.

Billy golpeou de novo, recuou, passou com graça sobre o corpo de Hank, com direito à carroça destroçada. Um sangue escuro escorria sobre o chão batido. Quando voltou novamente a si, Billy já estava a metros de distância, trotando com a cabeça erguida. A carroça às suas costas não lhe pesava nada. Ainda estava ali? Mas Billy ouviu um arbusto – que ele havia pulado – quebrar-se atrás de si e sentiu que a carroça se chocava contra o canto de uma barraca.

Eis que surgiu a esposa de Hank.

– *Billy!...* – ela gritava, com profundo nervosismo.

Billy tremeu com a fúria que ainda lhe restava, e estava preparado para atacá-la, mas apenas bufou e se remexeu.

– Hank! Onde você está? – e saiu correndo à procura do marido.

O som da palavra "Hank" fez Billy pular, e ele se pôs novamente a correr. Deu um grande golpe contra a cabine de controle da entrada dos carros, que fez com que mais uma roda fosse arrancada.

A esposa de Hank continuava gritando em algum lugar.

Billy mergulhou em direção à estrada, pegou a primeira rota de chão batido e seguiu escuridão adentro, rumo ao interior. Um carro diminuiu a velocidade, e o motorista disse algo a Billy, mas este não deu bola e continuou a correr.

Finalmente o animal reduziu o ritmo, trotou e depois caminhou. Por ali havia campos e árvores. Junto a um bosque, deitou e dormiu. Ao acordar, amanhecia, e ele estava sedento, mais sedento do que faminto. Aproximou-se de uma casa de fazenda, onde havia um cocho com água, atrás de uma cerca. Percebeu que não conseguiria vencer o obstáculo facilmente e assim seguiu trotando, pressentindo que teria de haver água nas proximidades. Encontrou um riacho ao longo de uma encosta. Então se alimentou da rica grama que crescia por ali. Presa ainda ao seu arreio estava uma das varas da carroça, que o incomodava, mas o mais importante era que estava livre. Poderia seguir na direção que escolhesse e, pelo que podia ver, havia água e grama em todo lugar.

Aventura a não mais poder.

Assim Billy pegou outra estrada empoeirada e seguiu em frente. Apenas dois carros cruzaram por ele durante a manhã, e em cada uma das vezes Billy trotou mais rápido, de modo que ninguém se incomodou com sua presença.

Então Billy apanhou no ar um odor e diminuiu o passo, ergueu o nariz e fungou novamente. Resolveu seguir na direção do odor. Logo avistou outro bode num campo, um bode malhado de branco e preto. Por um momento, sentiu mais curiosidade do que simpatia pela novidade. Caminhou em direção ao bode, encontrou uma abertura na cerca e entrou no campo, arrastando a vara dourada e branca atrás de si. Billy percebeu que o outro bode estava amarrado. E mais: percebeu que não se tratava de um bode e sim de uma cabra, que erguera para ele a cabeça levemente espantada e continuou a ruminar o que tinha dentro da boca. Atrás dela havia uma longa casa branca, e nas proximidades, uma porção de roupas que flutuavam num varal. Havia também um celeiro, e Billy escutou o "muu" de uma vaca em algum lugar.

Uma mulher saiu da casa e jogou o conteúdo de uma panela no chão, avistou Billy e acabou deixando cair a própria panela. Cautelosa, aproximou-se do bode. Billy manteve sua posição, ruminando um saboroso trevo que recém havia colhido. A mulher agitou seu avental como que para espantá-lo, mas sem muita convicção. Aproximou-se, olhando Billy com um olhar muito sério. Então riu – uma bela risada. Billy entendia muito de risadas, e gostou logo de saída da risada da mulher, porque era ao mesmo tempo alegre e espontânea.

– Tommy! – ela chamou na direção da casa. – Georgette! Venham aqui ver uma coisa!

Num minuto, duas crianças pequenas saíram da casa e gritaram surpresas, um pouco como faziam as crianças no Playland.

Ofereceram água a Billy. A mulher finalmente tomou coragem e desatrelou a vara que ainda estava presa ao arreio do bode. Billy continuava mastigando uns trevos. Sabia que a coisa certa a fazer era não aparentar agressividade. A bem da verdade, não se sentia nem um pouco tentado a atacá-los. Quando a mulher e as crianças o chamaram em direção ao celeiro, ele os seguiu. Mas ninguém tentou amarrá-lo. A mulher parecia convidá-lo para fazer o que *ele* quisesse, o que era um grande alívio. Ela o deixaria caminhar por aí, pensou Billy. O lugar lhe agradava. Mais tarde chegou um homem que olhou para Billy. Ele tirou o chapéu e encolheu a testa, e depois também sorriu. Quando o sol se pôs, a mulher desamarrou a outra cabra, levando-a na direção do celeiro em frente ao qual Billy passeava, observando os detalhes das coisas. Havia porcos, um riacho, patos e galinhas atrás de uma cerca.

– Billy – disse o homem, e riu novamente ao perceber que o bode reconhecia seu nome e olhava para ele. Deu uma sacudidela nos arreios de Billy, como se os admirasse. Mas os removeu, colocando-os em algum lugar.

O celeiro era limpo e havia palha lá dentro. O homem colocou uma coleira de couro no bode, acariciou-lhe a cabeça e se afastou. A cabra, a quem chamavam de Lucy, foi amarrada próxima a Billy, e a mulher a ordenhou, colhendo o leite em uma pequena vasilha.

Billy abriu a boca e emitiu um "A-a-a-a!".

Isto fez com que todos rissem. Billy começou a saltitar, apoiando-se alternadamente sobre as patas traseiras e dianteiras. A lembrança de Hank, do cheiro de seu sangue, rapidamente desaparecia, como se fosse algo ocorrido há séculos e não no dia anterior, muito embora ele soubesse que havia dado mais cornadas em Hank do que jamais dera em alguma pessoa ou algum objeto.

Pela manhã, quando a mulher entrou no celeiro, olhou surpresa e realmente feliz por encontrá-lo ainda ali. Disse-lhe alguma coisa amigável. Evidentemente que ele não seria nunca mais amarrado, pensou, enquanto trotava com Lucy pelo prado.

Agora as coisas estavam em pratos limpos!

Coleção **L&PM** POCKET (lançamentos mais recentes)

- 736(12).**Para entender o adolescente** – Dr. Ronald Pagnoncelli
- 737(13).**Desembarcando a tristeza** – Dr. Fernando Lucchese
- 738.**Poirot e o mistério da arca espanhola & outras histórias** – Agatha Christie
- 739.**A última legião** – Valerio Massimo Manfredi
- 740.**As virgens suicidas** – Jeffrey Eugenides
- 741.**Sol nascente** – Michael Crichton
- 742.**Duzentos ladrões** – Dalton Trevisan
- 743.**Os devaneios do caminhante solitário** – Rousseau
- 744.**Garfield, o rei da preguiça (10)** – Jim Davis
- 745.**Os magnatas** – Charles R. Morris
- 746.**Pulp** – Charles Bukowski
- 747.**Enquanto agonizo** – William Faulkner
- 748.**Aline: viciada em sexo (3)** – Adão Iturrusgarai
- 749.**A dama do cachorrinho** – Anton Tchékhov
- 750.**Tito Andrônico** – Shakespeare
- 751.**Antologia poética** – Anna Akhmátova
- 752.**O melhor de Hagar 6** – Dik e Chris Browne
- 753(12).**Michelangelo** – Nadine Sautel
- 754.**Dilbert (4)** – Scott Adams
- 755.**O jardim das cerejeiras** *seguido de* **Tio Vânia** – Tchékhov
- 756.**Geração Beat** – Claudio Willer
- 757.**Santos Dumont** – Alcy Cheuiche
- 758.**Budismo** – Claude B. Levenson
- 759.**Cleópatra** – Christian-Georges Schwentzel
- 760.**Revolução Francesa** – Frédéric Bluche, Stéphane Rials e Jean Tulard
- 761.**A crise de 1929** – Bernard Gazier
- 762.**Sigmund Freud** – Edson Sousa e Paulo Endo
- 763.**Império Romano** – Patrick Le Roux
- 764.**Cruzadas** – Cécile Morrisson
- 765.**O mistério do Trem Azul** – Agatha Christie
- 766.**Os escrúpulos de Maigret** – Simenon
- 767.**Maigret se diverte** – Simenon
- 768.**Senso comum** – Thomas Paine
- 769.**O parque dos dinossauros** – Michael Crichton
- 770.**Trilogia da paixão** – Goethe
- 771.**A simples arte de matar** (vol.1) – R. Chandler
- 772.**A simples arte de matar** (vol.2) – R. Chandler
- 773.**Snoopy: No mundo da lua! (8)** – Charles Schulz
- 774.**Os Quatro Grandes** – Agatha Christie
- 775.**Um brinde de cianureto** – Agatha Christie
- 776.**Súplicas atendidas** – Truman Capote
- 777.**Ainda restam aveleiras** – Simenon
- 778.**Maigret e o ladrão preguiçoso** – Simenon
- 779.**A viúva imortal** – Millôr Fernandes
- 780.**Cabala** – Roland Goetschel
- 781.**Capitalismo** – Claude Jessua
- 782.**Mitologia grega** – Pierre Grimal
- 783.**Economia: 100 palavras-chave** – Jean-Paul Betbèze
- 784.**Marxismo** – Henri Lefebvre
- 785.**Punição para a inocência** – Agatha Christie
- 786.**A extravagância do morto** – Agatha Christie
- 787(13).**Cézanne** – Bernard Fauconnier
- 788.**A identidade Bourne** – Robert Ludlum
- 789.**Da tranquilidade da alma** – Sêneca
- 790.**Um artista da fome** *seguido de* **Na colônia penal e outras histórias** – Kafka
- 791.**Histórias de fantasmas** – Charles Dickens
- 792.**A louca de Maigret** – Simenon
- 793.**O amigo de infância de Maigret** – Simenon
- 794.**O revólver de Maigret** – Simenon
- 795.**A fuga do sr. Monde** – Simenon
- 796.**O Uruguai** – Basílio da Gama
- 797.**A mão misteriosa** – Agatha Christie
- 798.**Testemunha ocular do crime** – Agatha Christie
- 799.**Crepúsculo dos ídolos** – Friedrich Nietzsche
- 800.**Maigret e o negociante de vinhos** – Simenon
- 801.**Maigret e o mendigo** – Simenon
- 802.**O grande golpe** – Dashiell Hammett
- 803.**Humor barra pesada** – Nani
- 804.**Vinho** – Jean-François Gautier
- 805.**Egito Antigo** – Sophie Desplancques
- 806(14).**Baudelaire** – Jean-Baptiste Baronian
- 807.**Caminho da sabedoria, caminho da paz** – Dalai Lama e Felizitas von Schönborn
- 808.**Senhor e servo e outras histórias** – Tolstói
- 809.**Os cadernos de Malte Laurids Brigge** – Rilke
- 810.**Dilbert (5)** – Scott Adams
- 811.**Big Sur** – Jack Kerouac
- 812.**Seguindo a correnteza** – Agatha Christie
- 813.**O álibi** – Sandra Brown
- 814.**Montanha-russa** – Martha Medeiros
- 815.**Coisas da vida** – Martha Medeiros
- 816.**A cantada infalível** *seguido de* **A mulher do centroavante** – David Coimbra
- 817.**Maigret e os crimes do cais** – Simenon
- 818.**Sinal vermelho** – Simenon
- 819.**Snoopy: Pausa para a soneca (9)** – Charles Schulz
- 820.**De pernas pro ar** – Eduardo Galeano
- 821.**Tragédias gregas** – Pascal Thiercy
- 822.**Existencialismo** – Jacques Colette
- 823.**Nietzsche** – Jean Granier
- 824.**Amar ou depender?** – Walter Riso
- 825.**Darmapada: A doutrina budista em versos**
- 826.**J'Accuse...!** – **a verdade em marcha** – Zola
- 827.**Os crimes ABC** – Agatha Christie
- 828.**Um gato entre os pombos** – Agatha Christie
- 829.**Maigret e o sumiço do sr. Charles** – Simenon
- 830.**Maigret e a morte do jogador** – Simenon
- 831.**Dicionário de teatro** – Luiz Paulo Vasconcellos
- 832.**Cartas extraviadas** – Martha Medeiros
- 833.**A longa viagem de prazer** – J. J. Morosoli
- 834.**Receitas fáceis** – J. A. Pinheiro Machado
- 835(14).**Mais fatos & mitos** – Dr. Fernando Lucchese
- 836(15).**Boa viagem!** – Dr. Fernando Lucchese
- 837.**Aline: Finalmente nua!!! (4)** – Adão Iturrusgarai
- 838.**Mônica tem uma novidade!** – Mauricio de Sousa
- 839.**Cebolinha em apuros!** – Mauricio de Sousa
- 840.**Sócios no crime** – Agatha Christie
- 841.**Bocas do tempo** – Eduardo Galeano
- 842.**Orgulho e preconceito** – Jane Austen
- 843.**Impressionismo** – Dominique Lobstein
- 844.**Escrita chinesa** – Viviane Alleton

845. Paris: uma história – Yvan Combeau
846. (15).Van Gogh – David Haziot
847. Maigret e o corpo sem cabeça – Simenon
848. Portal do destino – Agatha Christie
849. O futuro de uma ilusão – Freud
850. O mal-estar na cultura – Freud
851. Maigret e o matador – Simenon
852. Maigret e o fantasma – Simenon
853. Um crime adormecido – Agatha Christie
854. Satori em Paris – Jack Kerouac
855. Medo e delírio em Las Vegas – Hunter Thompson
856. Um negócio fracassado e outros contos de humor – Tchékhov
857. Mônica está de férias! – Mauricio de Sousa
858. De quem é esse coelho? – Mauricio de Sousa
859. O burgomestre de Furnes – Simenon
860. O mistério Sittaford – Agatha Christie
861. Manhã transfigurada – Luiz Antonio de Assis Brasil
862. Alexandre, o Grande – Pierre Briant
863. Jesus – Charles Perrot
864. Islã – Paul Balta
865. Guerra da Secessão – Farid Ameur
866. Um rio que vem da Grécia – Cláudio Moreno
867. Maigret e os colegas americanos – Simenon
868. Assassinato na casa do pastor – Agatha Christie
869. Manual do líder – Napoleão Bonaparte
870. (16).Billie Holiday – Sylvia Fol
871. Bidu arrasando! – Mauricio de Sousa
872. Desventuras em família – Mauricio de Sousa
873. Liberty Bar – Simenon
874. E no final a morte – Agatha Christie
875. Guia prático de Português correto – vol. 4 – Cláudio Moreno
876. Dilbert (6) – Scott Adams
877. (17).Leonardo da Vinci – Sophie Chauveau
878. Bella Toscana – Frances Mayes
879. A arte da ficção – David Lodge
880. Striptiras (4) – Laerte
881. Skrotinhos – Angeli
882. Depois do funeral – Agatha Christie
883. Radicci 7 – Iotti
884. Walden – H. D. Thoreau
885. Lincoln – Allen C. Guelzo
886. Primeira Guerra Mundial – Michael Howard
887. A linha de sombra – Joseph Conrad
888. O amor é um cão dos diabos – Bukowski
889. Maigret sai em viagem – Simenon
890. Despertar: uma vida de Buda – Jack Kerouac
891. (18).Albert Einstein – Laurent Seksik
892. Hell's Angels – Hunter Thompson
893. Ausência na primavera – Agatha Christie
894. Dilbert (7) – Scott Adams
895. Ao sul do lugar nenhum – Bukowski
896. Maquiavel – Quentin Skinner
897. Sócrates – C.C.W. Taylor
898. A casa do canal – Simenon
899. O Natal de Poirot – Agatha Christie
900. As veias abertas da América Latina – Eduardo Galeano
901. Snoopy: Sempre alerta! (10) – Charles Schulz
902. Chico Bento: Plantando confusão – Mauricio de Sousa
903. Penadinho: Quem é morto sempre aparece – Mauricio de Sousa
904. A vida sexual da mulher feia – Claudia Tajes
905. 100 segredos de liquidificador – José Antonio Pinheiro Machado
906. Sexo muito prazer 2 – Laura Meyer da Silva
907. Os nascimentos – Eduardo Galeano
908. As caras e as máscaras – Eduardo Galeano
909. O século do vento – Eduardo Galeano
910. Poirot perde uma cliente – Agatha Christie
911. Cérebro – Michael O'Shea
912. O escaravelho de ouro e outras histórias – Edgar Allan Poe
913. Piadas para sempre (4) – Visconde da Casa Verde
914. 100 receitas de massas light – Helena Tonetto
915. (19).Oscar Wilde – Daniel Salvatore Schiffer
916. Uma breve história do mundo – H. G. Wells
917. A Casa do Penhasco – Agatha Christie
918. Maigret e o finado sr. Gallet – Simenon
919. John M. Keynes – Bernard Gazier
920. (20).Virginia Woolf – Alexandra Lemasson
921. Peter e Wendy seguido de Peter Pan em Kensington Gardens – J. M. Barrie
922. Aline: numas de colegial (5) – Adão Iturrusgarai
923. Uma dose mortal – Agatha Christie
924. Os trabalhos de Hércules – Agatha Christie
925. Maigret na escola – Simenon
926. Kant – Roger Scruton
927. A inocência do Padre Brown – G.K. Chesterton
928. Casa Velha – Machado de Assis
929. Marcas de nascença – Nancy Huston
930. Aurélie de bolso
931. Hora Zero – Agatha Christie
932. Morte na Mesopotâmia – Agatha Christie
933. Um crime na Holanda – Simenon
934. Nem te conto, João – Dalton Trevisan
935. As aventuras de Huckleberry Finn – Mark Twain
936. (21).Marilyn Monroe – Anne Plantagenet
937. China moderna – Rana Mitter
938. Dinossauros – David Norman
939. Louca por homem – Claudia Tajes
940. Amores de alto risco – Walter Riso
941. Jogo de damas – David Coimbra
942. Filha é filha – Agatha Christie
943. M ou N? – Agatha Christie
944. Maigret se defende – Simenon
945. Bidu: diversão em dobro! – Mauricio de Sousa
946. Fogo – Anaïs Nin
947. Rum: diário de um jornalista bêbado – Hunt Thompson
948. Persuasão – Jane Austen
949. Lágrimas na chuva – Sergio Faraco
950. Mulheres – Bukowski
951. Um pressentimento funesto – Agatha Christie
952. Cartas na mesa – Agatha Christie
953. Maigret em Vichy – Simenon
954. O lobo do mar – Jack London
955. Os gatos – Patricia Highsmith
956. Jesus – Christiane Rancé
957. História da medicina – William Bynum
958. O morro dos ventos uivantes – Emily Brontë
959. A filosofia na era trágica dos gregos – Nietzsche
960. Os treze problemas – Agatha Christie

UMA SÉRIE COM MUITA HISTÓRIA PRA CONTAR

Alexandre, o Grande, Pierre Briant | **Budismo**, Claude B. Levenson | **Cabala**, Roland Goetschel | **Capitalismo**, Claude Jessua | **Cérebro**, Michael O'Shea | **China moderna**, Rana Mitter | **Cleópatra**, Christian-Georges Schwentzel | **A crise de 1929**, Bernard Gazier | **Cruzadas**, Cécile Morrisson | **Dinossauros**, David Norman | **Economia: 100 palavras-chave**, Jean-Paul Betbèze | **Egito Antigo**, Sophie Desplancques | **Escrita chinesa**, Viviane Alleton | **Existencialismo**, Jacques Colette | **Geração Beat**, Claudio Willer | **Guerra da Secessão**, Farid Ameur | **História da medicina**, William Bynum | **Império Romano**, Patrick Le Roux | **Impressionismo**, Dominique Lobstein | **Islã**, Paul Balta | **Jesus**, Charles Perrot | **John M. Keynes**, Bernard Gazier | **Kant**, Roger Scruton | **Lincoln**, Allen C. Guelzo | **Maquiavel**, Quentin Skinner | **Marxismo**, Henri Lefebvre | **Mitologia grega**, Pierre Grimal | **Nietzsche**, Jean Granier | **Paris: uma história**, Yvan Combeau | **Primeira Guerra Mundial**, Michael Howard | **Revolução Francesa**, Frédéric Bluche, Stéphane Rials e Jean Tulard | **Santos Dumont**, Alcy Cheuiche | **Sigmund Freud**, Edson Sousa e Paulo Endo | **Sócrates**, Cristopher Taylor | **Tragédias gregas**, Pascal Thiercy | **Vinho**, Jean-François Gautier

L&PM POCKET ENCYCLOPAEDIA
Conhecimento na medida certa

IMPRESSÃO:

Gráfica Editora Pallotti
IMAGEM DE QUALIDADE

Santa Maria - RS - Fone/Fax: (55) 3220.4500
www.pallotti.com.br